TÖDLICHE ZIMTSTERNE

Gitta Edelmann (Hg.)

TÖDLICHE ZIMTSTERNE

LEINPFAD VERLAG

Umschlag: kosa-design, Ingelheim, nach einem Foto von Gerald Fuest
Layout: Leinpfad Verlag, Ingelheim
Druck: wolf print, Ingelheim

Leinpfad Verlag, Leinpfad 5, 55218 Ingelheim,
Tel. 06132/8369, Fax: 896951
E-Mail: info@leinpfadverlag.de
www.leinpfadverlag.com

ISBN 978-3-945782-07-1

Inhalt

Der Schnitt verlief über Brust und Bauch, vom Kinn bis an das Schambein. Es waren keine glatten Wundränder zu sehen, sondern alles war ziemlich zerfetzt. Daunenjacke, Hemd, Latzhose und Haut.

Der Anblick der blutigen Organe und Eingeweide ließ Kommissar Zickler schlucken, trotz der vielen Dienstjahre, die er bei der Bonner Mordkommission schon auf dem Buckel hatte. „Mist!", fluchte er und hustete heftig. Er hatte seinen Kaugummi verschluckt, der vorhin, nach dem hastigen Aufstehen, das Zähneputzen hatte ersetzen sollen.

Halb sechs an einem Novembermorgen, mit Schneeregen und Atemwolken vor den Mündern der Spusi-Leute, einer schlimm zugerichteten Leiche und viel zu vielen Schaulustigen für diese frühe Zeit.

„Woher kommen denn all die vielen Leute? Jetzt, um diese Zeit?", fragte er den Mann neben sich.

Der schaute auf seine Armbanduhr und hob die Augenbrauen. „Das sind die ersten Beschicker des Weihnachtsmarktes. Heute ist Aufbau, morgen Eröffnung. Aber erst muss der da weg!"

Zickler verzog den Mund. „Nicht sehr nett, wie Sie von dem Toten reden!"

„Was?" Der Mann drehte sich um und sah dem Kommissar direkt ins Gesicht. „Ich meine nicht die Leiche, um Gottes willen, nein, ich meine den Hubsteiger der Stadtwerke! Der muss erst vom Platz weg – später ist hier alles zugebaut!"

„Aha! Sagt – ähm – wer?"

„Oberhammer, Marktmeister und verantwortlich für die Zuteilung der Stellplätze." Der Mann verbeugte sich leicht und murmelte dann: „Und Finder der Leiche."

„Aha!“, murmelte Zickler. „Sie wissen, wer das ist?“

„Ja, Kogler von den Stadtwerken. Er sollte gestern Abend die Spitze auf dem Weihnachtsbaum befestigen. Und die Lichtergirlanden. Aber das hat er wohl nicht mehr geschafft.“

Beide Männer starrten jetzt auf die riesige Tanne, die in diesem Jahr erstmals mitten auf dem Münsterplatz aufgestellt worden war. Sie war mit großen bunten Kugeln und einer mächtigen Christbaumspitze geschmückt, doch die Lichterketten, die von der Baumspitze in alle Richtungen quer über den Platz abzweigen sollten, fehlten teilweise.

„Schüller hatte mit ihm Dienst. Ich habe ihn schon angerufen.“ Oberhammer sah erst auf die Leiche, die gerade in einem Zinksarg verschwand und dann auf den Hubsteiger. „Kann der jetzt weg?“

Der Kommissar seufzte tief. Dann winkte er den Chef der Spurensicherung zu sich, wechselte ein paar Worte mit ihm und drehte sich dann zu Oberhammer um. „Gut, lassen Sie das Ding da wegfahren. Und kommen Sie dann sofort wieder zu mir, ich brauche Ihre Aussage!“

Wenig später hatte er sich die Fakten notiert: Oberhammer war gegen fünf auf den Platz gekommen. Der heftige Schneefall, der gestern am frühen Abend einsetzte, hatte den gesamten Platz mit einer Schneedecke überzogen. Jetzt war alles um den Fundort der Leiche herum zu Matsch zertrampelt.

Zickler seufzte wieder. „Was genau haben Sie vorgefunden? Gab es Spuren im Schnee?“

„Nein, gar keine. Ich ...“, Oberhammer wühlte in seiner Hosentasche. „Ich habe Fotos gemacht. Ich dachte, das sei vielleicht wichtig.“ Er zog sein Handy hervor und tippte auf das Display des Smartphones. Dann hielt er es dem Kommissar hin. „Hier!“

Zickler starrte ihn an. „Sie haben hier eine Leiche gefunden und haben dann erst mal Fotos gemacht?“

Oberhammer hob die Schultern. „Na ja. Ich dachte … Wissen Sie, ich bin ein Tatort-Fan und wenn man dann schon mal … Also ich meine ...“

Zickler hob die Hand. „Schon gut, lassen Sie mal sehen.“

Das Schneetreiben war zwar heftig gewesen, aber sehr kurz. So gegen zehn am Abend hatte es schon wieder aufgehört.

Auf dem ersten Foto war der Körper von Kogler zu sehen. Zerfetzt und blutig, mitten auf einer weißen Schneedecke. Es sah aus wie ein Leichentuch, das versehentlich unter den Toten gebreitet worden war. Reinweiß und unberührt.

Das zweite Foto zeigte auch den Hubsteiger daneben. Der Korb war an seinem Platz verankert, die Geländerteile alle geschlossen und der Korbboden von Schnee bedeckt. Vor dem Hubsteiger lag eine Trittleiter im Schnee.

Zickler gab das Mobiltelefon zurück an Oberhammer. „So wie es aussieht, hat er den Hubwagen gar nicht benutzt? Wie hat er denn dann die ersten Lichterketten da oben befestigen können?“

Oberhammer hob die Schultern und schüttelte den Kopf. „Ich hab keine Ahnung, wie – oh, da kommt Schüller, der Kollege von Kogler!“ Er winkte den jungen Mann zu sich heran und stellte ihn dem Kommissar vor.

Schüller zwirbelte nervös am Reißverschluss seines Kapuzenpullis. Ständig blinzelte er, wohl um die Tränen zu unterdrücken und Zickler war froh, dass die Leiche schon abtransportiert war. Sonst wäre ihm sein wichtigster Zeuge wohl umgekippt.

Doch je länger die Befragung dauerte, desto weniger Licht kam in die Vorgänge dieser Nacht. Schüller druckste herum, sah auf den Boden und wischte mit seinen Stiefeln Streifen in den Schneematsch. Immer wieder zog er den Reißverschluss nach unten, wieder nach oben und dann fragte er: „Kann ich bitte eine Zigarette haben?"

Eine halbe Stunde später betrat Zickler sein Büro und warf seinen Notizblock in weitem Bogen auf den Schreibtisch. Der Kaffee auf der Warmhalteplatte roch ganz frisch und verführerisch und nach den ersten großen Schlucken spürte Zickler, wie sein Hirn langsam auf Normalmodus schaltete und ihm signalisierte: Nichts passte zusammen.

Schüller hatte berichtet, dass sie den Hubsteiger gerade in Position manövriert hatten, als es zu schneien begann. „Und dann hat meine Freundin angerufen und war ganz verzweifelt, weil sie sich nicht traute, bei diesem Schneetreiben zu ihrer Nachtschicht zu fahren. Kogler hat das mitgekriegt und gemeint, er würde den Rest auch alleine hinkriegen."

Dann war Schüller gegangen.

Zickler lehnte sich weit in seinem Schreibtischstuhl zurück und verschränkte die Arme hinter seinem Nacken. Er sah hoch zur Decke und dachte nach.

Mord? Aber wieso gab es keine Spuren des Täters? Selbstmord? Das konnte er gleich ausschließen, so, wie die Leiche ausgesehen hatte. Unfall? Aber wie sollte das passiert sein – was hatte das Opfer so grässlich zugerichtet?

Er prüfte noch einmal die Ausdrucke von Oberhammers Handy-Fotos. Konnte man Schneefall simulieren? Fußspuren verschwinden lassen?

Wieder und wieder las er seine Notizen der Aussagen des

Kollegen und des Marktmeisters. Kogler hatte fünf der elf Lichterketten befestigt. Die restlichen hatte er nicht mehr geschafft.

Wieso war er mitten in seiner Arbeit mit dem Hubwagen nach unten gefahren? Weil sein Mörder aufgetaucht war?

Oder war er aus dem Korb gefallen und hatte sich dabei so schrecklich verletzt? Aber wer hatte dann den Hubwagen wieder in seine Arretierung gefahren? Und wieso war auch der Schnee im Korb unberührt?

Zickler schob seinen Stuhl zurück und sprang auf. Je länger er über den möglichen Verlauf nachdachte, desto verworrener wurde die ganze Geschichte.

Absolut gar nichts passte hier zusammen!

Beim dritten Klingeln nahm Schüller ab. „Ja?"

Zickler verzog den Mund. Er hasste dieses moderne Getue, bei dem sich keiner mehr mit seinem Namen meldete.

„Kriminalpolizei. Zickler hier. Ich habe noch eine Frage. Haben Hubsteiger nicht irgendwelche Sicherungen, dass man die überhaupt nur zu zweit bedienen kann? Einer im Korb, einer unten an der Steuerung?"

„Nee, dieser nicht. Wir sind ja öfter auch mal alleine unterwegs. Deshalb kann man direkt vom Korb aus steuern."

„Danke, das wars."

„Herr Kommissar – ich wäre doch nicht gegangen, wenn das nur zu zweit funktioniert hätte!" Schüller klang sehr zerknirscht und Zickler fühlte, dass ihn noch etwas anderes beschäftigte. „Ja, ich verstehe. Und weiter?"

„Weiter? Äh … ich weiß nicht so genau. Mir selbst ist das nie aufgefallen. Aber Kollegen sagen, Kogler habe sich immer ein bisschen ums Hochfahren gedrückt. Sie sagen, er hatte Höhenangst."

Zickler biss in das Brötchen, kaute und starrte dabei auf die beiden Fotoausdrucke vor ihm. Mehrere Tassen schwarzen Kaffees ohne Frühstück – das schaffte sein Magen nicht mehr, ohne zu rebellieren.

Zickler überlegte, ob es gut oder schlecht war, dass sein Magen so freudig auf die Kantinenbrötchen reagierte und ihm die Leichenfotos völlig egal waren.

„Mahlzeit", ertönte hinter ihm eine Stimme. Die Kollegin stellte ihr Tablett neben den Fotos ab, zog den Stuhl zurück und nahm Platz.

„Die Weihnachtsmarktgeschichte?", fragte sie und zog die Ausdrucke etwas zu sich heran. Sie betrachtete die Innereien der Leiche und schaufelte dabei Rührei in sich hinein.

„Aha", dachte Zickler. „Ich bin also nicht alleine so abgestumpft."

„Krass", meinte sie dann.

„Der Körper sieht ziemlich wüst aus, nicht?", fragte Zickler. Die Kollegin sah kurz zu ihm hin und meinte dann: „Nee, ich meine den Lkw mit dem Korb. So ein Riesending! Wie rangiert man dieses Teil ohne Außenspiegel?"

Zickler hatte das Brötchen auf den Teller fallen lassen und war direkt zum Fahrstuhl gerannt. Nur wenig später saß er in seinem Dienstwagen und war unterwegs zum Münsterplatz.

Auf dem Platz wimmelte es von Anhängern und Zugfahrzeugen. Die erste Reihe der Buden stand bereits neben der riesigen Blaufichte, die restlichen wurden gerade aufgebaut.

Oberhammer stand mitten im Getümmel und sprach abwechselnd links in sein Handy und rechts in sein Funkgerät. Dann drehte er sich um, schrie etwas über drei Autos hinweg, wandte sich noch weiter nach links und sah Zickler.

„Na", rief er. „Schon was rausgefunden?"

Zickler bahnte sich einen Weg zu ihm hin.

„Haben Sie einen Außenspiegel gefunden? Groß?“

Oberhammer starrte ihn an. „Was?!?“

„Einen Außenspiegel! Der Hubsteiger auf dem Foto – da fehlt der Außenspiegel!“

Oberhammer schüttelte den Kopf. „Das kann nicht sein – Sie können so ein Ding nicht rangieren ohne Außenspiegel!“

Zickler nickte. „Eben! Deshalb suche ich das Teil.“

Oberhammer verzog den Mund. „Bei dem Hin und Her auf dem Platz – wenn der hier irgendwo lag, hat es den schon längst zerbröselt!“

Zickler seufzte. „Ich fürchte, Sie haben recht.“

In diesem Augenblick klingelte sein Mobiltelefon. Der Rechtsmediziner gab die Ergebnisse der Obduktion Koglers durch. An der Todesursache gab es keinen Zweifel, aber: „… das war nicht wirklich ein Schnitt. Dazu war die Tatwaffe nicht scharf genug. Metall, wenige Millimeter breit, aber nicht messerscharf.“

Zickler sog die kalte Winterluft tief in seine Lungen. „Danke, wars das?“

„Hmm – interessant ist, dass die Wunde von unten nach oben entstanden ist.“

„Was? Vom Unterbauch zum Kinn? Nicht umgekehrt?“

„Nein – eindeutig andersrum.“

Zickler wollte das Gespräch schon wegdrücken, hörte dann aber noch ein: „Ach ja … Da war noch was! Ich hab Spuren von Blattgold in der Wunde gefunden!“

Zickler stöhnte laut auf.

Er wollte Berichte auf seinem Schreibtisch. Diese Telefoniererei jederzeit und überall verlockte die Rechtsmediziner immer wieder dazu, ihre mündlichen Berichte extrem theatralisch aufzubauen und abzuliefern.

Als er sich umwandte, um zu seinem Auto zurückzugehen, musste er gegen die Wintersonne blinzeln. Er vermisste für einen Moment seine Sonnenbrille und auch das angebissene Brötchen aus der Polizeikantine. Dieser Fall nervte ihn. Es ging nicht voran – jede neue Erkenntnis brachte nur neues Durcheinander.

Seine Augen folgten fasziniert einem Lichtpunkt, der an der Außenwand eines Hauses tanzte. Fast so wie früher in der Schule, wenn man den Lehrer ärgern wollte mit …

Zickler wirbelte herum.

Dort oben, etwa zwei Meter unterhalb der Spitze des Weihnachtsbaumes, hing der vermisste Außenspiegel an einem dicken Seil, baumelte sanft hin und her und ließ die Spiegelung der Sonnenstrahlen über die Hauswände huschen.

Oberhammer starrte ihn an. „Einen Hubsteiger? Jetzt? Hierhin, mitten auf den Platz? Unmöglich!“

Zickler funkelte zurück. „Ich habe hier einen Fall aufzuklären und muss da hoch!“

„Wegen des Außenspiegels? Was wollen Sie denn damit rauskriegen?“

Zickler schüttelte den Kopf und hob den Blick zur Spitze des Baumes. „Ich brauche diese Christbaumspitze. Jetzt, sofort!“

Oberhammer verdrehte die Augen. „Und was wollen Sie daran finden?“

„Blut. Blut des Toten.“

Sechzehn Stunden vorher.

Kogler packte die Kartons direkt auf der Ladefläche aus und legte die zusammengerollten Lichtergirlanden nebeneinander parat. Im letzten Karton lag die Christbaumspitze. Sie war aus schwerem Metall und trug eine Befestigungshülse am unteren Ende. Der obere Teil bestand aus vielen verschlungenen Ornamenten, die sich zu einer langen Vierkantspitze vereinten. Zum Schutz der feinen Blattgoldschicht war das fast metergroße Metallteil in dicke Lagen Papier eingepackt und trug eine Styroporkugel auf der Spitze.

Kogler sah hinüber zum Korb des Hubwagens. Sie würden mit der Spitze beginnen. Er packte die Rohrschellen und kleinen Holzkeilchen, die für die perfekte Ausrichtung des Metallschmucks auf der Spitze der Blaufichte dienen sollten, in einen kleinen Beutel und befestigte ihn an seinem Gürtel.

Schüller hatte das noch nie gemacht, er, Kogler, würde ihn wohl im Korb begleiten müssen. Hinauf bis zur Spitze des riesigen Baumes in der Mitte des Münsterplatzes. Kogler sah hoch und seufzte.

Einige Flocken tanzten plötzlich um seinen Kopf. Schön, es gab Schnee, pünktlich zur Eröffnung des Weihnachtsmarktes!

Schüller hatte inzwischen die neuen LED-Lämpchen ausgepackt und damit begonnen, die Leuchtgirlanden damit zu bestücken. Zwei waren schon fertig und Kogler prüfte kurz, ob alle Lampen brannten.

Die vereinzelten Flocken waren in dichtes Schneetreiben übergegangen. Eine dünne Schicht Schnee lag über dem Platz und auf dem Korbboden des Hubwagens.

Auch das noch.

Schüller war bei der letzten Lichterkette angekommen, als sein Handy klingelte. Er nahm ab, horchte eine Weile, sagte dann: „Nein, Schatz, ich kann noch nicht weg. Das dauert noch mindestens ´ne halbe Stunde!“ Dann sprach die Anruferin. Lange und laut. Und sehr aufgeregt. Kogler konnte zwar nichts verstehen, aber der Tonfall war deutlich. Schüller rollte die Augen und hob die Schultern. Dann seufzte er, deutete auf sein Handy und flüsterte Kogler zu: „Meine Freundin. Sie hat Schiss, bei dem Wetter zur Nachtschicht zu fahren!“

Kogler war gerade dabei, die letzte Girlande zu prüfen und raunte Schüller zu: „Dann bring sie doch hin. Den Rest schaff ich auch ohne dich!“

Kurz darauf stand er alleine da. Starrte auf den Korb und dann weit hoch zur Spitze des Weihnachtsbaumes. Kogler grübelte kurz und fasste einen Entschluss.

Bald darauf stand er auf der Trittleiter vor dem Hubsteiger. Die Metallspitze lag auf dem obersten, breiten Tritt, die Lichtergirlanden hingen, immer noch aufgerollt, auf beiden Seiten an den Griffholmen. Er stand in knapp zwei Metern Höhe, trotzdem wackelten seine Knie so heftig, dass er sie ganz fest an die Seitenteile der Trittleiter presste.

Direkt vor ihm hing ein Zweig fast waagrecht in der Luft. Er kürzte ihn bis zum ersten Kranz der Seitenzweige herunter. Auch die wurden direkt am Stamm abgezwickt. Jetzt hatte er eine Basis, die dick genug war, um der Hülse Halt zu geben, und kräftig genug, um die ganze Metallspitze zu tragen. Das Problem war die perfekte Ausrichtung. Oben, mit dem Hubsteiger, hätte er mit der Wasserwaage arbeiten können. Hier, auf der Trittleiter, mit der tief heruntergezogenen Baumspitze, musste er tricksen und basteln.

Doch bald waren die Rohrschellen festgezogen und der verbogene Baumwipfel schien kerzengerade in die Metallspitze überzugehen.

Kogler atmete tief durch. Seine Idee, den gesamten Baum zu sich herunterzubiegen, hatte funktioniert. Das Seil, mit dem der Baum vor ein paar Tagen aufgerichtet worden war, war nicht entfernt worden. Damit hatte er – unterstützt von dem Handflaschenzug aus dem Werkzeugkasten – den Baumstamm so weit zu sich heruntergezogen, dass er die Spitze mit der Trittleiter erreichen konnte. Das Seil hatte er am Außenspiegel des Hubwagens festgezurrt.

Alles lief perfekt.

Er entfernte die Schutzkugel aus Styropor von der goldenen Metallspitze und begann mit der Befestigung der Lichtergirlanden.

Wie ein altes Ehepaar Walter Landin

1

„Was ist passiert?“

Sie stand vor dem Bett. Hielt die Hände nach oben. Als flehte sie um einen Beistand, der von dort kommen sollte. An den Händen klebte Blut. In der rechten Hand war ein Messer. Blutig.

„Ich habe nichts damit zu tun“, sagte sie.

Deckbett, Kopfkissen und Laken waren blutig. Weißes Bettzeug. Blütenweiß. Blutverschmiert.

„Was ist passiert?“ Sie hielt die Hände immer noch vor sich.

„Ich weiß nicht, was passiert ist.“

Mitten auf dem Bett lag ein Mann. Sein Nachthemd, ein blau gestreiftes, war hochgerutscht. Die rote Mütze mit dem weißen Bommel war verschoben und verdeckte sein linkes Auge. Der Mann war alt. Und wie er dalag, die Beine angewinkelt, die Hände vor die Brust gepresst, sah er hilflos aus.

„Wer ist der Mann? Ich kenne ihn nicht.“

Sie ließ die Hände sinken, das Messer rutschte ihr aus der Hand und schlug mit einem leisen Klacken auf dem Parkett auf. Der Mann auf dem Bett war übersät von Einstichen.

„Wie kommt der Mann in mein Bett?“

Sie drehte sich um. Sie ging einige Schritte in Richtung Tür, blieb stehen und machte kehrt.

„Wo bin ich? Wie bin ich in dieses Zimmer gekommen?“

Die Pflegerin legte den Arm um die Frau.

„Es ist alles gut, Frau Nadler. Alles ist gut.“

2

Kriminalhauptkommissar Heribert Karcher parkte seinen Golf auf dem Parkplatz vor dem Altenpflegeheim in der

Arnold-Janssen-Straße in Sankt Augustin. Der Wagen kam langsam in die Jahre, die hunderttausend waren längst überschritten. Da Reparaturen ausblieben, sah Karcher jedoch keine Veranlassung, sich nach einem neuen Auto umzusehen. Der Kommissar deutete durch die Windschutzscheibe auf den Weihnachtsbaum, der links neben dem Eingang stand, eine mit Lichtern geschmückte Tanne, die zehn Meter maß. Ein stattlicher Baum. Früher. Jetzt sah er armselig aus. Die Spitze fehlte, bestimmt zwei Meter.

„Ist das nicht der Gipfel?", stellte Karcher fest. „Da sägen die vorm Altenheim den Weihnachtsbaum ab."

Thomas Breunig, ebenfalls als Hauptkommissar bei der Kriminalpolizei in Bonn tätig, fragte sich, wen sein Kollege mit „die da" meinte. Das Wort „Altenheim" brachte ihn jedoch auf andere Gedanken.

„Erinnerst du dich an die Serie von Todesfällen vor einigen Jahren?", fragte Breunig beim Aussteigen. „War auch in einem Altersheim. Mir fällt der Name nicht mehr ein."

„Richtig, Siegburg. Daran entsinne ich mich. Dann muss ich passen. Mehrere Todesfälle in kurzer Zeit. 2006 oder 2007 muss das gewesen sein. Und der mysteriöse Tod eines Pflegers."

„Niedergeschlagen und im Teich ertränkt? Oder unglücklich gestürzt und ertrunken? Verbrechen oder tragischer Unfall?"

„Die Gerichtsmedizin war damals keine wirkliche Hilfe. Der Fall wanderte zu den ungelösten Fällen", meinte Karcher. „Ich war mir sicher, dass ein Verbrechen vorlag."

„Heute soll es eindeutig sein. Ein Heimbewohner soll erstochen worden sein."

Karcher sah vier Mädchen, die auf die beiden Kommissare zuliefen. Sie schienen aufgeregt.

„Da vorne liegt was Totes."

Das kleinste der vier Mädchen, die alle um die zehn, elf Jahre alt waren, deutete ins Gebüsch vor ihnen.

„Haben die Kollegen nicht was von einem Toten in einem Pflegezimmer gesagt?", wandte sich Breunig an Karcher.

„Geh schon mal vor, Thomas. So, zeigt ihr mir mal, was ihr da Totes entdeckt habt."

Es handelte sich um einen toten Vogel, eine Amsel, auf der kleine weiße Würmchen wuselten. Die Amsel stank entsetzlich.

Leichen stinken alle gleich, dachte Karcher, egal ob Menschenleiche oder Tierkadaver. Er versuchte, nicht durch die Nase zu atmen.

„Sucht euch eine Schaufel und beerdigt den armen Vogel ordentlich, das hat er verdient", sagte Karcher.

Als er den Eingang erreichte, drehte er sich um und sah nach den Mädchen. Zwei suchten wohl nach einem geeigneten Bestattungsort. Zwei rannten zur Pforte des Altenpflegeheims, wahrscheinlich, um sich eine Schaufel auszuleihen. An der Information wollte er sich nach dem Todesfall erkundigen, aber der Pförtner kam ihm zuvor.

„Zweiter Stock, Zimmer 217."

„Woher wissen Sie?"

„Dass Sie nicht wegen des geschändeten Weihnachtsbaumes hier aufkreuzen, versteht sich von selbst. So ein Vandalismus interessiert die Kripo nicht."

3

„Frau Nadler hat das nicht getan!"

Der Satz, den die Altenpflegerin, die Karcher und Breunig

gegenübersaß, ausgesprochen hatte, war keine Aussage. Er hörte sich an wie ein Befehl. Karcher sah das dicke Ausrufezeichen am Ende vor sich. Widerspruch war undenkbar.

„Nie und nimmer!“

Die Frau, auf deren Namensschild „Frau Richter“ stand, war aufgestanden und stemmte ihre Hände in die Hüften.

Sie steht vor uns, dachte Karcher, wie jemand, der die Wahrheit kennt und verkündet.

„Nehmen Sie bitte wieder Platz“, bat Breunig sie höflich.

„Uns geht es im Moment nicht um Schuldzuweisungen oder Verurteilungen“, sagte Karcher. „Zuerst möchten wir uns ein Bild davon machen, was passiert ist.“

Und so erfuhren die beiden Kommissare, wie Frau Richter am Morgen ins Zimmer von Frau Nadler gekommen war, wie sie die alte, demente Frau mit blutigen Händen, in der rechten das blutige Messer, vorgefunden hatte, wie sie den Herrn Reisinger im Bett der Frau Nadler gesehen hatte. Mit zahlreichen Einstichwunden. Karcher war beeindruckt, wie plastisch Frau Richter die Situation beschreiben konnte.

„Ist es üblich, dass Heimbewohner in fremden Betten nächtigen?“, fragte Breunig, der sich Mühe gab, seine Frage unverfänglich klingen zu lassen.

„Natürlich nicht. Als ich kurz vor Mitternacht einen Blick in Frau Nadlers Zimmer warf, lag sie friedlich schlafend in ihrem Bett. Allein. Das möchte ich betonen.“

„Was ist Frau Nadler für eine Frau?“, fragte Karcher. „Erzählen Sie uns von ihr.“

Die beiden Kommissare wurden informiert, dass Frau Nadler seit drei Jahren Heiminsassin war. Insasse, Karcher kannte den Begriff eher in einem anderen Zusammenhang. Dass ihre Demenz in dieser Zeit fortgeschritten sei. Anfangs habe sie viele klare Momente gehabt, jetzt nur noch selten. Damals habe ihre Tochter sie besucht, jeden zweiten Tag. Vor einem Jahr die Heirat der Tochter, späte Liebe mit über sechzig, Umzug zu ihrem Mann nach Australien, nach Sydney. Im April, vor mehr als einem halben Jahr, der letzte Besuch. Frau Nadler habe unter dem Verlust der Tochter gelitten. Umso mehr habe sie, also Frau Richter, sich gefreut, als Herr Reisinger letzten September ins Heim gekommen sei. Herr Reisinger sei vierundachtzig Jahre, genauso alt wie Frau Nadler. Herr Reisinger sei im Kopf vollkommen klar, aber bewegungsmäßig sei er ein wenig eingeschränkt, Arthrose, auf den Rollator angewiesen. Rührend habe er sich um Frau Nadler gekümmert. Richtig vertraut habe das gewirkt. Frau Nadler habe kein Motiv gehabt, Herrn Reisinger zu töten. Im Gegenteil, sein Ableben schade ihr selbst am meisten.

Ableben, dachte Karcher. Interessante Formulierung in diesem Kontext.

Frau Richter schnäuzte sich in ein rosafarbenes Stofftaschentuch.

„Wir waren froh, dass Herr Reisinger uns entlastete. Sie glauben nicht, was hier los ist. Wir sind chronisch unterbesetzt. Der reinste Stress, die Arbeit."

„Was für ein Mensch ist Frau Nadler?"

„Eine herzensgute Frau. Jammert nie. Ist immer freundlich. Trägt ihre Krankheit mit großer Würde. Nie und nimmer ist sie zu so einer Tat fähig. Sie hat kein Motiv. Mit Herrn Reisinger verstand sie sich prächtig. Es gibt kein Motiv!"

Karchers Handy klingelte. Sabine, sah er auf dem Display. Vielleicht gab es neue Erkenntnisse in dem Todesfall in einem Getreidecontainer im Bonner Hafen. Seit Tagen beschäftigte sie der Fall, ohne dass ihnen bisher der Durchbruch gelungen war. Verbrechen oder Unfall, das war die Frage. Und ohne Obduktionsbericht kamen sie nicht weiter. Und der war seit Tagen überfällig. Verbrechen oder Unfall? Wie beim Tod des Pflegers im Froschteich in diesem Altenheim in Siegburg, dachte Karcher und drückte auf die Empfangstaste.

„Der Empfang hier drinnen ist schrecklich", sagte die resolute Altenpflegerin. „Besser Sie gehen nach draußen."

„Ich verstehe dich kaum, Sabine", sagte er. „Einen Moment, ich gehe ins Freie. Bleib dran."

Karcher entschuldigte sich und machte, dass er vor die Tür kam.

4

„Neuigkeiten?", fragte Karcher die junge Kollegin.

Draußen vor dem Altenpflegeheim war der Empfang vorbildlich. Links von der Eingangstür standen die vier Mädchen in den Rabatten und waren mit Schaufel und Handrechen zugange. Wo sie die auf die Schnelle herhatten, wusste Karcher nicht. Aber im Organisieren waren sie spitze. Das musste er zugeben.

Nein, es gebe keine neuen Erkenntnisse, nein, der Obduktionsbericht vom Container lasse auf sich warten.

Sabine Daubmann konnte nicht mit Neuigkeiten aufwarten, sie fragte nur an, ob Breunig und er, Karcher, sie zum Mittagessen begleiten wollten. Karcher schaute auf die Uhr. Halb zwölf vorbei.

„Damit wird es heute nichts. Gewaltsamer Todesfall im Altersheim. Ich weiß nicht, wie lange das dauert."

Er legte auf und trat zu den Mädchen, die den Vogel unter die Erde gebracht, das Grab mit kleinen Steinen eingefasst und mit einigen vertrockneten Christrosenblättern bestreut hatten. Ein kleines Holzkreuz schmückte die Ruhestätte der unglücklichen Amsel. Karcher fand es ein wenig übertrieben, sagte aber nichts. Verblüfft sah er, wie die Mädchen sich an den Händen anfassten und die Kleine, die ihn vorhin angesprochen hatte, sagte: „Beten wir für den Vogel."

„Vater unser im Himmel", sprachen sie im Chor und mit lauter Stimme. „Geheiligt werde dein Name …"

Das war Karcher zu viel.

„Der Vogel war kein Christ. Singt ihm doch ein Lied."

Die Mädchen überlegten kurz.

„Ihr Kinderlein kommet", stimmten sie zusammen an.

Pfiffige Kinder, dachte Karcher, obwohl er „Alle Vögel sind schon da" passender gefunden hätte. Er schob sein Handy in die Jackentasche zurück und machte sich auf den Rückweg. Abrupt drehte sich noch einmal um. Die Mädchen hatten sich jetzt wieder an den Händen gefasst und setzten das Gebet in verminderter Lautstärke fort.

„Dein Reich komme. Dein Wille geschehe."

Warum nicht?, sagte er sich. Was geht es mich an, auf welche Art und Weise vier kleine Mädchen eine halb verweste Amsel unter die Erde bringen.

„Wie im Himmel, so auf Erden."

5

Karcher kam zurück in das Büro, das als Vernehmungszimmer umfunktioniert worden war. An dem Platz, an dem Frau Richter gesessen hatte, saß jetzt ein schmaler, kleiner Mann in weißem Kittel.

Ein Männlein, dachte Karcher.

Dr. Ehrmann, las er auf dem Schild am Kittel.

„Der behandelnde Arzt von Frau Nadler", sagte Breunig.

„Nach allem, was wir bisher gesehen und gehört haben, deutet vieles auf Frau Nadler als Täterin hin."

Karcher schaute dem Arzt ins Gesicht. Der blickte emotionslos zurück und schwieg.

„Helfen Sie uns auf die Sprünge", sagte Breunig schließlich.

„Womit?", fragte der Arzt.

Karcher beherrschte sich.

„Kommt Frau Nadler als Täterin infrage?", fragte Breunig genauso ruhig, wie er immer bei Vernehmungen war.

„Wollen Sie mich auf den Arm nehmen?", fragte der Arzt.

„Herr Dr. Ehrmann", fing Karcher an.

„Wir sind Laien, Herr Doktor", sagte Breunig. „Ich formuliere meine Frage möglichst präzise. Sind Demente zu Gewalttaten fähig?"

„Klar! Unbedingt sind Demenzkranke dazu fähig. Das Langzeitgedächtnis funktioniert noch. Gerade bei Frau Nadler, die in der Vergangenheit lebt. Das Kurzzeitgedächtnis ist nicht mehr gut."

6

Am Abend saß Karcher auf der Bank in seinem Garten und legte ein Stück Holz in den Feuerkorb. Er hätte es gut ohne die Wärme des Feuers ausgehalten, aber er liebte das Knistern der Flammen. Es war Montag, der achte Dezember, zwei Tage nach Nikolaus. Und er saß immer noch im Freien und genoss den Pfälzer Weißburgunder. Der Herbst war in diesem Jahr mild gewesen, jetzt hatte der Winter noch immer nicht die Oberhand gewonnen. Das Thermometer zeigte sechs Grad, obwohl es auf einundzwanzig Uhr zuging. Die Katze lag in sicherer Entfernung vor der Küchentür. Den Teller mit der Lammpastete hatte sie leergeleckt. Jetzt schnurrte sie zufrieden vor sich hin und streckte alle Viere von sich.

In meinem nächsten Leben werde ich Katze, dachte Karcher. Aber nur bei mir.

Er sah das Zimmer der Frau Nadler vor sich, das Bett, das blutige Bettzeug, die Leiche in ihrem Blut. Die verrutsche Nikolausmütze. Es war der erste Eindruck, den er wahrgenommen hatte, als er auf der Schwelle des Zimmers stehen geblieben war. Er schloss die Augen. Und dann tauchte Frau Nadler auf, erst schemenhaft und verschwommen, klarer werdend. Frau Nadler mit den blutverschmierten Händen und dem Messer. Der Tatwaffe. Und dann verschwammen die Wände, der Parkettboden, das Bett mit der Leiche, die Silhouette der Frau Nadler, bis die beiden Hände übrig blieben. Das Bild hatte sich eingebrannt in seine Gedanken. Ein Bild, das er mit seinen eigenen Augen nicht gesehen hatte. Ein Bild, das er nur aus den Erzählungen der Altenpflegerin kannte.

Den toten Herrn Reisinger im Bett mit dem gestreiften Nachthemd und der Nikolausmütze, den hatte er mit eigenen Augen gesehen.

„Ist es üblich, dass die ...", hatte Karcher gezögert, „die männlichen Insassen als Nikolaus verkleidet herumlaufen?"

„Nein, das ist nicht üblich", hatte Frau Richter geschnaubt. „Herr Reisinger hat vorgestern den Nikolaus gegeben, überzeugend, mit großer Hingabe."

Nicht die Nikolausmütze, die blutigen Hände haben sich eingebrannt in meine Gedanken, sagte Karcher sich, festgebissen wie eine Zecke, die ich nicht losbekomme. Obwohl ich sie nicht einmal gesehen habe.

Und noch etwas ließ ihn nicht zur Ruhe kommen auf dem Balkon. Er überlegte, was es sein könnte, er kam nicht drauf. Eine Geste der Altenpflegerin? Oder irgendetwas, was sie gesagt hatte? Er öffnete die Augen. Der Platz vor der Küchentür war leer. Die Katze hatte sich auf ihren nächtlichen Streifzug begeben. Wie jede Nacht. Karcher nahm einen weiteren Schluck vom Weißburgunder. Es war eine Aussage von Frau Richter. Da war er sich sicher. Sein Glas war leer. Wie ein altes Ehepaar hätten die beiden gewirkt, Frau Nadler und Herr Reisinger.

7

Am nächsten Morgen gegen halb elf saß Karcher an seinem Schreibtisch und las den Obduktionsbericht zum Todesfall im Getreidecontainer zum zweiten Mal. Tod durch Ersticken. Keine Fremdeinwirkung. Tragischer Unglücksfall. Die Aussagen waren eindeutig. Der Arzt vom Institut für Rechtsmedizin in Bonn war sich seiner Sache sicher. Die Akte konnte geschlossen werden und Karcher hatte keine Zweifel. Anders als beim Tod des Pflegers im Altenheim in Siegburg vor einigen Jahren.

Die Dienstbesprechung war verlaufen wie immer.

„Einen wunderschönen Morgen Ihnen allen."

Mit seinem Standardspruch hatte der Erste Hauptkommissar Klingenberger, Leiter des Dezernates KK 11, die morgendliche Besprechung um Punkt halb neun wie jeden Tag eröffnet. Da um diese Zeit der Obduktionsbericht noch nicht vorgelegen hatte, war der Todesfall im Getreidecontainer schnell abgehandelt gewesen. Blieb der Tote im Altenpflegeheim.

„Die Indizien sind glasklar", sagte Klingenberger. „Die

Nadler hat den Reisinger erstochen. Wenn uns die Auswertung der DNA-Spuren vorliegt, werden wir Gewissheit haben."

„Sollen wir jetzt ins Altenpflegeheim nach Sankt Augustin fahren und die Frau verhaften?", fragte Karcher und es klang provozierend.

„Mein lieber Karcher", sagte Klingenberger betont ruhig. „Frau Nadler kann für die Tat, die sie verübt hat, nicht zur Rechenschaft gezogen werden."

Es folgte eine Abhandlung über Paragraf zwanzig des Strafgesetzbuches über Schuldunfähigkeit wegen seelischer Störung. Aus dem Stegreif, versteht sich! Ohne Schuld handele, wer bei Begehung der Tat wegen einer krankhaften seelischen Störung, wegen einer tiefgreifenden Bewusstseinsstörung oder wegen Schwachsinns oder einer anderen seelischen Abartigkeit unfähig sei, das Unrecht der Tat einzusehen oder nach dieser Einsicht zu handeln.

„Sind wir hier in einer juristischen Vorlesung?", wandte sich Karcher an Breunig. Der legte den Finger auf den Mund.

Krankhafte seelische Störungen, dazu gehörten alle auf einem hirnorganischen Prozess beruhenden Erkrankungen, wie z. B. chronische degenerative Erkrankungen des Zentralnervensystems, also auch Alzheimer und senile Demenz. Klingenberger war am Ende seines Vortrags angelangt.

„Die Frau kann für ihre Tat nicht bestraft werden?", fragte Sabine Daubmann.

Klingenberger bewegte seinen Kopf hin und her.

„So kann man das ausdrücken, Kommissarin Daubmann. Aber ganz so einfach ist es nicht."

Das Gericht habe die Möglichkeit, bei schuldunfähigen oder vermindert schuldfähigen Tätern die Unterbringung in einer geschlossenen psychiatrischen Anstalt anzuordnen. „Paragraf einundsechzig folgende Strafgesetzbuch", fügte er hinzu.

„Das Motiv. Was für ein Motiv hatte die Frau?", fragte Breunig.

„Motiv. Motiv", sagte Klingenberger. „Interpretieren Sie nicht so viel da hinein. Der Fall ist sonnenklar. Bei einer dementen Frau, was sollte das Motiv da für eine Rolle spielen?" Klingenberger legte eine Pause ein. „Das spielt keine Rolle. Und wenn sie ein Motiv gehabt haben sollte, dürfte sie es im nächsten Augenblick vergessen haben."

Niemand stimmte in Klingenbergers Lachen ein.

8

Die Tür zu Karchers und Breunigs Büro wurde aufgerissen, ohne dass es vorher geklopft hatte. Herein stürmte Kollegin Daubmann.

„Ich habs", rief sie.

„Was hast du?", sagte Karcher.

„Den Stein der Weisen?", sagte Breunig.

„Das Motiv! Ich weiß, warum Frau Nadler Herrn Reisinger umgebracht hat."

„Raus damit!", sagte Karcher.

„War einfach", sagte Daubmann.

Und so erfuhren die beiden die Geschichte der Traudel Nadler und des Alfred Reisinger. Beide 1928 in Oberschlesien geboren.

„Schlesien Ober", sagte Breunig und rollte das R.

„Beide verschlägt es nach Vertreibung und Flucht nach Bonn. Im September 1948 lernen sie sich auf Pützchens Markt kennen. Beuel war damals noch selbstständig. Übrigens der erste Pützchens Markt nach dem Krieg. Alfred schwängert Traudel, im März 1949 ist Hochzeit, im Mai kommt die Tochter zur Welt."

„Wie? Was?", sagte Breunig und Karcher fügte hinzu: „Die Nadler und der Reisinger? Verheiratet?"

„Genau! Die beiden waren verheiratet. Ein kurzer Abgleich beim Melderegister", sagte Daubmann. „1979, nach dreißig Ehejahren, kommt die Scheidung. Für Frau Nadler ein Schicksalsschlag, von dem sie sich nicht mehr erholt hat, wie mir die in Sydney lebende Tochter am Telefon bestätigt hat. Reisinger, jetzt Rektor an einer Hauptschule in Bornheim, Moment, Franziskusschule, hatte was mit einer ehemaligen Schülerin angefangen. Seine Frau kam per Zufall dahinter. Aus ihrer lebenslustigen Mutter, so die Tochter am Telefon, sei eine regelrecht traumatisierte Frau geworden, die sich in ihrer Wohnung verkrochen habe. Erst mit dem Umzug ins Altenpflegeheim habe sich der Zustand ihrer Mutter gebessert. Die Tochter ist übrigens gerade auf dem Weg nach Sankt Augustin. Die verlassene Ehefrau nimmt 1981 wieder ihren Mädchennamen an und wird erneut Traudel Nadler. Alfred Reisinger heiratet im gleichen Jahr, 1981, eine frühere Schülerin. Er ist zu diesem Zeitpunkt dreiundfünfzig, die junge Dame zwanzig. 2014, im Januar, vor knapp einem Jahr, stirbt die zweite Ehefrau. Brustkrebs. Mit gerade fünfzig Jahren. Alfred Reisinger trauert. Hat keine Lebenslust mehr. Und geht im September, körperlich nicht mehr fit, ins Altersheim."

„Und trifft dort auf seine erste Ehefrau", sagte Karcher. „Logisch, dass die Richter uns erzählt hat, die beiden wirkten wie ein altes Ehepaar. Sie waren eins."

„Nur, dass die Ehefrau so dement ist, dass sie ihren alten Ehemann nicht wiedererkennt", sagte Breunig.

„Aber sie hat noch klare Momente", sagte Sabine Daubmann. „Frau Richter hat das bestätigt. Und in so einem klaren Moment hat sie ihren Alfred erkannt. Und ihr ist eingefallen, was der ihr alles angetan hat.“

„Was für eine Geschichte!“, sagten Karcher und Breunig wie aus einem Mund. „Mit der geschiedenen, hochgradig dementen Ehefrau im gleichen Pflegeheim! Das muss zur Katastrophe führen.“

„Da Frau Nadler nur ein einziges Mal verheiratet war und es nach der Scheidung keine Männerbekanntschaften gab, an die sie sich erinnern könnte“, sagte die Kollegin, „scheint es nicht wahrscheinlich, dass Frau Nadler weitere Gewalttaten begehen könnte. Aber das muss der Richter entscheiden.“

Rotpüppchen Isabella Archan

Die Fee schlägt auf ihr großes Märchenbuch,
sind viel' Geschichten wohl drinnen.
Die guten und bunten, die wilden und bösen.
Dieses Märchen kann jetzt beginnen:

Sie musste so dringend auf die Toilette, dass sie den Druck schon in ihren Schläfen spürte. Marie rutschte auf ihrem Sitz hin und her und begann unkontrolliert auf ihrem Daumennagel zu knabbern.

„Was?", zischte ihre ältere Schwester neben ihr.

Marie erinnerte sich, wie sauer und wütend Ellen gewesen war, als ihre Mutter sie dazu verdonnert hatte, die kleine Schwester mit ins Kindertheater in die Weihnachtsvorstellung zu nehmen. „Nicht das Baby!"

Marie hasste es, wenn ihre große Schwester sie Baby nannte. Sie war vor drei Wochen sechs geworden und sicher schon lange KEIN Baby mehr. Ellen war ihr gerade mal drei Jahre voraus.

„Entweder du nimmst Marie mit oder ihr könnt euch beide die Märchen-CD in euren Zimmern anhören."

Später, als sich ihre Mutter während der Fahrt von Siegburg zum Weihnachtsmärchen im Jungen Theater in Bonn-Beuel freudestrahlend mit einer Freundin im Café Göttlich in der Innenstadt verabredet hatte, dachte Marie, es tat Mama wohl auch manchmal gut, freie Zeit ohne die Mädels zu haben.

Rotkäppchen stand auf dem Spielplan und das Besondere zur Vorweihnachtszeit war, dass der Weihnachtsmann auch noch Bonbons verteilen würde.

Jetzt saß Marie in ihrem roten Wollkleid neben Ellen und

deren beiden besten Freundinnen in der sechsten Reihe und wetzte hin und her.

Ihre Mutter hatte auf der Hinfahrt in ihrem Benehmt-euch-Ton über gutes Verhalten im Theater schwadroniert und ihren Töchtern noch mal eingebläut danach unbedingt vor dem Haupteingang so lange zu warten, bis sie abgeholt würden. Und sich in der Pause nicht nur Süßigkeiten vom Geld zu holen. Marie hatte sich gegen Ende des Muttermonologs zum Autofenster hinaus geträumt.

Als sie sich dem Theater in der Hermannstraße näherten und die Fenster im Eingangsbereich in geheimnisvoll silbernem Licht erstrahlten, war sie endgültig in ihrer Traumwelt verschwunden und fühlte sich als mutige Eisprinzessin, die zu ihrer ersten Theatervorstellung fuhr. Natürlich wurde Rotkäppchen heute nur für Marie gespielt.

Für die Eisprinzessin mit dem blauen Krönchen. Ihre Majestät, Marie, die erste.

Auf ihrem Kopf trug Marie nämlich ein kleines Krönchen aus blauem Filz, das sie vor zwei Tagen in der Vorschule gebastelt hatte. Heute war die erste und sicherlich beste Gelegenheit es einzuweihen. Ellen hatte sie deswegen zwar aufgezogen und als Filzmajestät bezeichnet, aber ihr dann doch geholfen, es am Haar mit einer Spange zu befestigen. Manchmal war die Große auch nett zu der Kleinen.

Maries Herz klopfte wild und ein leises Pfeifen war in ihrem linken Ohr. Der ganze Theaterbau strahlte in der frühen Dunkelheit dieses Dezembernachmittags die Magie eines verwunschenen Schlosses aus. Die Mutter hatte angehalten und die Mädchen schnell aussteigen lassen, um diese Zeit gab es nirgends einen Parkplatz. Hinter ihnen hatte ein anderer Autofahrer gehupt, und Mama und Ellen hatten fast gleichzeitig die Augen verdreht. Marie aber hatte ihren Daumen nach oben gestreckt um den Fahrer zu zeigen, dass sich eine echte Eisprinzessin nicht aus der Ruhe bringen ließ.

Ellen hatte sie noch fest an die Hand genommen, um ihrer Mutter beim letzten Blick auf ihre Mädchen zu demonstrieren, dass sie eine gute große Schwester war. Beide hatten der Mutter zu gewunken, und diese den Blinker gesetzt und sich wieder ins vorweihnachtliche Verkehrsgetümmel eingereiht.

Als sie auf das Junge Theater zugegangen waren, war Marie aufgeregt wie ein Huhn gewesen. Mit weit aufgerissenem Mund war sie vor der Eingangstür stehen geblieben. Dort war eine menschengroße Pappfigur vom bösen Wolf aufgestellt. Ein kleiner Junge weinte herzergreifend und seine Mutter zerrte ihn in Richtung Tür.

„Was für ein Baby", ätzte Ellen neben Marie, und Marie biss sich tapfer auf die Lippen. Nur keine Baby-Angst zeigen.

Kaum durch die Eingangstür durch und an der Pappfigur vorbei, war Ellen aber schon auf ihre zwei Freundinnen getroffen, hatte Maries Hand los gelassen und war kichernd mit ihnen voran gelaufen. Marie hatte tief durch geatmet und war der großen Schwester und den anderen Kindern gefolgt. Sie hatte sich fest vorgenommen, sich nicht einschüchtern zu lassen und kein einziges Mal in ein Kleinkind-Verhalten zu fallen.

Die Menge um sie herum war schrecklich laut gewesen, aber auch da hatte Marie in ihrer Phantasie die Jubelrufe zu ihren Ehren gehört, schließlich geschah es nicht jeden Nachmittag, dass Eisprinzessin Marie sich die Ehre gab, das Junge Theater in Bonn-Beuel zu besuchen.

Im Foyer des Theaters war ihr dann doch etwas mulmig geworden. Auch hier war noch einmal eine lebensgroße Pappfigur vom bösen Wolf aufgestellt, sein Maul war offen, seine Zähne blinkten gelb und gefährlich. Ellen war in der

Menge nicht mehr auszumachen und es war Marie kaum gelungen, ihre hoheitliche Haltung und Gelassenheim zu bewahren. Gut, dass hier schon der Weihnachtsmann herum ging und erste Bonbons verteilte. Marie hatte sich ihren Weg durch die Kindermenge zu ihm gebahnt und gleich zwei davon bekommen, die süß und schokoladig schmeckten.

Sie hatte sich den Parka ausgezogen und ihre Eintrittskarte aus der Jackentasche geholt.

Alles das hat die Eisprinzessin allein geschafft!

Seitlich am Eingang zum Zuschauerraum hatte eine dicke freundliche Frau gestanden, die den Kindern ihre Karten abriss und jedem einzelnen einen schönen Advent und gute Unterhaltung wünschte. Maries Hände hatten geschwitzt, ihre Karte zeigte graue Flecken. Ein wenig hatte sie da Angst bekommen, dass die Frau am Eingang sie deswegen ermahnen würde, aber außer einem Lächeln und den guten Wünschen war nichts weiter geschehen. Marie hatte sich im Gegenzug nett bei der Frau bedankt. In ihrer Phantasie wurde die rundliche Dame eine ihrer Kammerzofen und zum Personal sollte man immer höflich sein.

Marie war in dem Gemurmel und Gekicher der Kinder untergetaucht und hatte sich mit nach vorne durch den Bühneneingang schieben lassen.

Dann kam sie im Zuschauerraum an – was für ein Moment!

Hier drinnen herrschte die knisternde Atmosphäre kindlicher Vorfreude. Jeder der roten Sitze im Zuschauerraum war mit einem silbernen Stern dekoriert und an der Decke schwebte ein Lichtengel in Blau. So blau wie Maries Krönchen. Die Bühne vorne war mit einem schweren dunklen Samtvorhang verhüllt, nur an der Seite waren drei Tannenbäume zu sehen.

Es wimmelte und wogte. Marie mitten drin, gleichermaßen glücklich, ängstlich und vor Staunen fassungslos.

Wie aus dem Nichts war Ellen mit rotem Kopf wieder vor Marie aufgetaucht und hatte sie eine ungezogene Göre geschimpft. Sie hätte sich schon solche Sorgen gemacht um die Kleine und wenn Mama wüsste, dass Marie sich so ungezogen benahm, wäre es wohl das letzte Mal, dass man sie ins Weihnachtstheater mitnehmen konnte.

Marie hatte ihrer Schwester eine flapsige Antwort geben wollen, stattdessen mit ihrer linken Hand aber schnell ihr Filzkrönchen berührt. Das gab ihr ihre Contenance wieder und sie hatte Ellen einfach ignoriert. Contenance, das Wort, das ihre Mutter ihr vorgelesen und dann versucht hatte zu erklären, war wie Zuckerwatte auf der Zunge, es schien für sich zu wirken, auch, wenn Marie es immer noch nicht richtig einordnen konnte. Selbst als Ellen sie an der Schulter am Wollkleid gepackt und mit gezogen hatte, war sie ohne Gegenwehr geblieben.

Contenance gehörte wohl zu allen Eisprinzessinnen.

Doch eines hatte Maries Haltung fast zerstört. Sie hatte Ellen noch sagen wollen, dass sie noch schnell und dringend musste, aber dann waren sie an den Reihen vorbei nach vorne gelaufen. Das laute Läuten, das den Beginn der Vorstellung ankündigte, ließ Marie ihr Bedürfnis wieder vergessen.

Wieder war es Marie mitten in dem Getümmel gewesen, als wären die Sterne, die Lichter und auch der blaue Engel nur für sie angebracht worden. Ein prächtiger Saal für den Einzug der Eisprinzessin.

Ellen hatte sie in die sechste Reihe geschoben, wo schon ihre Freundinnen wild winkten. Das Läuten setzte wieder ein, länger, lauter, intensiver. Gleich würde es los gehen und die Spannung war inmitten der tobenden Kinder greifbar und unerträglich.

Am Platz hatte Marie ihr blaues Filzkrönchen zurecht gezupft, ja, es hatte noch richtig in ihrem Haar gesessen, sie musste doch so edel wie nur möglich wirken.

Alles für MICH, die Eisprinzessin mit dem blauen Krönchen!

Es war dunkel geworden, ein Schauer war Marie über den Rücken gelaufen. Die Kinderschar um sie herum hatte geflüstert, gekichert, und weiter hinten hatte sie jemanden singen hören. Der blaue Engel hatte oben an der Decke zauberhaft im Dunklen geschimmert. Marie hatte den Kopf weit zurück gelehnt, den Engel mit offenem Mund bestaunt, bis ihr der Nacken weh tat.

Der schwere Samtvorhang war mit einem Wisch aufgegangen, Maries Blick nach vorne gesprungen. Das Licht war angegangen auf der Bühne, da hatte schon das Rotkäppchen gestanden mit ihrem Korb vor einem kleinen Haus, weitere Bäume und ein Weg, der in die Dunkelheit dahinter führte. Musik hatte eingesetzt und war über die aufgeregte Kindermenge gewogt.

Applaus war aufgebrandet. Marie hatte ebenfalls huldvoll geklatscht. Sie war hinein gefallen wie in einen übervollen Tagtraum. Die Weihnachtsvorstellung ihr zu Ehren hatte begonnen.

Die Realität kam über Marie schneller als gedacht, sie musste wirklich dringend Pipi. Die Eisprinzessinnenfantasie bekam immer größere Risse, bis Marie nur noch von dem Gedanken ans Klo beherrscht wurde. So sehr sie sich auch bemühte, die schöne Theaterscheinwelt war nicht mehr durchzuhalten.

„Ellen! Ich muss mal!“ Marie winselte.

Ihre große Schwester drehte den Kopf demonstrativ nach vorne.

„Ellen!“ Marie wurde lauter und zwickte Ellen in den Oberarm.

„Ich muss! Ich muss! Ich muss echt!“

Ellen drehte den Kopf so schnell wieder in Maries Richtung, dass Marie trotz der Musik auf der Bühne jetzt die Nackenwirbel ihrer älteren Schwester knacken hörte.

„WAS?“ Dieses gefährliche Zischen. „Aufs Klo? Jetzt???“

Marie nickte nur, wetzte mit ihrem Po und riss ihre Augen weit auf, um ihrer Schwester ihre große Not zu verdeutlichen. Ellens Augenlid zuckte kurz, dann beugte sie sich zum Ohr der Kleinen.

„Geh raus, raus ins Foyer, geh schnell aufs Klo und komm wieder rein!“

„Ganz allein????“

„Bist du doch ein BABY, stimmt’ s?!“

Marie wurde mit einem Mal richtig wütend. Sie war KEIN Baby mehr!

Wenn sie schon einen Unterbrechung ihrer Traumwelt hinnehmen musste, dann würde sie es mit Mut und vor allem mit Contenance tun. Contenance konnte doch auch zu ihrem Gang aufs Klo passen oder?

Marie streckte ihrer Schwester die Zunge heraus, schnellte in die Höhe und wand sich aus der sechsten Reihe. Sie trippelte an den Sitzen vorbei, schnell jetzt, nur nicht zuviel vom Theaterstück verpassen. Neben dem Eingang stand die rundliche Dame, deren Augen nun auf die Bühne gerichtet waren. Marie huschte unter ihrem Sichtfeld an ihr vorbei, öffnete die schwere Türe einen Spalt und war draußen im Foyer. Die Tür fiel zu und nur noch gedämpft erklang die Musik an Maries Ohr.

Jetzt so allein in der Vorhalle wirkte die große Wolf-Pappfigur fast ein wenig lebendig. Und kein freundlicher Weihnachtsmann weit und breit.

Marie begann zu rennen, sah vorne schon das gemalte Zeichen für die Toiletten. Rechts, einen weiteren Gang entlang, hörte sie wie jemand sich leise unterhielt. Dieser Jemand kicherte wie ein Zwerg. Sicher ein guter Zwerg.

Marie schaute auf die gezeichnete Frau oben und lief weiter in die Damentoilette. Sie sprang förmlich in die erste Kabine, bekam gerade noch die Strumpfhose und Unterhose nach unten, dann ließ sie los. Die Erleichterung war enorm und sie lächelte. Marie sah sich schon morgen in der Vorschule von ihrem Ausflug nach Bonn zum Rotkäppchen im Jungen Theater erzählen. Und ich war ganz allein auf'm Klo beim Weihnachtsmärchen!

Das würde Eindruck hinterlassen.

Als sie fertig war, vergaß sie die Spülung zu betätigen.

Jetzt brav noch Hände waschen, das blaue Krönchen wieder zu Recht zupfen und wieder ins Reich der Märchenträume und der Eisprinzessinnenphantasie zurück.

Marie öffnet die Kabinentür.

„Hallo, Rotpüppchen!"

Sagt der Mann leise, der mit verschränkten Armen am Waschbecken lehnt. Sein Hemd hängt lose herunter. Ist seine Hose offen?

In Maries Kopf reißt etwas. Kälte dringt in ihr Denken ein.

Sie ist gerade mal sechs, aber die Erkenntnis ist erwachsen und schrecklich hell. Marie ist schlagartig klar, wer da auf sie gelauert hat. Der schwarze Mann. Der, vor dem sie ihre Mutter immer gewarnt hat.

Steig NIE zu einem Fremden ins Auto.

Der, von dem die Lehrerin in der Klasse erzählt hat.

Lasst euch von NIEMANDEN mit Süßigkeiten oder Versprechen weg locken.

Der, der in allen Märchen früher oder später auftauchen muss.

Der böse Zauberer. Der böse Troll. Der böse Wolf. Der BÖSE!

Und dann?

Lauf weg! Immer weglaufen!

Schrei um Hilfe! Immer um Hilfe schreien!

Marie macht nichts. Sie steht da, ganz still und unbeweglich.

„Hast die Spülung vergessen, Rotpüppchen!"

Der Mann löst sich mit einem Ruck vom Waschbeckenrand und bewegt sich einen Schritt auf Marie zu. Unter seinem Hemd, dort wo die Hose auch offen sein könnte, kann sie eine Beule sehen. Marie fühlt unbestimmten Ekel ihren Magen hoch kriechen. Sie zwingt sich hoch zu schauen in sein Gesicht. Doch dort oben sind nur schwarze Augen und ein glanzloser, stierer Blick, der langsam über Maries kleinen Körper kriecht. Dieser Blick tut weh, und Marie denkt an alle schlimmen Märchengestalten, die sie manchmal im Traum erschrecken.

Ganz weit weg ist jetzt die Eisprinzessin. Ganz weit weg wie ein Stern am schwarzen Himmel einer Nacht, die unendlich erscheint. Contenance wird Marie jetzt nicht retten. Contenance ist ein Wort ohne Inhalt geworden. Die Freude am Weihnachtsmärchen fällt in eine endlose Tiefe.

Marie sieht Ellen vor sich. Ob ihre Schwester jetzt gerade mit ihren Freundinnen lacht und klatscht und mitsingt? Was hatte Ellen gesagt, als ihre Mutter darauf bestanden hatte, dass Marie mit von der Partie sein sollte? „Ich will das Baby nicht mit dabei haben! Die macht nur Ärger!"

Bekommt Marie jetzt die Quittung? Hat Ellen recht, und der bösen Wolf ist gekommen, weil Marie immer nur Ärger macht?

Halt! Stopp! Keinen solchen dummen Gedanke weiter denken.

Lieber Gott, da oben, bring den Weihnachtsmann zurück, der mich beschützt! Bitte, du lieber, lieber Gott. Bitte.

Das Junge Theater in Bonn-Beuel. Die Weihnachtsvorstellung. Der blaue Engel im Zuschauerraum. Die silbernen Sterne auf den Sitzen. Der Samtvorhang. Rotkäppchen und der böse Wolf wird der Eisprinzessin Marie zu Ehren gespielt! Oder?

ODER?!

Maries böser Wolf legt seinen Kopf schief und grinst.

Marie schließt ihre Augen. Die Schatten hinter ihren Lidern greifen nach ihr. In ihren Ohren dröhnt ein unheilvolles Rauschen.

„Gehen wir zusammen in die Kabine zurück, Mädschen, und drücken die Spülung runter! Dauert nicht lang, wird dir gefallen!"

Der böse Wolf ist ganz nahe an Marie heran gekommen. Sein dsch zischt weich, und Marie spürt Spucke auf ihrem Haar und ihrer Stirn. Sie kann seinen heißen Atem riechen. Seine Gier. Seine Fingerspitzen berühren ihr Wollkleid an ihrer Schulter, und die Berührung sticht tief in Maries Kinderseele.

„Was für ein nettes Mädschen du bist …"

Es klingt als hätte der böse Wolf Glasscherben verschluckt.

Ich bin die Eisprinzessin mit dem blauen Krönchen!

„Ich bin die Eisprinzessin mit dem blauen Krönchen!" Flüstert Marie.

Der böse Wolf keucht. Sie fühlt jetzt seine Pranke an ihrem Oberarm. Er greift zu.

„Komm jetzt, Rotpüppchen!"

„Das heißt RotKÄPPCHEN!"

Plötzlich ist da hinter Maries geschlossenen Lidern Wut. Die gesunde Wut eines kleinen Mädchens mit zerbrochener Fantasie. Die Wut einer Eisprinzessin, deren ganze Con- tenance sie nicht vor so einem Erlebnis bewahren kann.

Marie kann ein Zögern im Körper des bösen Wolfs wahrnehmen. Sein Griff schwächt sich. Marie schaltet ihre Angst, ihr Denken aus, ist nur noch ein ‚Mädschen' mit Wut im Bauch.

„ROTPÜPPCHEN ist FALSCH!"

Marie stößt spontan ihr Knie direkt nach oben. Trifft die Beule. Der Wolf stößt heiße Luft aus seinen Lungen. Marie reißt die Augen wieder auf. Ihre Wut ist größer als alles andere.

Lieber Gott da oben HILF!!!

„MEIN Märchen!!! ICH bin die Eisprinzessin! Ein Rotpüppchen gibt' s gar nicht!!"

Wieder das Knie hoch! In die ekelige Beule unter dem Hemd hinein!

Noch einmal. Runter und hoch!

Dreimal wie in jedem Märchen.

Der böse Wolf jault tatsächlich. Er jault und lässt Maries Oberarm los. Lässt ab von ihr, krümmt sich nach unten, spuckt auf den Boden.

Marie bewegt sich endlich.

Sie schlägt einen Haken um den bösen Wolf herum.

Der krächzt ihr hinterher. „Ich krieg' disch!"

Doch der Wolf ist angeschlagen, seine Stimme zittert vor Zorn und Schmerz.

Marie reißt die Tür der Damentoilette auf, rennt in ins leere Foyer. Fällt fast über die Wolf-Pappfigur, dreht sich hilfesuchend im Kreis. Wo war jetzt der gute Zwerg, der vorhin gekichert hat?

GUT! Das Gegenteil von BÖSE.

Später in ihren Träumen wird sie hinfallen. Auch wenn Jahre vergehen, werden diese Träume bleiben. Marie wird das Gleichgewicht verlieren und fallen. Immer und immer wieder. Sie wird fallen, und der böse Wolf wird sie in die Toilette zurückzerren und fressen. Mit Haut und Haar. Am Ende wird von der Eisprinzessin nur ein kleines blaues Filzkrönchen übrig bleiben. Ellen braucht sich nie mehr über die kleine Schwester zu beklagen.

Doch heute ist Advent. Die Weihnachtsvorstellung. Und ein blauer Engel dreht sich über der Welt.

Marie fiel nicht hin. Marie rannte weiter bis an die schwere Tür zum Zuschauerraum. Sie zog die Tür auf, huschte hinein.

Die Eisprinzessin mit dem blauen Krönchen kehrt zurück. Das Theater kann weiter gehen.

Der blaue Engel drehte sich über den Reihen. Die Kinder murmelten und kicherten. Marie rannte weiter nach vorne. Die sechste Reihe. Ein silberner Stern auf Maries Sitz. Da war Ellen und sie lachte über etwas, was auf der Bühne passierte.

Marie setzte sich auf ihren Platz. Sie griff sich an den Kopf. Es war weg. Sie hatte ihr blaues Krönchen verloren.

Eine Träne löste sich aus ihrem linken Auge und lief über ihre Wange.

Maries Lippen formten die magischen Worte.

Es gibt kein Rotpüppchen! ICH bin die Eisprinzessin!

Und die Eisprinzessin war dem bösen Wolf entkommen. Contenance kam zurück.

Applaus brandete auf.

Die Fee schlägt zu ihr großes Märchenbuch,
es raschelt ihr Kleid aus Seide.
Und wenn sie nicht gestorben sind, leben sie noch.
Der Wolf und das Rotpüppchen. Beide.

Die Nachbarin Gitta Edelmann

„Sie ist eine Hexe!“ Frau Küppers zog ein verschwörerisches Gesicht und machte zwei Trippelschritte auf mich zu. Unwillkürlich trat ich zurück, bis ich das Treppengeländer im Rücken spürte.

„Man muss sie ja nur anschauen. Haben Sie das Hexenmal auf ihrer Stirn gesehen?“

Ich hatte. Allerdings hatte ich das, was meine Nachbarin als Hexenmal bezeichnete, für einen gewöhnlichen, wenn auch recht großen Leberfleck gehalten.

„Ihre Seele ist so dunkel wie ihr Name“, vertraute Frau Küppers mir an.

Ich nickte vorsichtig. Ich hatte Frau Schwarz nur einmal kurz gesehen und gegrüßt, seit ich in der letzten Woche am ersten Dezember eingezogen war. Sie schien eine ruhige Zeitgenossin zu sein, diese eher unscheinbare Frau in den Fünfzigern, aus deren Wohnung direkt unter mir ich noch nie ein nennenswertes Geräusch gehört hatte. Anders als Frau Küppers, der ich jeden Tag im Treppenhaus begegnete, meist trug sie entweder eine leinene Einkaufstasche oder ein Plastiktütchen Müll in der Hand und war einem Schwätzchen nicht abgeneigt.

„Ich habe gleich unseren Pastor informiert, als ich ihr auf die Schliche gekommen war“, erklärte sie und beugte ihren Kopf mit den weißen Löckchen vertraulich zu mir. „Aber der kennt sie nicht. Natürlich nicht. So eine hält sich ja von der Kirche fern. Sind Sie katholisch?“

Auf die Gefahr hin, dass ich sie enttäuschte oder in ihren Augen gar ebenfalls zur Hexe wurde, sagte ich die Wahrheit: „Nein, evangelisch.“

„Na ja, bei denen gibts ja auch anständige Menschen“,

tröstete sie mich. „Aber nehmen Sie sich vor der da in Acht!"

Ihre Geste in die Richtung von Frau Schwarz' Tür sollte wohl den bösen Blick oder eine ähnliche Gefahr abwenden. Dann zwinkerte Frau Küppers plötzlich, drehte sich abrupt um und verschwand in ihrer Wohnung. Die Tür fiel ins Schloss und ich starrte auf ein weihnachtliches Tannengebinde.

Bisher wusste ich nicht so recht, was ich von meinen neuen Nachbarn halten sollte. Die Frau im Erdgeschoss mit ihrer kleinen Tochter wirkte sehr nett, aber immer etwas gestresst. Ob auch ein Mann zu der Familie gehörte, hatte ich noch nicht herausgefunden. Darüber wohnten drei Studenten, von denen ich nicht viel mitbekam, es schien sich eher um nerdige als um feierwütige Exemplare zu handeln. Die beiden kleineren Wohnungen im zweiten Stock wurden von Frau Schwarz (links) und Frau Küppers (rechts) bewohnt und im Dachgeschoss hatte ich meine neue Bleibe gefunden. Ich hatte ziemliches Glück gehabt: Die Wohnungssuche in Bonn war schwierig, wenn man kein allzu prall gefülltes Portemonnaie hatte. Nun aber wohnte ich in der Bornheimer Straße nahe der Innen- und nahe der Altstadt mit der grünen Lunge des Alten Friedhofs direkt nebenan.

Ich liebte die Großstadt. Auch wenn mir Freunde aus Köln versicherten, dass Bonn keineswegs eine Großstadt und eher provinziell war. Alles Ansichtssache – wenn man tatsächlich aus der Provinz kam, hatte Bonn genau das richtige städtische Flair. Und einen großen, stimmungsvollen Weihnachtsmarkt, wie ich fand, obwohl ich nicht vorhatte, irgendwelchen Krimskrams zu kaufen.

„Waren Sie schon mal auf dem Friedhof?", fragte mich Frau Küppers bei unserer nächsten Begegnung im Treppenhaus. Eigentlich hatte ich mit einem kurzen Gruß an ihr vorbeigehen wollen, doch so erwartungsvoll, wie sie mich ansah, brachte ich es nicht fertig.

„Sie meinen den alten Friedhof hier nebenan? Nein, bisher noch nicht“, antwortete ich.

„Das sollten Sie aber.“ Frau Küppers verzog ihren Mund zu einer spitzen Schnute. „Da liegen Beethovens Mutter und Mildred Scheel, ach nee, die kennen Sie sicher nicht mehr, so jung, wie Sie sind. Und die Schumanns, natürlich.“

Ich stutzte einen Moment und wollte gerade bedauern, dass ich keine Familie Schumann kannte, als mir einfiel, dass sie die Musiker Clara und Robert Schumann meinen musste.

„Ich habe vom Fenster aus gesehen, dass es da viele große, alte Bäume gibt, es ist nur immer schon so dunkel, wenn ich aus der Kita komme ...“ Ich hob die Achseln.

Frau Küppers nickte langsam. „Ja, dann ist es dunkel. Und dann kommen auch die dunklen Gestalten.“

So wie sie das sagte, lief es mir kalt den Rücken herunter.

„Sie treffen sich am Grab der Ermordeten“, fügte sie leise hinzu.

„Der Ermordeten?“

„Wenn Sie auf dem Friedhof sind, gehen Sie doch mal rechts den Weg entlang. Auf der linken Seite gibt es ein Grab ... Sie erkennen es ganz einfach daran, dass es von einer großen Grabplatte bedeckt ist, die völlig mit Moos überwachsen ist. Darunter liegt Katharina.“

Sicher eine alte Bonner Geschichte, dachte ich, aber da ich Mordgeschichten zugegebenermaßen faszinierend finde, konnte ich mich nicht zurückhalten zu fragen: „Und wer hat sie ermordet?“

„Ich weiß nicht, wer sie waren; die drei Männer wurden nie gefasst. Und man hat Katharina auch nie ausgegraben, deshalb liegt sie heute noch dort und niemand weiß es. Nur die dunklen Gestalten besuchen sie manchmal."

„Und wann war das?"

„Gleich nach dem Krieg ..." Ihr Blick verlor sich in der Ferne.

Wie alt mochte sie da gewesen sein? Ich schätzte sie auf Ende siebzig, wahrscheinlich hatte sie als Kind diesen Mordfall mitgekriegt und jetzt im Alter kamen die Erinnerungen zurück.

„Niemand hat mir geglaubt."

Ihre Stimme war fast nicht mehr zu hören. Sie drehte sich um und verschwand ohne ein weiteres Wort in ihrer Wohnung.

Ich stieg die letzte Treppe hinauf. Gab es wohl eine Friedhofsführung? Wahrscheinlich erst wieder im Frühling. Oder ein Buch, in dem man solch alte Geschichten nachlesen konnte? Beim Gedanken an Bücher fiel mir der Krimi ein, den ich gestern Abend an einer spannenden Stelle hatte weglegen müssen, weil mir immer die Augen zufielen. Dabei war es der neue von Claire Bunbury – meiner absoluten Lieblingsautorin, die ihre Krimis oft so schön mit Mystery-Elementen würzte. Heute würde ich mir einen gemütlichen Leseabend machen!

Beim Frühstück am Samstagmorgen beschloss ich, das trockene Wetter auszunutzen und tatsächlich einmal auf den Alten Friedhof zu gehen. Auf der Treppe begegnete mir Frau Schwarz, wir grüßten uns kurz, und an der Haustür Frau Küppers, an der ich allerdings nicht so einfach mit einem Nicken vorbeikam.

„Ich glaube, sie hat neues Gift besorgt", flüsterte sie verschwörerisch mit einem Blick nach oben.

Ich wusste nicht, was ich darauf erwidern sollte, doch

zum Glück erwartete Frau Küppers keine Antwort.

„Waren Sie nun schon auf dem Friedhof?“, fragte sie mich eifrig.

„Ich will gerade dorthin.“

„Oh, dann werde ich Sie nicht aufhalten“, sagte sie. „Schauen Sie sich um, Sie werden viele interessante Namen auf den Grabsteinen finden – Namen, die Sie von Straßenschildern kennen! So, ich muss los, mein Sohn kommt mit seiner Familie zum Adventskaffee und ich will noch backen.“

Sie lächelte, griff nach dem Treppengeländer und machte sich an den etwas mühevollen Aufstieg.

Der Alte Friedhof wirkte auf mich eher wie ein Park als wie ein Gräberfeld. Ich zog meine Wollmütze tiefer über die Ohren und spazierte los. Ein bisschen traurig und tot war es um diese Jahreszeit, doch das störte die Eichhörnchen nicht, die über die Wege tollten. Einige Gräber waren trotz ihres Alters sehr gepflegt und noch mit Gestecken vom Totensonntag geschmückt, andere überwuchert von Efeu oder anderem Grünzeug. Unwillkürlich schlug ich den rechten Weg parallel zur Mauer entlang ein, wo ich tatsächlich das Grab von Ludwig van Beethovens Mutter entdeckte. Gestorben 1787. *Sie war mir eine so gute liebenswürdige Mutter, meine beste Freundin.*

Wenige Schritte weiter, auf der anderen Seite des Wegs, fand ich auch das Grab, von dem Frau Küppers gesprochen hatte. Die Platte war so von Moos überwachsen, dass nicht mehr zu erkennen war, wer da lag. Katharina. Die Ermordete. Allerdings sah das Grab aus, als stamme es noch aus der Anfangszeit des Friedhofs vor dreihundert Jahren. Konnte da tatsächlich eine Frau liegen, die erst Ende der 1940er-Jahre gestorben war? An der rechten, vorderen Ecke sprang mir etwas Rotes ins Auge. Als ich mich niederhockte, erkannte ich einen winzigen Filznikolaus. Er saß so tief im Moos, dass er fast nicht zu sehen war.

Langsam erhob ich mich wieder und setzte meinen Weg fort. Ich begutachtete gerade das Schumann-Grab – ja, tatsächlich, die Schumanns lagen hier, genau wie Frau Küppers gesagt hatte – als ich im Augenwinkel dunkle Gestalten wahrnahm. Mein Herz begann zu rasen und ich drehte mich mit einem Ruck um.

„Oh, haben wir Sie erschreckt? Tschuldigung."

Drei bleich geschminkte Gesichter mit dunkel umrandeten Augen und silbernen Piercings starrten mich an. Goths. Erleichtert atmete ich aus.

„Alles okay", sagte ich und die drei marschierten schweigend weiter. Das mussten die dunklen Gestalten von Frau Küppers sein. Ich lächelte unwillkürlich.

Als ich zurück nach Hause kam, duftete das Treppenhaus nach frischem Gebäck. Die Quelle des Wohlgeruchs war das zweite Stockwerk, wo ich von links Zimt und von rechts ... Ich war mir nicht ganz sicher und blieb schnuppernd stehen. In diesem Moment ging die Tür auf.

„Ach, gut, dass ich Sie sehe. Ich bin am Butterplätzchen backen, aber ich habe leichtsinnigerweise ein Pfefferminzbonbon gelutscht und nun kann ich gar nicht schmecken, wie sie geworden sind. Würden Sie mal kurz ...?"

Sie winkte mich in ihre Wohnung und ich folgte ihr in die Küche. Auf einer altmodischen Etagere hatte sie kleine, dicke Stücke eines schweren Früchtekuchens, Buttergebäck und Schokotrüffel angerichtet. Mir lief das Wasser im Mund zusammen.

„Probieren Sie nur", forderte die alte Dame mich auf, „auch von meinem englischen Kuchen. Und erzählen Sie mir vom Friedhof. Wie hat es Ihnen dort gefallen?"

„Interessant", sagte ich und griff nach einem Stückchen Früchtekuchen. „Im Sommer ist das sicher wie ein Park direkt vor der Haustür." Ich biss in den Kuchen. Mhm.

„Und waren Sie auch an Katharinas Grab?"

Ich nickte. Dass ich noch kaute, gab mir die Gelegenheit zu überlegen, dass ich von dunklen Gestalten lieber nichts erzählte, um Frau Küppers nicht zu ängstigen.

„Sie hat die Adventszeit so geliebt. Strohsterne hat sie gebastelt, sonst hatten wir ja nichts zum Basteln damals", erklärte sie und sah zum Fenster hinaus auf die kahlen Bäume des Alten Friedhofs. „Und es war auch in der Adventszeit, als die drei Männer ihr wehtaten und sie auf dem Friedhof verscharrten ..."

Ich zögerte.

„Aber nehmen Sie doch noch ein Butterplätzchen!", kam Frau Küppers aus ihrer Parallelwelt zurück.

„Gerne", sagte ich. „Und vielleicht einen Zimtstern. Ich liebe Zimtsterne." Ich deutete auf den rot-goldenen Pappstern voller weiß glasierter Zimtsterne, der auf der alten Anrichte stand.

„Oh nein!", rief Frau Küppers entsetzt aus. „Nicht die, die sind von Frau Schwarz. Da ist Blausäure drin. Riechen Sie doch mal!"

Sie hielt mir kurz den Teller unter die Nase, wartete, bis ich den Bittermandelgeruch wahrgenommen hatte und nickte, und ließ dann die Zimtsterne mitsamt dem Pappteller in ihrem großen Mülleimer verschwinden.

Ich verabschiedete mich ein wenig hastig, aber immerhin mit vielen lobenden Worten zu Früchtekuchen und Butterplätzchen und beschloss, meiner Nachbarin in den nächsten Tagen aus dem Weg zu gehen.

Vor meiner Wohnungstür stand ein grün-goldener Pappteller mit Zimtsternen. Mit herzlichen Adventsgrüßen von Ihrer Nachbarin Sabine Schwarz. Ja, sie dufteten wirklich äußerst stark nach Mandelaroma. Zögernd ließ ich die Zimtsterne in den Abfall gleiten. Nach Frau Küppers Auftritt war mir der Appetit auf Zimtsterne irgendwie vergangen.

Obwohl ich es immer sehr eilig hatte, wenn wir uns im Treppenhaus begegneten, erfuhr ich nach und nach, dass Frau Schwarz zum dritten Mal Witwe war und ihre Männer alle vergiftet hatte. Und zwar mit verschiedenen Giften, damit es nicht auffiel. Auch jetzt plante sie wieder ein Ding. Außerdem erhielt ich Kenntnis davon, dass die drei Männer nach dem Mord extra die alte Grabplatte hochgehievt hatten, um Katharina darunter zu begraben, sodass niemand sie entdecken würde. Und ich fand heraus, dass es Frau Küppers gewesen war, die den winzigen Filznikolaus ins Moos gesetzt hatte – als Adventsgruß. Es war irgendwie rührend, wie sie das erzählte. Und auch, dass ein paar Tage später, als ich noch einmal über den Alten Friedhof spazierte, statt des Nikolauses ein kleiner, weiß-goldener Holzengel im Moos des alten Grabes saß.

Am Nachmittag des vierten Advents klopfte es an meiner Wohnungstür. Ein Mann in den Vierzigern, schwarze Jeans, schwarzer Rollkragenpulli. Er räusperte sich.

„Küppers“, sagte er, „ich bin der Sohn von ...“

„Der Sohn von Frau Küppers.“ Ich nickte freundlich. „Ist sie krank? Ich habe sie in den letzten beiden Tagen gar nicht gesehen.“

Er räusperte sich erneut. „Ja, deswegen bin ich hier. Sie hat immer so nett von Ihnen gesprochen, da wollte ich es Ihnen doch persönlich mitteilen.“

Irgendwie wusste ich in diesem Moment, was kam.

„Sie ist tot", sagte er leise. „Sie wollte gestern nach dem Essen bei uns ein Mittagsschläfchen machen und ist nicht wieder aufgewacht. Wir haben es zuerst gar nicht gemerkt."

Ich trat einen Schritt zur Seite und bedeutete ihm, hereinzukommen. Schweigend folgte er mir ins Wohnzimmer, wo ich ihm einen Platz anbot. „Ich hoffe, sie hat Sie mit ihren Schauergeschichten nicht allzu sehr belästigt", sagte er schließlich.

„Aber nein", beteuerte ich.

„Sagt Ihnen der Name Katharina etwas?", rutschte es mir dann doch heraus.

Er sog die Luft ein. „Oh ja. Katharina war Mutters beste Freundin. Sie lief von zu Hause weg, als die Mädchen zehn Jahre alt waren. Ihre Mutter war ja bei dem Bombenangriff auf Bonn umgekommen und die Familie hat wohl nach dem Krieg sehr gehungert. Da hielt sie nichts mehr, sie war auch nicht die Einzige. Ich glaube, es waren drei oder vier Mädchen, die damals einfach abgehauen sind."

„Dann ist sie also nicht ermordet worden?"

„Oh nein, das war eine reine Erfindung meiner Mutter, um die Geschichte ein wenig spannender zu machen. Sie hat ja immer gerne unheimliche Geschichten erzählt. Ausprobiert, wie die Leute darauf reagierten. Und gerade jetzt, wo sie älter wurde ..."

Er hob die Achseln. Ich nickte verstehend.

„Hm, ich sehe, dass Sie solchen Storys auch nicht unbedingt abgeneigt sind", sagte er und deutete lächelnd auf meine Regalwand, in der mehrere Krimis von Claire Bunbury standen.

„Kommen Sie doch gleich mit runter – ich möchte Ihnen gerne ihre Bücher schenken."

Meine Überraschung muss sich auf meinem Gesicht gezeigt haben.

„Aber wollen Sie nicht selbst ...?"

„Ach, meine Mutter bekam immer so viele Autorenexemplare von ihren Büchern, da habe ich natürlich eine eigene Sammlung", erklärte er.

„Autorenexemplare?"

„Sie wussten es gar nicht?" Nun sah er überrascht aus.

Ich schüttelte den Kopf. „Ihre Mutter war Autorin?"

„Meine Mutter war Claire Bunbury."

Mein Mund blieb offen stehen.

„Na ja, das war natürlich ein Pseudonym", erklärte er. „Klara Küppers hätte ihre Mystery-Krimis sicher nicht so leicht verkauft, oder?"

Ich nickte stumm.

Während ich Milch in den Kaffee schüttete, um ihn auf Trinktemperatur zu bringen, warf ich einen Blick auf die Schlagzeilen des Generalanzeigers Online. *Im Advent kam der Todesengel* prangte dort zwischen den üblichen Montagmorgen-Meldungen aus Politik und Sport. Neugierig klickte ich den Artikel an. Die Altenpflegerin Sabine Sch. stand unter Verdacht, mehrere ihrer Schützlinge vergiftet zu haben. Mit Zimtsternen. Auch das Ableben ihrer drei Ehemänner wurde nun noch einmal untersucht. Ich verschluckte mich am Kaffee. Trotz des schwarzen Balkens über dem Gesicht war meine Nachbarin mühelos zu erkennen.

Bevor ich zur Bushaltestelle ging, eilte ich kurz auf den Friedhof und legte einen kleinen Kristallstern ins Moos des alten Grabes.

Für Katharina.

„Bastard!“ Der Mann schleuderte das Wort mit Wucht in die Menge. Die Umstehenden hielten verwundert inne. Doch niemand half ihm. Keiner hielt den dunkelhäutigen Jungen fest, der sich gegen den Zugriff des Mannes heftig gewehrt hatte und sich nun mit großer Geschicklichkeit durch die Menge wand, in der er bald verschwunden war.

Erwin starrte ungläubig auf seinen blutenden Handrücken. Der hatte ihn doch tatsächlich gebissen! Und dabei war der ein Dieb! Er hatte schließlich mit eigenen Augen gesehen, wie der Junge eine große Tüte Mandeln an dem Stand einfach genommen und in seine Jacke gesteckt hatte. Daraufhin hatte Erwin ihn beherzt und voller Engagement gepackt und zur Rede gestellt, denn er war nämlich einer, der hinschaute und die Initiative ergriff, wenn ihm etwas nicht gefiel. Und dass so ein Rotzlöffel auf dem Weihnachtsmarkt in Meckenheim klaute, das ging ihm enorm gegen den Strich.

Überhaupt, wer ließ die alle herein in sein Land, in dem doch eigentlich Deutsche wohnten? Von überall her drängten sie und wollten was ab vom Kuchen, den ehrliche Leute wie er selbst erarbeitet hatten! Die Hand schmerzte heftig. Erwin schaute sich um. Gab es denn hier keinen Sanitätsdienst? Die Verkäuferin beugte sich über ihre Auslagen und besah die Wunde. „Damit gehen Sie am besten ins Krankenhaus.“

Eigentlich hatte Erwin ein Dankeschön von ihr erwartet, aber sie sprach weiter: „Das bisschen Klauen, ach wissen Sie, das habe ich schon in die Preise miteingerechnet.“ Sie winkte ab.

Erwin schluckte und hielt die verletzte Hand hoch. „Die ehrlichen Leute bezahlen Ihren Schwund mit?“

Die Frau nickte, während ihr Kopf wieder hinter den von

der Decke des Standes baumelnden Lebkuchenherzen verschwand. „Irgendwie muss ich es doch wieder hereinholen, nicht wahr?“

Erwin schüttelte den Kopf. „Weit haben wir es gebracht!“ Er stapfte wütend an den Besuchern des Weihnachtsmarktes vorbei, die sich nach dem kurzen Aufmerksamkeitseffekt längst nicht mehr um ihn kümmerten und schob sie grob zur Seite.

Am Rand des Marktes bestieg er ein Taxi und verlangte, der Mann solle ihn zu einem Arzt bringen, der Notdienste versah. Welcher das war, wusste Erwin selbst nicht, denn er war nur zu Besuch in Meckenheim. Er verbrachte ein paar Tage bei seinem Bruder, der vor einigen Jahren hierher gezogen war.

Vom Fahrer, der ihn nach dem Grund seines Fahrtziels gefragt hatte, erfuhr er, dass es hier seit einigen Wochen ein Aufnahmelager für Flüchtlinge gäbe. „Die müssen ganz schon weit laufen, wenn die in die Innenstadt wollen.“

„Die haben doch Zeit!“, ereiferte sich Erwin. Der Schmerz in der Hand pochte nun ziemlich heftig. Er hatte ein Taschentuch um die Wunde gewickelt, damit er die Sitze des Taxis nicht beschmutzte.

„Ja, eben, das ist ja das große Problem. Die Leute wollen arbeiten, die wollen sich hier was aufbauen! Die wollen nach dem Schrecklichen, das sie erlebt haben, ein neues Leben hier bei uns beginnen.“

Das hatte Erwin gerade noch gefehlt. Ein abgebrochener Soziologiestudent als Taxifahrer. Der Kerl redete vielleicht einen Mist daher. War der denn blöd, oder was? Wo kämen wir denn hin, wenn wir jedem was abgeben würden?

„Jetzt sage ich Ihnen was“, er nestelte nach seiner Geldbörse, denn sie waren am Ziel ihrer Fahrt angekommen,

„Geld muss man zusammenhalten. Wenn nix mehr da ist, dann ist es weg. Dann hauen diese ganzen Flüchtlinge hier schneller wieder ab, als Sie gucken können."

„Diese Menschen, die da Hilfe suchend zu uns kommen, sind oftmals schwer traumatisiert …"

Erwin hielt ihm seine verletzte Hand unter die Nase. „Das bin ich auch, glauben Sie mir. Und was meinen Sie, was ich schon alles erlebt habe? Man muss auch mal was aushalten können im Leben!"

Während er im Wartezimmer des Arztes saß, kroch die Sorge in ihm hoch. Wenn dieser Bastard nun Aids hatte? Halb Afrika war infiziert, so etwas wusste man doch! Erwin las schließlich immer Zeitung, und zwar eine mit großen Buchstaben. Schwer atmend lehnte er sich zurück, dann schreckte er hoch. Was war eigentlich mit Ebola? Was, wenn der Junge ihn mit dieser tödlichen Krankheit angesteckt hatte? Erwin besah seine Hand. Er begann zu schwitzen, sprang auf und lief aufgeregt zu der Frau, die ihm eben die Anmeldepapiere in die Hand gedrückt hatte. „Ich brauche sofort einen Arzt, verstehen Sie, sofort!"

Musa war nach dem Vorfall ohne Pause die lange Strecke zu seiner Unterkunft gerannt. Dabei war er kaum außer Atem geraten, denn Musa war durchtrainiert. Er konnte sich ducken, abhauen und ausdauernd rennen. Das hatten sie ihm neben anderem beigebracht.

Mit den Gerüchen auf dem Weihnachtsmarkt waren Fetzen einer längst verschüttet geglaubten Erinnerung in ihm hochgekommen. Die Mandeln, Lebkuchen und der Duft der gebackenen Waffeln. Das Bild eines verschleierten und üppig geschmückten jungen Mädchens war ihm in den Sinn gekommen. Ihre Hände waren mit Henna bemalt. Musa setzte sich auf sein Bett, das er mit einem anderen Jungen teilte. Wer war dieses Mädchen? Er versuchte, sich zu konzentrieren. War das seine ältere Schwester bei ihrer Verheiratung gewesen? Dann kam noch ein Bild. Es war ziemlich verschwommen. Eine Frau, an die er sich nur noch schwach erinnern konnte. Musa wusste kaum mehr, wie seine Mutter aussah, nur noch, dass sie gut gerochen hatte.

Er war schon seit einigen Wochen hier und langweilte sich. Es war kalt und nass, auch das Essen war ungewohnt für ihn. Zwar war ihm ein Schulbesuch in Aussicht gestellt worden, aber er beherrschte die Sprache noch nicht in dem dafür nötigen Ausmaß. Nun paukte er hier täglich Deutsch und hatte Freude daran, etwas zu lernen. In seiner Heimat hatte er schon lange keine Schule mehr besucht, aber die Frau, die ihn und die anderen Kinder der Flüchtlingsunterkunft hier in Deutschland unterrichtete, war sehr geduldig und freute sich über seine Fortschritte. Musa hatte lange unter Männern und Jungen gelebt, er hatte vergessen, wie es war, von einer Frau angelächelt zu werden.

Es klopfte an der Tür und gleich darauf kam Neyla ins Zimmer. Ihr Bauch wölbte sich vor und es war unübersehbar, dass sie bald schon wieder Mutter werden würde. Sie bewohnte mit ihrem Mann und den beiden Kindern ein eigenes Familienzimmer. Ihr ältester Sohn Samuel spielte oft mit Musa.

„Kommst du zu uns herüber?“ Es tat Musa nicht gut, alleine in seinem Zimmer zu sitzen und seinen Gedanken nachzuhängen. Man konnte die Vergangenheit nicht ändern.

Doch Musa starrte aus dem Fenster, ohne ihre Frage zu beantworten. Der Mann auf dem Kirchplatz hatte ihm ein Schimpfwort nachgeschrien. Es war etwas Beleidigendes gewesen, so viel verstand Musa immerhin schon in der neuen Sprache.

Neyla trat zu ihm, strich ihm über den Kopf. „Was ist los mit dir?“

Die ungewohnte Liebkosung beschwor erneut das Bild der Frau in ihm, die seine Mutter gewesen sein musste. Musa hatte schon lange nicht mehr geweint. Auch nicht, als sie ihn immer wieder stundenlang eingesperrt hatten und er auf Knien die Parolen auswendig lernen musste. Musa dachte, er würde nie wieder weinen, er war doch beinahe schon ein Mann. Aber nun, als Neyla vor ihm stand, ihre Hand auf seiner Schulter, und sich zu ihm, der er auf dem Bett saß, hinab beugte, forschend sein Gesicht betrachtete und er auch noch ihren Duft einatmete, kamen sie wieder. Längst vergessen drängten sie aus ihm heraus und kullerten über seine Wangen. Musa barg sein nasses Gesicht in Neylas Rock. Er zitterte.

Die ließ ihn gewähren und strich ihm sanft über den Rücken. Der Freund ihres ältesten Sohnes kam ihr sehr verschlossen vor, sie hatte es bislang vermieden ihn zu fragen, wo er herkam oder was mit seiner Familie geschehen sei.

Sie selbst hatte mit ihrem Mann und den Kindern auf dem Landweg die Türkei erreicht. Dort hatten sie ihr letztes zusammengekratztes Geld einem Schlepper für die Reise nach Deutschland gegeben. Musa war bei ihnen gewesen, ein Mann hatte dem Schlepper das Geld für seine Reise in die Hand gedrückt. Ob das ein Onkel Musas war? Bestimmt nicht sein Vater, dafür war der Abschied zu kurz und zu gefühllos ausgefallen. Neyla spürte, dass Musa ziemlich einsam war, und duldete es, dass ihr eigener Sohn sich mit ihm anfreundete. Sie hatten selbst Schlimmes erlebt und ansehen müssen, wer wusste schon, welch furchtbare Geschichte dieses Kind erlebt hatte und weshalb er oft hart und in sich gekehrt wirkte.

Aber nun waren sie hier in Deutschland, in Sicherheit. Sie würden sich ein neues Leben aufbauen. Jetzt schon konnten sie sich alle satt essen, bald würde es wieder aufwärts mit ihnen gehen. Ihr Mann war Arzt, vielleicht war es möglich, dass er hier arbeiten dürfe. Irgendwann. Sie wusste, er war ein guter Arzt. Die Menschen hatten ihn verehrt, damals, bevor ihre Welt zerbrach. Aber jetzt musste sie sich um Musa kümmern, der war schließlich ganz alleine hier. Der Mann, der ihn den Schleppern übergeben hatte, hatte Neyla nicht gefallen. Nicht einmal eine letzte Umarmung hatte er für Musa übrig gehabt. Neyla konnte sich keinen Reim darauf machen, weshalb er das Geld für die Reise des Jungen ausgegeben hatte. Vielleicht, so dachte sie bei sich, war er seinem Vater gegenüber verpflichtet und hatte deshalb ohne jegliches Gefühl einfach nur einen Auftrag erfüllt.

Sie streichelte Musas Rücken. Er lehnte den Kopf an sie und fühlte eine Bewegung in ihrem Bauch. Erschrocken wich er zurück. Er hatte das Baby gespürt. Neyla setzte sich auf einen der Stühle. „Was ist mit dir, Musa? Du bist immer so still und erzählst nie irgendetwas."

Musa schwieg. Er konnte nicht über das reden, was ihm passiert war. Und er wollte es auch nicht. Am liebsten würde er alles, was war, vergessen und einfach nur bei Samuel und Neyla sein.

„Komm mit uns essen", Neyla stand auf. „Samuel fragt schon den ganzen Tag nach dir."

Musa erhob sich und folgte ihr. Mit dem Ärmel seines Pullovers wischte er sein Gesicht trocken. Wie immer trug er sein Prepaidhandy, das sie ihm vor der Abreise gegeben hatten, bei sich. Er wusste, bald würde eine Nachricht für ihn kommen. Jemand würde ein Ticket für eine Bahnfahrkarte auf sein Handy senden. Dann würde er in die nächste große Stadt fahren müssen, denn dafür hatten sie ihn ausgewählt. Dort läge in einem Versteck der Schlüssel für eines der Schließfächer am Bahnhof. Er wusste noch nicht genau, welchen Auftrag er bekäme. Nur eines wusste er, nämlich dass er viel lieber hier bleiben und weiterhin mit Samuel Baseball spielen würde. Samuel hatte es ihm beigebracht und Musa erwies sich als außerordentlich geschickt.

Erwin war empört. Der Arzt hatte zwar seine Hand verbunden und ihm eine Tetanus-Auffrischung verpasst, aber nun hatte der ihm erklärt, dass er fünf Tage auf das Ergebnis warten müsse. Erwin hatte nämlich darauf bestanden, dass man ihm Blut abnähme und dieses auf HIV getestet würde. Bezüglich Ebola hatte der Arzt ihn immerhin so weit beruhigen können, dass er ihm anbot, ihn jederzeit erneut aufsuchen zu können, sobald er Fieber oder andere grippeähnliche Symptome an sich bemerken würde. Fünf lange Tage sollte er nun auf das Ergebnis der Laboruntersuchung warten! Wie stellte der Arzt sich das vor? Wie sollte Erwin die Warterei aushalten?

Denn die Angst trieb Erwin um. In der Wohnung seines Bruders, wo er für die Dauer seines Besuches im Gästezimmer schlief, besah er sich eingehend im Badspiegel. Diese Pustel auf der linken Backe hatte er nie zuvor an sich entdeckt. Die waren neu! Er verspürte Panik. Dieser Bengel hatte ihn mit irgendetwas angesteckt, da war Erwin sich jetzt ganz sicher. Und dieser Arzt mahnte ihn, sich zu gedulden! Die Nachrichten, die er abends mit seinem Bruder auf der Couch sitzend ansah, beunruhigten ihn noch mehr. Da gab es Gegendemonstrationen gegen die Menschen, die aus purer Angst vor Überfremdung auf die Straße gingen! Ja, hatten die denn alle ihren Verstand in der Weihnachtszeit in Glühwein ertränkt?

Erwin wollte, nein, vielmehr er würde ganz sicher ein Zeichen setzen. Jemand musste schließlich etwas tun gegen den Irrsinn in der Gesellschaft, schließlich lebte er doch in Deutschland. Wenigstens gab es noch ein paar Menschen, nicht viele zwar, aber immerhin waren sie da, die noch ganz klar bei Sinnen waren. Man musste einfach noch mehr wachrütteln. Noch mehr Leute mussten begreifen, was da grade ablief, in seinem Land. Das konnte doch so nicht weitergehen! Immer mehr Fremde drängten herein, das gefiel Erwin nicht. Sein Bruder erzählte, dass hier alles ruhig sei. Erwin fragte wie nebenbei, wo denn die Flüchtlinge in Meckenheim untergebracht wären.

Erwin war völlig überzeugt von der Richtigkeit seines Vorhabens, als er am nächsten Tag seinen Bruder fragte, ob er sich seinen Motorroller ausleihen dürfe. „Ich muss vor Weihnachten noch etwas erledigen."

Der Bruder lächelte versonnen. Bestimmt wollte Erwin ihm wie schon so oft eine Kleinigkeit für seine Modelleisenbahn kaufen. Klar, dass er ihm den Roller dafür borgte.

Doch Erwin hatte nicht vor, Weihnachtseinkäufe zu tätigen, als er neben einem Schuppen an einer Wiese hielt, mit einem Strohhalm etwas Benzin aus dem Tank saugte, dieses in eine mitgebrachte leere Bierflasche einfüllte und mit einem Lappen die Öffnung verstopfte. Nach einigem Suchen fand er schließlich die aufgestellten Container für die Flüchtlinge. Erwin fuhr mit seinem Roller nahe an eines der Fenster, nahm die Flasche zur Hand und hielt sein Feuerzeug an den Lappen, der in der Öffnung steckte. Dann zielte er auf eines der Fenster der Anlage, hinter dem eine Frau stand, und schleuderte die Flasche mit Wucht darauf zu.

Musa hatte mit Samuel Baseball gespielt und war durch das Rattern des Motorrollers aufmerksam geworden. Egal womit Musa auch beschäftigt war, seine Sinne waren immer wach. Auch das hatte er gelernt: immer auf alles zu hören und blitzschnell zu reagieren. Stets wach zu sein. Das hatte ihm in allen Situationen sein Leben gesichert. Den Mann, der da auf dem Roller saß, den kannte er. Das war doch dieser Verrückte, der so gebrüllt hatte, weil er sich die Mandeln auf dem Weihnachtsmarkt genommen hatte. Womit hätte er sie denn bezahlen sollen? Aber was machte der Mann bloß, hier vor dem Fenster, hinter dem sich die schwangere Neyla mit ihrem jüngeren Sohn befand? Der Mann hielt ein Feuerzeug in der Hand! Und in der anderen eine Flasche!

Musa schubste Samuel hart auf den Boden und sprintete nach vorn. Die Hand mit dem Baseballhandschuh flog im rechten Moment nach oben, er hatte die Flasche erwischt und schlug sie nun zu dem Mann zurück. Dann warf Musa sich auf den Boden und drückte das Gesicht nach unten. Mit beiden Händen fest auf die Ohren gepresst wartete er auf die Explosion. Dann sprang er hoch, packte Samuel am Arm und riss ihn mit sich weg.

Die Polizei versuchte zu ergründen, ob der bei dem Anschlag selbst ums Leben gekommene Erwin T. ein Einzeltäter war oder ob er einer fremdenfeindlichen Vereinigung angehörte. Sein Bruder bekam einen Schock, als man ihm die Nachricht brachte. Er beharrte darauf, dass eine Verwechslung vorliegen müsse. Sein Bruder würde so etwas nie tun!

Musa wurde gefeiert. Er und Samuel hatten zwar einige Schrammen von den herumfliegenden Scherben der explodierten Bierflasche abbekommen, diese waren aber nicht gefährlich. Neyla konnte Musa gar nicht genug danken. Hätte

Musa die Flasche nicht abgewehrt, wären sie, ihr jüngerer Sohn und das Ungeborene nicht mehr am Leben.

An Heiligabend gebar Neyla ihren dritten Sohn. Ihr Mann gab ihm den Namen Musa.

Sie nahmen Musa mit ins Krankenhaus, um die beiden dort zu besuchen. Er setzte sich auf einen Stuhl, dann gab ihm Neylas Mann seinen jüngsten Sohn in den Arm. Der Kleine schaute ihn aufmerksam an und legte sein Händchen auf seinen Arm. Musa war gerührt von diesem Blick.

Auch Neyla sah ihn voller Dankbarkeit an. „Du hast uns das Leben gerettet, Musa. Du bist jetzt sein Onkel."

Musa konnte gar nichts mehr denken. So viele Gefühle brachen in ihm auf. Er hatte wieder eine Familie. Er legte den kleinen Musa in Neylas Arme zurück. Heute war ein ganz besonderer Tag. Ein kleines Kind war geboren worden, ein neues Leben begann. Und er würde den Kleinen begleiten und beschützen. Ihn und seine Familie, zu der er von nun an selbst gehörte. Die Vergangenheit war vorbei, er hatte wieder eine Zukunft, für die es sich lohnte, zu leben.

„Wir reisen weiter nach Schweden, mein Bruder lebt dort bereits. Er hat uns eingeladen, bei ihm zu wohnen." Neylas Mann räusperte sich. „Möchtest du mit uns kommen? Wir müssten gemeinsam einige Papiere ausfüllen."

Musa nickte.

Als sein Handy klingelte, ging er vor das Krankenhaus, in welches die Familie ihn mitgenommen hatte und warf es auf den Boden. Er sprang darauf herum, bis es kaputt war. Er würde nirgendwohin fahren und sich Anweisungen aus einem Bahnhofsschließfach abholen. Und er würde niemanden töten. Nie mehr wieder.

Als Jarczyk den Schulhof erreichte, war er völlig durchgefroren. Seine Knöchel bluteten vom Anlegen der Schneeketten und die Beine waren bis zu den Knien zwei Eisklumpen.

Sein Kombi schaffte es auf der vereisten Fahrbahn gerade so die Waldstraße hoch. Wenn er nicht im Schlepptau des Streufahrzeuges gefahren wäre, hätte er den Dreh, zu dem sie ihn hier herausgejagt hatten, glatt vergessen können. Dünstekoven und Waldville waren das Sibirien Bonns – in jeder Hinsicht.

Am Buschbach hatte er den Fuhrpark der Offiziellen angetroffen, die Dienstkutschen aus dem Bonner Rathaus und die Nobelkarosse mit dem Kennzeichen der Landeshauptstadt. Die Kurven auf der Capellenstraße waren eine einzige Schlinderbahn und während Jarczyk in Schleichfahrt an ihnen vorbeirollte, hörte er durchs Fenster, wie diverse Bedenkenträger übers Handy verzweifelt Schneepflüge und Kettenfahrzeuge herbeizuschaffen versuchten.

Endlich war er oben. Das Streufahrzeug stoppte und Jarczyk quetschte den Wagen neben die Fuhrwerke der Bauern und den Kinderchor auf die freigeräumte Fläche bei der Schule. Vor ihm kletterte der Ortsbürgermeister aus dem orangefarbenen Streufahrzeug. Der Kinderchor begann zu singen: „Leise rieselt der Schnee ...“

Jarczyk schlitterte um seinen Kombi und holte seine Kamera von der Ladefläche. Der Hausmeister kam herüber und musterte die Aufschrift auf dem Wagen: „Jarczyk-TV – schnell und aktuell.“

„Auch wieder da?“

Jarczyk nickte nur und bemühte sich, die Kamera vor dem Flockentreiben zu schützen. Er drehte zehn Sekunden Schnittbilder vom Schulchor an und holte sich dann die Schneeskulpturen ganz nah, mit denen die Kinder den Wettbewerb „Der schönste Schneemann“ gewonnen hatten: ein lebensgroßer Santa Claus mit zwei plumpen Rentieren, die eher an schwangere Rindviecher erinnerten.

Sein letzter Dreh hier lag einige Zeit zurück, für die Bonner Lokalzeit des WDR. Protestversammlung. Eltern kämpfen gegen die Schließung ihrer Zwergschule. Der im stilgerechten Winterloden angereiste Oberschulrat hatte vergeblich versucht, die Eltern von der Notwendigkeit der Maßnahme zu überzeugen. Doch die Bauern, Waldarbeiter und selbst der Revierförster stellten sich einfach stur. Nach zwei Stunden kam dann der alte Piepenbrink angetreckert und beendete mit einer Fuhre Jauche den Auftritt der Schulbehörde.

Jarczyk zog den Bürgermeister scharf, der die Siegerurkunden an die Kinder verteilte. Ihr erster Preis hatte es vereitelt, die Affäre um die Zwergschule ohne Medienspektakel zu beenden. Man munkelte, der Oberschulrat hätte die Situation der zwölf Grundschüler in ihren zwei Klassen noch einmal überprüft. Sein Bericht lag angeblich bei der Bezirksregierung in Köln, er selbst war schon seit Tagen zu keiner Stellungnahme aufzutreiben und schien irgendwie verschollen zu sein. Schließlich hatte der Planer der Lokalzeit Jarczyk rausgescheucht, um einen dreißigsekündigen Kurznachrichtenfilm über die erwartete Schlacht in der Arktis zu drehen. Das hieß: Bild, Schnitt, Schwenk, Zoom, zack, zack und über den ganzen Bildersalat erzählte dann der Nachrichtensprecher, was passiert war.

Jarczyk schwenkte hinüber zur Lehrerin, die die Kinder in Zweierreihen in Richtung Eingang schob. Der Hausmeister stiefelte über den Hof. Mit einer Sprühflasche nässte er die

Schneeskulpturen. „Ich nehm das Eiswasser aus dem Forellenteich“, sagte er. „Das hält bis März.“

In einem der beiden Klassenräume trug der Bürgermeister inzwischen irgendwelche Beschlüsse vor. Jarczyk zwängte sich mit der Kamera auf der Schulter durch die Reihen der Eltern.

„Ich bin heute zu Ihnen herausgekommen, um Ihnen zu sagen, dass die Stadt vorbehaltlich eines Gesprächs mit der Aufsichtsbehörde Ihren Kindern den Besuch bis zum Ende ihrer Grundschulzeit ...“ Der Rest ging im Beifall unter. Die Kinder schmetterten unter dem Händefuchteln ihrer Lehrerin „Schneeflöckchen, Weißröckchen.“

Jarczyk hatte alles im Kasten und schlängelte sich nach draußen. Der Hausmeister werkelte an der Rückseite seines Santa Claus herum. Ein Eisklumpen hatte sich an der Schulter gelöst und Jarczyk sah etwas Grünes zum Vorschein kommen, das an einen Lodenmantel erinnerte.

Der Hausmeister kratzte eine Handvoll Schnee zusammen und pappte ihn auf die Macke. „Bis zum Frühjahr findet sich eine Lösung!“, sagte er. „Im Moment ist der Boden zu hart.“

Jarczyk sah zu, wie er die Figur ausbesserte.

„Was zum Aufwärmen?“ Der Hausmeister zog einen Flachmann aus seiner Daunenjacke.

„Aber immer!“ Jarczyk lud die Kamera in den Kombi.

Sie genehmigten sich jeder einen großen Schluck Doppelkorn auf den Santa Claus in seinem Eispanzer. Auf dem Schulhof setzte sich der Streuwagen mit dem Bürgermeister in Bewegung und verschwand im Schneetreiben. Der Hausmeister hob seinen Flachmann in Richtung Rentierschlitten und sagte: „Um Piepenbrinks Kühe, die den Lodenmantel auf die zugefrorenen Fischteiche gejagt haben, ist es wirklich schade.“

„Werter Herr, mir deucht, als hättet Ihr Euch mit Eurem Habit gehörig vertan und wäret beim Griff in die Kleidertruhe unserer Zeit ein paar Jahrhunderte vorausgeirrt“, rief das dickliche Männlein in der Mönchskutte. „Umso mehr bedürfet Ihr der göttlichen Vergebung, werden doch die Zeiten immer sündiger.“ Er schwenkte fröhlich ein Bündel selbst gedruckter Ablassbriefe vor seinem Opfer.

Der Mann, den er sich dazu auserkoren hatte, war etwa Mitte vierzig, groß und schlank, fast hager und seine scharfen Augen in dem eckigen, raubvogelhaften Gesicht zeigten weniger Unwillen als Belustigung ob der merkwürdigen Ansprache. Er selbst wirkte jedoch auch kaum weniger merkwürdig. In seinem grau karierten Inverness-Mantel und der dazu passenden Deerstalker-Mütze, deren Ohrenwärmer er trotz der Kälte oben auf dem Kopf zusammengebunden hatte, sah er aus, als sei er soeben der Kulisse eines Sherlock-Holmes-Films entsprungen.

Ungeachtet seiner eigenen mittelalterlichen Erscheinung schien der Mönch über die schlechten Angewohnheiten des viktorianischen Meisterdetektivs bestens Bescheid zu wissen.

„Zu Eurem Seelenheil empfehle ich Euch dringend einen Ablass“, fuhr er munter fort. „Hängt doch der Figur, die Ihr augenscheinlich verkörpert, ein gar zweifelhafter Ruf an. Hörte ich da nicht von abscheulichen Ausschweifungen mit sinnenvernebelnden Mittelchen? Da nimmt Euer modischer Fehlgriff eigentlich gar nicht mehr Wunder.“

„Guter Mann“, entgegnete der Holmes-Verschnitt mit stark ausgeprägtem englischen Akzent und nahm dem Mönchlein einen der Ablassbriefe aus der Hand, um ihn zu begutachten, „ich kann Euch versichern, dass Ihr Euch hinsichtlich der Wirkung jener Mittelchen gründlich täuscht. Mir helfen sie in Zeiten geistiger Unterforderung, meine kleinen grauen Zellen zu stimulieren. Ihr dagegen scheint andere Stimulanzien zu bevorzugen, wie ich von der Farbe Eurer Nase deduziere." Er zückte eine Geldbörse aus der Manteltasche, entnahm ihr ein Geldstück und warf es dem Mönchlein zu.

„Zwei Euro-Taler für den Ablass, mit Verlaub", protestierte das Mönchlein gut gelaunt.

„Sei es drum." Der Engländer besserte nach. „Aber bedenkt, dass geistige Getränke nicht zur Förderung der geistigen Fähigkeiten beitragen."

Damit schob er das Mönchlein beiseite und sich weiter durch das Gedränge zwischen den Ständen. Die Menschen machten Platz und nicht wenige sahen ihm erstaunt hinterher. Zwischen den mittelalterlich herausgeputzten Händlern, Gauklern und den in bunte Daunenjacken und moderne Multifunktionskleidung gepackten Besuchern des Siegburger Weihnachtsmarkts nahm er sich völlig falsch aus, was ihn aber wenig zu stören schien. Er kaufte sich ein Spanferkel-Brötchen und blieb essend vor einem Stand stehen, wo sich besonders viel Volk versammelt hatte. Eine hübsche, hochgewachsene Frau, deren haselnussbraune Locken keck unter dem hausbackenen mittelalterlichen Häubchen hervorquollen, bot handgefertigte Kuschelbären, Fellmützen und -handschuhe und selbst gebackene Bärentatzen feil, überwacht von den scharfen Blicken eines vergrämten Glatzkopfs.

Die eigentliche Attraktion aber war ein ausgewachsener brauner Bär, der, animiert von einem breitschultrigen Kraftprotz in Skipetarentracht, neben dem Stand kleine Kunststückchen vollführte. Der Bär trug einen Maulkorb und der

Mann hatte ihn zudem noch an einer Kette, dennoch hielt die Menge respektvollen Abstand.

Der Engländer sah eine Weile den Kunststücken des Bären zu und beobachtete zwischendurch immer wieder das ungleiche Paar hinter dem Stand. Während der Glatzkopf mürrisch herumkommandierte, hingen die Blicke des Haselnusslöckchens bewundernd an der kräftigen Gestalt des Bärenführers. Da drängelte sich eine Wahrsagerin an den vermeintlichen Sherlock Holmes heran und nahm seine Hand. Die Frau war verschleiert, weshalb ihr Alter nur schwer zu schätzen war, aber sie war schlank und flink und die Augen, die unter dem Schleier hervorblitzten, wirkten jung.

„Du bist ein großer neugieriger Mann auf der Suche nach dem Bösen“, sagte sie mit osteuropäischem Akzent. „Komm morgen wieder her“, sagte sie. „Morgen wirst du finden, was du suchst.“

„Woher willst du wissen, was ich suche?“, fragte der Engländer, doch die Frau war schon wieder zwischen den dicht gedrängten Menschen verschwunden.

Der Marktplatz zu Füßen des Michaelsberges entführte seine Besucher in den Wochen vor Weihnachten in eine längst vergangene Welt. Elektrisches Licht war verpönt. Lediglich Fackeln, Öllampen, Kerzen und Teelichter tauchten die Zeltstadt bei Einbruch der Dunkelheit in geheimnisvolles Licht und verstärkten das seltsame Gefühl der Unwirklichkeit, das sich nach diesem rätselhaften Auftritt in dem Engländer breitmachte.

Er wartete, bis die Vorführung mit Meister Petz zu Ende war, und beobachtete, wie der glatzköpfige Händler den Bärenführer anschnauzte, sich mit dem Tier nach hinten zwischen die Wagen zu trollen. Dann kaufte er noch eine Tüte gebackener Bärentatzen bei der jungen Frau, schlenderte weiter, lauschte dem Gesang der Sternsinger und dem Ruf des Nachtwächters, mit dem der Markttag endete und ging dann überaus nachdenklich gestimmt in sein Hotel.

Der Mann in der Sherlock-Holmes-Kluft war in der Tat neugierig und kam am nächsten Tag wieder. Der Platz um den Bärenstand war weiträumig abgesperrt. Polizisten hielten die Menschenmenge zurück. Zwei Rettungswagen lösten sich gerade aus der Wagenburg der Einsatzfahrzeuge, die sich hinter den Marktständen aufgebaut hatte.

„Was ist passiert?“, fragte der Engländer die Umstehenden.

„Ein tollwütiger Bär soll zwei Männer angegriffen haben …“

„Ach was! Der Händler hat seine Frau mit einem anderen auf dem Bärenfell erwischt und beide erschossen …“

„Nein! Der Bärenführer hat die zwei Frauen erdrosselt und anschließend seinen Bären aufgefressen …“

„Unsinn! Die alte Wahrsagerin wurde als russische Spionin enttarnt und hat daraufhin den Bären losgelassen …“

„Quatsch! Die albanische Mafia hat zwei aus dem Kölner Zoo entführte Grizzlybären hier versteckt, die vorhin den Weihnachtsmann zerfleischt haben …“

„Alles Blödsinn!“, sagte ein kleiner Junge. „Lassen Sie sich von diesen albernen Dummschwätzern bloß keinen Bären aufbinden. Es gab einen Toten, den haben sie vorhin abtransportiert, aber was Genaues weiß man noch nicht. Die sagen ja nix, die Scheißbullen …“

Der Engländer zwinkerte dem Jungen dankbar zu und schob sich weiter nach vorne zur Absperrung hin.

„Macht Platz, jetzt kommt Sherlock Holmes“, erklangen ein paar Spottrufe, was dem Engländer jedoch nur Recht war, machte man ihm doch tatsächlich Platz und er schaffte es problemlos an das Absperrband, wo ihn ein Uniformierter stirnrunzelnd empfing.

„Für Karneval isset noch'n bisschen zu früh“, bellte er. „Sie können hier nicht durch.“

„Ich bin der Krimiautor Timothy Simms und das ist meine Arbeitskleidung“, sagte der Engländer. „Und ich muss einen der leitenden Beamten sprechen, denn ich habe eine wichtige Aussage zu machen.“

Der Polizist musterte ihn skeptisch von oben bis unten, ließ sich die Papiere zeigen, verglich umständlich das Passfoto mit dem vor ihm stehenden Simms, drehte sich dann um und brüllte einem seiner Kollegen etwas zu, was so ähnlich klang wie „Hol doch mal den Wagen.“

Kurz darauf kam ein junger Beamter in Zivil, ließ sich von seinem uniformierten Kollegen die Papiere des Engländers geben, musterte ihn ebenfalls kritisch, fragte dann aber nicht unfreundlich: „Sie möchten eine Aussage machen?“

„Yessir“, sagte Simms. „Sind Sie der leitende Beamte?“

„Ich bin Kommissar Wagner vom Morddezernat.“

„Dann ist hier also ein Mord geschehen?“

„Hören Sie, Mr. Simms“, der Ton war nicht mehr ganz so freundlich, „wenn Sie sich mit Krimis auskennen, müssten Sie eigentlich wissen, dass wir es sind, die in solchen Fällen die Fragen stellen.“

„Ja, aber ihr seid auch immer die Deppen und dat ist der große Sherlock Holmes!“, rief eine freche Stimme aus der Zuhörerschar.

„Was auch immer hier passiert ist“, sagte Simms, „mir hat gestern eine Frau die Tat angekündigt.“

Der junge Kommissar runzelte die Stirn, es war nicht zu erkennen, ob er Simms glaubte oder nicht, aber er zog es vor, ihn ein Stück weit von den ungebetenen Zuhörern wegzuführen. „Könnten Sie mir das vielleicht ein wenig genauer erklären."

„Eine Wahrsagerin hat mich für heute hierher bestellt. Ich denke, sie wusste, dass etwas passiert."

„Was genau hat sie Ihnen denn gesagt?"

„Sie nannte mich einen Neugierigen, der nach dem Bösen sucht, und prophezeite mir, dass ich es heute hier finden würde."

„Kannten Sie die Frau?"

„Sie war verschleiert, ich kann mir aber nicht vorstellen, dass ich sie kenne."

„Kann es sein, dass die Frau Sie irgendwoher kannte?"

„Hmm." Simms überlegte. „Ich bin Autor, schreibe Krimis, bin aber, ehrlich gesagt, nicht allzu bekannt. Selbst, wenn sie was von mir gelesen haben sollte, wüsste sie immer noch nicht, wie ich aussehe."

„Wie kommen Sie dann darauf, die Frau könnte Sie herbestellt haben?"

„Es muss mit meiner Verkleidung zusammenhängen", sagte Simms. „Sie wusste, dass heute hier ein Verbrechen geschehen würde und wollte, dass Sherlock Holmes zugegen ist."

„Das ist doch ein Witz!"

„Immerhin ist sie eine Wahrsagerin", gab Simms zu bedenken.

„Pah, die Frau ist genauso wenig eine Wahrsagerin wie Sie Sherlock Holmes sind!"

„In der Tat", sagte Simms. „Und so gerne ich es auch manchmal wäre, muss ich doch sagen, dass es diesen Fall erst so richtig interessant macht, dass ich es nicht bin."

„Verrückte Geschichte", brummte der Beamte und schüttelte den Kopf. „Wobei noch erschwerend hinzukommt, dass die vermeintliche Wahrsagerin selbst eines der Opfer ist.“ Er seufzte. „Ich schätze, es ist das Beste, wir nehmen Sie erst einmal mit.“

„So so, Sie glauben also, Sie können einfach so in Ihrer Verkleidung daherkommen und den Fall für uns lösen, was?“, fragte Hauptkommissarin Heilmann, nachdem ihr Kollege sie über Timothy Simms ins Bild gesetzt hatte.

„Nein, natürlich nicht. Und es ist auch keineswegs so, dass ich das Verbrechen suchen würde.“

„Immerhin sind Sie auf das Geschwätz der Wahrsagerin hin wiedergekommen, wenn ich das recht verstanden habe.“

„Ich bin Krimiautor. Was erwarten Sie? Aber es wäre eigentlich schon ganz nett, wenn Sie mir jetzt wenigstens erzählen würden, was überhaupt passiert ist. Vielleicht könnte ich Ihnen dann ja doch irgendwie behilflich sein.“

Die Kommissarin sah ihn zweifelnd an, seufzte. „Na schön. Nach allem, was wir bisher wissen, ist die Wahrsagerin, als sie den Bären füttern wollte und den Käfig aufgemacht hat, von ihm angegriffen worden. Sie liegt jetzt verletzt und mit einem schweren Schock im Krankenhaus. Der Bärenführer, der ihr zu Hilfe geeilt ist …“

„Stopp“, unterbrach Simms, „wieso wollte denn die Wahrsagerin den Bären füttern?“

Die Kommissarin sah ihn einen Moment prüfend an. „Weil sie die Frau des Bärenführers ist.“

Simms pfiff durch die Zähne.

„Jedenfalls ist ihr Mann jetzt tot und der Händler, der gerade hinten neue Ware aus dem Wagen holen wollte, wurde von dem Geschrei alarmiert und hat den Bären erschossen. Er hat nur ein paar Kratzer abbekommen.“

„Was ist mit der Frau des Händlers?“

„Das Ganze hat sich hinter den Ständen abgespielt. Dort, wo der Wohnwagen und der Käfigwagen des Bären stehen. Die Frau war zu der Zeit vorne am Marktstand und hat Teddybären verkauft.“

„Und sie hat nichts gehört?“

„Es war gerade ziemlich laut, weil ein paar Dudelsackbläser ihren Auftritt hatten. Sie hat es erst mitbekommen, als ihr Mann nach vorne gestürzt kam.“

„Womit hat er den Bären erschossen?“

„Mit der Waffe des Bärenführers.“

Simms nickte. Dann ließ er sich noch weitere Einzelheiten berichten, hinterließ die Adresse des Hotels, in dem er abgestiegen war, und setzte sich in ein Cafe, wo er einen Tee mit Rum bestellte und eine Pfeife rauchte. Dabei kam ihm eine Idee. Er stiefelte zurück zur Polizeiwache. Nach einigem Insistieren wurde er zur Kommissarin vorgelassen.

„Mir ist da was eingefallen“, begann er. „Im Sherlock-Holmes-Kanon gibt es eine Geschichte, darin tötet angeblich ein Löwe seinen Dompteur. Auch wird eine Frau verletzt und ein anderer Mann ist mit im Spiel, ebenfalls eine Dreiecksgeschichte.“

„Wieso ‚angeblich'? Und was wollen Sie mit ‚Dreiecksgeschichte' andeuten?“

„In der Story haben der Überlebende und die verletzte Frau den Dompteur mit einer selbst gebastelten Löwenpranke erschlagen, anschließend lassen sie den Löwen frei. Dummerweise fällt der dann aber noch über die Frau her und richtet sie ziemlich übel zu, bevor sie gerettet wird. Jedenfalls läuft sie danach nur noch verschleiert herum. Daher kommt auch der Titel der Geschichte: Die verschleierte Mieterin. Dabei war das Ganze eigentlich geschickt arrangiert und wurde auch nie aufgeklärt. Die reuige Sünderin erzählt Sherlock Holmes die Geschichte viele Jahre später und will sich danach selbst umbringen. Er kann sie aber davon überzeugen, dass es eine schwerere Strafe ist, mit der Schuld weiterzuleben."

„Aha", sagte die Kommissarin nicht sehr überzeugt.

„Der Dompteur war natürlich der Ehemann der Frau und obendrein ein fürchterlicher Widerling und der andere Mann und die Frau waren natürlich ein heimliches Liebespaar."

„Natürlich", sagte die Kommissarin.

„Ja und vielleicht war der Bär hier in unserem Fall auch nur ein unschuldiges Opfer. Es gibt da natürlich ein paar kleinere Unterschiede zwischen den beiden Fällen …"

„Natürlich", sagte die Kommissarin.

„Beispielsweise ist in unserem aktuellen Fall", das Gesicht der Kommissarin verfinsterte sich bei dem Wort „unserem" bedrohlich, was Simms jedoch nicht davon abhielt weiterzureden, „noch eine zweite Frau mit im Spiel. Es geht nicht um einen Löwen, sondern um einen Bären. Die verletzte Frau ging schon vor der angeblichen Attacke des Raubtiers verschleiert. Und …", er machte eine bedeutsame Pause, „Sherlock Holmes wird nicht erst nach der Tat, sondern bereits vorher eingeweiht."

Die Gewitterwolken über dem Gesicht der Kommissarin verdichteten sich, einen Augenblick lang sah es nach einem fürchterlichen Donnerwetter aus.

„Zumindest teilweise eingeweiht", verbesserte sich Simms ungerührt.

Die Wolken brachen auf und machten einem ungläubigen Staunen Platz. „Das kann doch nicht wahr sein."

„Wieso? Was denn, bitte schön?" Das Staunen wechselte nun ins Gesicht des Engländers.

„Sie wollen mir doch nicht tatsächlich allen Ernstes solch eine über hundert Jahre alte Räuberpistole verkaufen? Ich bitte Sie, Mr. Simms, wir leben im einundzwanzigsten Jahrhundert. Kein vernünftiger Mensch würde sich heutzutage noch selbst verstümmeln, in der Hoffnung, dass wir es mit unseren modernen forensischen Methoden nicht ans Licht brächten." Sie schüttelte den Kopf. „Geschweige denn einen Menschen mit einer selbst gebastelten Bärentatze erschlagen und glauben, damit davonzukommen! Einfach lächerlich!"

Simms strahlte. „Ich sehe, wir verstehen uns. Ich habe mich nicht in Ihnen getäuscht."

Die Kommissarin sah ihn fragend an.

„Nun, Sie haben sofort die richtigen Schlussfolgerungen aus meinen Ausführungen gezogen", erklärte Simms und schenkte ihr ein anerkennendes Lächeln. „Aus dem, was die Wahrsagerin mir als Sherlock Holmes gestern verraten hat, haben Sie messerscharf geschlossen, dass den Tätern die Geschichte der verschleierten Mieterin bekannt ist, und aus der Tatsache, dass die Wahrsagerin schon vor der Attacke des Tieres verschleiert war, haben Sie gefolgert, dass sie sich die Wunden sehr wahrscheinlich selbst zugefügt haben muss."

„Moment mal …", wandte die Kommissarin ein.

„Hat schon mal jemand die Wahrsagerin ohne Schleier gesehen?"

„Natürlich. Ihr Mann, nehme ich doch mal an und außerdem ..."

„Der ist tot."

„Ja, was weiß ich", sagte die Kommissarin. „Natürlich wird sie schon mal jemand ohne diesen dämlichen Schleier gesehen haben."

„Sie sollten das auf jeden Fall überprüfen lassen. Außerdem sollten Sie die Wunden der Frau sorgfältig untersuchen lassen. Und zwar ohne jedes Mitleid. Denn gerade darauf hat sie vielleicht spekuliert."

Die Kommissarin starrte ihn an.

„Hören Sie mal …", sagte sie schwach.

„Sicherlich wäre es auch eine gute Idee, einmal Kontakt mit dem Zirkus aufzunehmen, mit dem dieser Bärenführer und seine Frau zuletzt unterwegs waren."

„Hören Sie, ich …"

„Ich werde jetzt wieder gehen, mir ein Pfeifchen oder zwei gönnen und ein bisschen darüber nachdenken, was es mit der überzähligen Frau auf sich hat."

„Welcher überzähligen Frau? Und was soll denn das, wie kommen Sie überhaupt …"

„Und keine Sorge, dann komme ich wieder." Damit ging Simms hinaus.

Verblüfft sah die Kommissarin ihm nach. Seine letzten Worte hatten keineswegs beruhigend geklungen, eher wie eine Drohung.

Als Timothy Simms am nächsten Tag wiederkam, empfing ihn Hauptkommissarin Heilmann erstaunlich zuvorkommend, bat ihn Platz zu nehmen und bot ihm einen Kaffee an.

„Tee wäre mir lieber", sagte Simms. „Schwarz, vier Minuten ziehen lassen, mit Milch und Honig, bitte."

Die Kommissarin grinste verkniffen und schickte Wagner los. „Sie hatten recht", erklärte sie dann, „die Wahrsagerin hat zwar tiefe Wunden, die wahrscheinlich durch die Klauen und Zähne eines Bären verursacht wurden, aber diese Wunden sind allesamt älteren Datums und die Narben lediglich an der Oberfläche wieder aufgebrochen, die frischen Verletzungen dagegen sind alle leichterer Natur, eine Menge Kratzer und Risse, die stark bluteten, aber im Grunde recht harmlos sind."

„Das heißt, der Bär hat sie gestern möglicherweise gar nicht angegriffen", sagte Simms, „sondern sie könnte sich die Verletzungen auch selbst zugefügt haben."

Die Kommissarin nickte. „Außerdem haben wir den Zirkus ausfindig gemacht, in dem sie und ihr Mann zuletzt mit den Bären aufgetreten sind."

„Den Bären?"

„Ja, es waren ursprünglich mal zwei. Und die Frau war früher nicht als Wahrsagerin unterwegs, sondern hat bei der Bärennummer mitgewirkt. Zusammen traten sie auf als die zwei furchtlosen Lermontevs mit ihren Bärenbrüdern. Dann ist einer der Bären über Sofia Lermontev hergefallen, musste getötet werden und vorbei war es mit der Zirkuskarriere. Seitdem tingeln sie als Wahrsagerin und Bärenführer über Volksfeste und Mittelaltermärkte."

Wagner kam wieder herein und stellte ein Tablett mit in Plastik eingeschweißten Portionspackungen Honig und Kaffeesahne sowie einem dampfenden Becher vor Simms auf den Schreibtisch. Auf dem rosaroten Becher waren Finger zu sehen, die ein Victory-Zeichen zeigten, dahinter eine stilisierte Burg. Simms rümpfte die Nase.

„Sie waren fleißig", sagte er dann. „Die Fragen, die ich gestern aufgeworfen habe, sind fast alle beantwortet. Und nun?"

„Wir haben einen Haftbefehl gegen Sofia Lermontev. Sie wird verdächtigt, ihren Mann getötet zu haben. Die Rechtsmediziner haben herausgefunden, dass die eigentliche Todesursache nicht die Attacke des Bären, sondern eine Verletzung am Hinterkopf war, wie sie durch einen Schlag oder einen Sturz verursacht werden kann. Die Kratz- und Bissspuren wurden ihm zwar noch vor seinem Tod beigebracht, haben diesen aber nicht herbeigeführt."

„Hinweise auf mögliche Motive gibt es auch schon", ergänzte Wagner, der sich selbst einen Becher mitgebracht hatte, aus dem es nach Schokolade roch. „Der Zirkusdirektor hat erzählt, Sofia habe ihrem Mann die Schuld daran gegeben, dass der Bär sie damals so übel zugerichtet habe. Statt ihr zu helfen, sei er erst mal weggerannt, um Verstärkung zu holen." Er trank einen großen Schluck.

„Wie lange ist das her mit der Bärenattacke?", fragte Simms und starrte amüsiert auf den braunen Kakaobart auf Wagners Oberlippe.

„Drei Jahre", sagte die Kommissarin. „Nachdem die Lermontev dann aus dem Krankenhaus raus war, soll sie angeblich keiner mehr ohne Schleier gesehen haben."

Wagner stellte den Becher ab, wischte sich mit dem Handrücken über den Mund, starrte auf die Hand und hielt sie dann seltsam steif in die Luft. „Gerhard Kleibrink, das ist der Besitzer des Bärenstandes hier auf dem Weihnachtsmarkt, hat außerdem behauptet, Lermontev sei seiner Frau Silvia hinterhergestiegen." Er kramte ein Papiertaschentuch aus der Hosentasche hervor.

„Dann kam ihm der Tod des Bärenführers ja vielleicht gar nicht so ungelegen", sagte Simms.

Wagner nickte. Die Idee schien ihm zu gefallen.

Die Kommissarin schüttelte den Kopf. „Kleibrink ist sehr geschäftstüchtig. Ihm gehts nur ums Geld. Wenn die Kasse stimmt, verscherbelt der auch seine Frau. Durch den Bären hat er dieses Jahr auf dem Weihnachtsmarkt verkauft wie noch nie. Ich kann mir nicht vorstellen, dass es ihm Spaß gemacht hat, seinen besten Werbeträger zu erschießen."

„Spaß wahrscheinlich nicht“, sagte Wagner, der mit seiner Hygiene fertig war und das Taschentuch in den Papierkorb warf. „Aber vielleicht wollte er den Bären ja auch gar nicht erschießen, war dann aber letztlich durch die Umstände dazu gezwungen.“

„Die Umstände?“ Die Kommissarin runzelte die Stirn. „Du meinst, er könnte mit Sofia Lermontev gemeinsame Sache gemacht haben, um deren Mann aus dem Weg zu räumen?“

„Warum nicht? Der Zirkusdirektor hat erzählt, sie wäre mit den Tieren ebenso gut klargekommen wie ihr Mann, eher sogar besser. Und sie hatte offenbar auch nach dem Unfall keine Angst vor dem anderen Bären. Schließlich hat sie das Tier ja weiter gefüttert und versorgt. Vielleicht hatte sie die Wahrsagerinnen-Nummer satt und wollte sich lieber mal als Bärenführer verkleiden.“

Die Kommissarin wiegte den Kopf hin und her. „Das gefällt mir alles ganz und gar nicht …“

„Wie sieht es denn nun mit meiner Beteiligung an der Geschichte aus?“, fragte Simms, der den beiden Kriminalisten eine Weile schweigend zugehört hatte.

„Wie bitte?“

„Was machen Sie daraus, dass die Wahrsagerin mich gestern an den Tatort bestellt hat?“

„Hmm“, brummte Wagner.

„Hat sie das denn wirklich?“, knurrte die Kommissarin. „Wozu hätte sie so was tun sollen?“

„Genau das habe ich mich auch die ganze Zeit gefragt“, sagte Simms.

„Und?“

„Ich bin zu der Überzeugung gelangt, dass der Tod des Bärenführers unbedingt mit der Sherlock-Holmes-Geschichte in Verbindung gebracht werden sollte. Vermutlich hat mein Erscheinen überhaupt erst zu der Überlegung geführt, die Sache so und nicht anders zu arrangieren."

„Ich kann mir beim besten Willen nicht vorstellen, dass Sofia Lermontev diese Sherlock-Holmes-Geschichte kennt. Außerdem hätte sie uns damit doch auch die Lösung schon vorgegeben und sich selbst ans Messer geliefert."

„Ja, in der Tat", sagte Simms. „Genau da liegt der Hund begraben. Aber wir haben ja auch die letzte Nuss, die ich Ihnen gestern präsentiert habe, noch nicht geknackt."

Die beiden Beamten starrten ihn fragend an.

„Was ist mit der überzähligen Frau?"

„Wie bitte?"

„Mit Silvia Kleibrink, so heißt doch die Schöne mit den Haselnusslöckchen, wenn ich mir das vorhin richtig gemerkt habe."

„Ja, so heißt sie. Und was soll mit der sein?"

„Mir ist eingefallen, dass ich sie vorgestern in Köln bei meiner Lesung gesehen habe, wo ich aus meinen neu verfassten Sherlock-Holmes-Stories vorgetragen habe. Am Ende wurde ich gefragt, was ich mir noch in Deutschland ansehen würde und wie mir die deutschen Adventsbräuche gefielen. Ich sagte, man habe mir ganz besonders den mittelalterlichen Weihnachtsmarkt in Siegburg empfohlen und dass ich den am nächsten Tag unbedingt noch besuchen wolle."

„Sie meinen also Silvia Kleibrink steckt hinter der ganzen Sache? Aber wieso sollte die denn den Bärenführer umbringen wollen? Der hat sie doch angehimmelt. Das ganze Szenario ergibt so doch überhaupt keinen Sinn."

Wie zur Antwort klopfte es an der Tür und ein Beamter steckte Wagner einen Zettel zu. Er überflog ihn.

„Jetzt erst recht nicht mehr."

Die Kommissarin sah ihn erwartungsvoll an.

„Sofia Lermontev hat im Krankenhaus ein Geständnis abgelegt. Sie hat ausgesagt, Kleibrink habe ihren Mann erschlagen, nachdem sie Kleibrink versprochen habe, mit der Freilassung des Bären alles zu vertuschen."

„Nun, Sherlock, was sagen Sie dazu?", fragte die Kommissarin.

„Clever girls."

„Was soll das denn jetzt heißen?"

„Ja sehen Sie das denn nicht? Damit sind sie jetzt alle beide ihre ungeliebten Ehemänner los!"

„Wie bitte?"

„In der Geschichte der verschleierten Mieterin ist auch der vermeintliche Retter in Wahrheit der Täter. Die Frauen hatten wohl darauf gesetzt, dass mein Erscheinen die Ermittlungen in diese Richtung lenken würde."

„Aber das ist doch völliger Unfug!"

„Das glauben Sie. Und genau deshalb hat Sofia Lermontev nun auch noch ein Geständnis abgelegt. Weil die beiden Damen gemerkt haben, dass es nicht genügt, wenn man die Polizei mit der Nase auf etwas stößt, man muss es ihr auch noch darauf festbinden."

„Sie sind ja nicht ganz bei Trost", empörte sich die Kommissarin. „Ich denke, wir können jetzt auf weitere Theorien und Deduktionen von Ihnen verzichten."

„Besten Dank für Ihre Mitarbeit", sagte Wagner, als er Simms hinausbegleitete.

„Bitte schön", sagte Simms. Er war beleidigt. Manchen Leuten war einfach nicht zu helfen. Manchen Polizisten schon gleich gar nicht.

Einen Tag vor Heiligabend kehrte der Engländer nach Siegburg zurück und besuchte Sofia Lermontev im Krankenhaus. Gerhard Kleibrink hatte natürlich alles abgestritten, aber die Indizien sprachen gegen ihn. Er würde wegen Mordes dran glauben müssen, während die Wahrsagerin mit einer Beihilfe davonkommen würde.

Sie hatte schon Besuch. Silvia Kleibrink saß an ihrem Bett.

„Glückwunsch", sagte Simms, „das haben Sie sauber hingekriegt."

„Ich weiß nicht, was Sie wollen. Wer sind Sie überhaupt?"

„Mein Name ist Timothy Simms, wie Sie sehr wohl wissen. Ich habe Ihnen ein kleines Weihnachtsgeschenk mitgebracht. Auf die Verpackung habe ich verzichtet. Dafür habe ich mir erlaubt, noch etwas hineinzuschreiben."

Er zog ein Buch aus der Manteltasche und reichte es ihr: Sherlock Holmes' Buch der Fälle, ein Band mit Erzählungen, unter denen auch der Fall der verschleierten Mieterin zu finden war. Silvia Kleibrink schlug die erste Seite auf und las das Zitat, das Simms dem Buch vorangestellt hatte. Es stammte aus der Holmes-Geschichte vom blauen Karfunkel, die in der Weihnachtszeit spielt:

„After all, Watson," said Holmes, reaching up his hand for his clay pipe, „I am not retained by the police to supply their deficiencies. ... Besides, it is the season of forgiveness. Chance has put in our way a most singular and whimsical problem, and its solution is its own reward."

„Schließlich, Watson", meinte Holmes, indem er nach seiner Pfeife griff, „bin ich nicht bei der Polizei angestellt, um ihr überall auf die Sprünge zu helfen, wo sie selbst nicht fertig wird … Überdies befinden wir uns ja gerade in der gnadenreichen Zeit. Der Zufall hat uns einen äußerst rätselhaften, merkwürdigen Fall zugespielt, und seine Lösung allein ist uns Lohn genug."

Lilli rettet den Weihnachtsmann Kerstin Brichzin

Lilli kniet auf dem Fensterbrett des Kinderzimmers und schaut hinaus auf die graue Straße, über Autodächer hinweg, in Richtung Rhein. Sie fröstelt leicht. Die Heizkörper sind abgedreht, nur der in der Wohnstube gibt noch Wärme ab. Doch da mag sie jetzt nicht sein.

Sie hat sich Mamas Fingerhandschuhe und Lions Kapuzenpullover drübergezogen. Der pinkfarbene Schal um Kopf und Hals gehört ihr.

„Hier bist du. Warum machst du kein Licht?"

„Es schneit, Lion." Sie zeigt auf die schwebenden Flocken, die für kurze Zeit im Laternenlicht tanzen, bevor sie im Nichts verschwinden. „Ist der Weihnachtsmann da draußen?"

„Es gibt keinen Weihnachtsmann, Lilli."

„Ich habe Hunger."

Lion zuckt mit den Schultern. „Mama sagt, wir sollen ans Bonner Loch zur mobilen Suppenküche gehen, heute ist Mittwoch."

„Wann kommt Mama?"

Lion starrt auf den Lichtkegel der Laterne.

„Wann kommt Mama?"

„Spät", flüstert er. „Die Leute wollen ihre Wohnungen noch mal richtig sauber haben, bevor die Gäste kommen."

Lilli seufzt. Sie schaut auf das kleine Buch in ihrer Hand. „Liest du mir die Geschichte vom Weihnachtsmann und Struppi noch mal vor?"

„Wenn wir zurück sind. Jetzt komm."

Sie wirft einen letzten Blick auf das stärker werdende Schneegestöber und rutscht vom Fensterbrett.

Lion lässt die Haustür hinter sich ins Schloss fallen. Er zieht Lilli den Reißverschluss der Jacke zu und wickelt ihr den langen Schal wieder um Kopf und Hals. „Komm“, flüstert er.

Sie gehen durch Nebenstraßen zur Adenauerallee, immer weiter bis zum Hofgarten.

„Schau nur“, sagt Lilli, „der Schnee hat die Wiese fast zugedeckt. Wie er glitzert. Genau so sieht Weihnachten in meinem Buch aus.“ Lächelnd streckt sie ihrem Bruder das kleine Bilderbuch entgegen.

Lion atmet tief durch. „Steck es weg, es wird nur nass.“

Lilli blinzelt eine Schneeflocke weg. Sie drückt das Buch fest an den Bauch und versucht es mit dem Handschuh zu schützen. Am Ende des Hofgartens bleibt sie stehen. „Sieh mal Lion, da blinkt was!“

Vom Weg aus kaum zu sehen, liegt im Gebüsch ein Mann mit weißem Vollbart. Er hat einen roten Mantel an, auf dem Kopf trägt er eine rote Zipfelmütze mit einer blinkenden Bommel.

Lion sieht den Schmutz, der an seiner Kleidung haftet, das alte Laub, welches der Wind über ihn geweht hat, bevor Schneeflocken anfingen, ihn zu bedecken. Er sieht das weiße Gesicht, den blauen Mund, sieht die Schneesterne, die auf der Haut liegen bleiben. Auf einmal klopft sein Herz bis zum Hals. Sie schmelzen nicht! Mit beiden Händen umfasst er Lillis Hand. „Nur ein Betrunkener, komm weiter.“

„Der weiße Bart, der Mantel, die Mütze, wie in meinem Buch. Das muss der Weihnachtsmann sein!“ Lilli zieht und zerrt an Lions Hand. Da bemerkt sie unter dem Mantel ein leichtes Zucken. Oben aus dem Kragenteil schaut ein kleines Hundegesicht heraus. Mit einem letzten Ruck reißt sie sich los.

„Struppi, das ist Struppi!“ Lilli nimmt den zerzausten Maltesermischling in den Arm. Er fiept und leckt ihre Hand. Lilli lacht. Auf einmal wird sie still. „Struppi zittert. Lion, ihm ist kalt und dem Weihnachtsmann bestimmt auch. Schau nur, er hat ganz blaue Lippen. Ob er krank ist?“ Sie setzt den kleinen Hund auf den Boden. Sofort kraucht er wieder unter den Mantel zurück.

„Wir brauchen dringend eine Decke, damit er gesund wird. Weihnachten fällt sonst aus.“ Lilli fängt zu weinen an.

Lion starrt auf die blinkende Bommel, deren Licht nach und nach unter Schneeflocken verschwimmt. Sein Blick streift das blau geäderte Gesicht. Übelkeit steigt in ihm hoch. „Du hast recht“, antwortet er heiser, „Wir besorgen ihm eine.“

Sie eilen Am Neutor entlang, warten mit anderen Fußgängern an der Ampel. Sofort drängelt Lilli nach vorn in die erste Reihe. „Schnell, schneller“, murmelt sie vor sich hin.

Sie rennen am Bonner Münster vorbei zum Münsterplatz. Die kleinen Häuschen des Weihnachtsmarktes werden gerade abgebaut, aber sie schauen nicht hin. Sie wenden sich nach rechts. Lion schiebt Lilli immer weiter zwischen den Menschen hindurch zu dem Kaufhaus, wo er Kuscheldecken vermutet.

Endlich bleibt er stehen. Sofort drückt er Lillis Rücken gegen das Schaufenster neben der riesigen Glastür. „Du wartest hier, ich gehe erst mal alleine rein.“ Lilli nickt. Tapfer presst sie ihr Weihnachtsbuch an die Brust.

Es dauert nicht lange, da kommt Lion wieder heraus. „Sie liegen gleich um die Ecke auf einem Tisch. Aber ohne dich gehts nicht.“ Er beugt sich zu seiner Schwester hinab und flüstert ihr etwas ins Ohr. Lilli presst die Lippen zusammen. Sie schielt zum Securitymann und nickt immerzu.

Kurz nacheinander betreten sie den Laden. Lilli sucht

eine Frau, die das Alter ihrer Mutter haben könnte, und heftet sich an ihre Fersen. Immer, wenn die Frau in die Regale greift oder sich ein Kleidungsstück aus einem der Wühltische fingert, dreht sich Lilli weg. Endlich hat sich die Frau entschieden. Mit einem Arm voller Sachen strebt sie davon. Da gibt Lion das Zeichen.

Lillis Herz klopft, sie muss schlucken. Ich tue es für dich, Weihnachtsmann, denkt sie und rennt auf den Securitymann zu.

„Bitte, helfen Sie mir!", schluchzt sie. „Ich habe meine Mama verloren." Sie verzieht das Gesicht, als würde sie weinen und zerrt den Mann tiefer in den Laden hinein, weg von der Tür.

„He, lass das! Du warst doch gerade mit deiner Mutter dort drüben. Bestimmt ist sie an der Kasse. Geh da erst mal hin." Er streift Lillis Finger vom Ärmel ab und zeigt in die Richtung, aus der sie gekommen ist.

Da sieht sie, wie Lion nach einer der Decken greift und sich langsam der Glastür nähert. Ihr Herz klopft immer schneller. Sie bekommt kaum noch Luft.

„Bitte bringen Sie mich hin!", jammert sie weiter. „Meine Mama, ich weiß nicht, wo sie ist!" Ihre Stimme überschlägt sich. Leute bleiben stehen. Die Ohren des Securitymannes färben sich knallrot.

Eine ältere Dame schüttelt den Kopf. „Nun bringen Sie das arme Kind schon hin. Haben Sie kein Herz?"

In diesem Moment fängt es laut zu piepen an. Lilli kann noch sehen, wie sich Lion hinaus ins Freie drängelt und verschwindet. Erleichtert atmet sie auf.

„Verdammt noch mal, lass mich endlich in Ruhe!" Der Securitymann eilt Lion hinterher.

Lilli rennt die Remigiusstraße entlang zum Münsterplatz. Dort bleibt sie stehen und atmet tief ein und aus. Sie kennt den Weg zum Hofgarten, hundertmal ist sie ihn bereits gelaufen. Sie schaut sich um. Die Händler räumen die Sachen aus den Häuschen des Weihnachtsmarktes. Noch immer hängt der Duft von Reibekuchen und Glühwein in der Luft. Lillis Magen fängt wieder zu knurren an. Vielleicht hat der Weihnachtsmann auch Hunger? Lilli geht zwischen den Buden entlang. Vor einem der Bräterwagen bleibt sie stehen.

„Entschuldigung, haben Sie irgendetwas zu essen übrig? Es ist nicht für mich, sondern für den Weihnachtsmann."

Ein junger Mann mit einem Schnurrbart beugt sich zu ihr herunter und lächelt. „Für den Weihnachtsmann also, na klar." Er öffnet eine große Kühlbox, holt ein Päckchen heraus und steckt es in eine Plastiktüte. „Hier, Bratwürste, sind noch warm. Vielleicht gibt dir der Weihnachtsmann eine ab?"

Lilli schenkt ihm ein Lächeln und rennt mit der Tüte in der Hand davon. Nach wenigen Metern bleibt sie stehen. Was glänzt da so?, denkt sie und geht langsam auf einen Stapel Kartons zu. Einer liegt geöffnet etwas abseits. Vorsichtig legt sie den Deckel beiseite.

„Oh, wie die glitzern!" Solche wunderschönen Kugeln hatte sie noch nie gesehen. Sie denkt an den nackten Weihnachtsbaum zu Hause in der Wohnstube, an dem nur bunte Papiersterne und ihre ausgeprickelten Sterntaler aus dem Kindergarten hängen. Langsam streckt sie ihre Arme aus und greift zu.

„Gefallen sie dir?", fragt eine Stimme hinter ihr.

Lilli zuckt zusammen, springt auf und rennt los.

„Warte doch! Hier, du hast was vergessen!" Doch Lilli rennt weiter, Richtung Lion.

„Da bist du ja endlich, wo warst du?“ Lion streicht seiner Schwester Schneesterne aus dem Haar. Ihr Schal ist nach unten gerutscht.

Sie ringt nach Luft. „Du hast ihn schon zugedeckt, gehts ihm besser?“ Lilli tritt einige Schritte auf den Weihnachtsmann zu. „Die Kuscheldecke wird ihm gefallen, vor allem der große Tannenbaum drauf. Du wirst sehen, gleich wird ihm warm.“ Lilli lächelt. Lion sieht die Hoffnung in ihrem Gesicht.

Er schließt die Augen. Er kriegt das Bild nicht los. Es hat sich eingebrannt, als er den Schnee von dem kalten Gesicht und der blinkenden Bommelmütze wischte: ein Messer, seitlich zwischen den Rippen.

„Was tust du da?“, fragt Lion.

„Hab Weihnachtsbaumkugeln gefunden, die will ich ihm schenken.“ Lilli greift nach einer der roten Kugeln und fädelt einen Zweig durch die metallene Öse. „Hilfst du mir? Er soll es schön haben, wenn er aufwacht.“

„Lilli, bitte, es ist spät, vielleicht ist die Suppenküche noch da.“ Er stöhnt und hebt den Karton mit den Kugeln auf.

Lilli greift nach der nächsten. „Wir müssen da nicht hin. Hier, in der Tüte, hab Bratwürste für den Weihnachtsmann geschenkt bekommen. Da bleiben bestimmt welche übrig.“

Lion steht einfach nur da, den Karton in den Händen. Lilli nimmt die nächste Kugel und geht zum Busch. Stück für Stück fädelt sie Ästchen durch die Ösen.

„Fertig, Lion. Alles wird gut, nicht wahr?“

In diesem Moment kriecht der kleine weiße Hund winselnd hervor und tapst auf die Bratwursttüte zu.

„Ich glaube, Struppi hat Hunger.“ Lilli wickelt die Würste aus der Folie und zerbricht eine in mehrere Teile. „Für dich.“ Sofort verschlingt er das erste Stück.

„Da bist du ja!“, ruft eine freundliche Stimme hinter ihr. „Du hast was bei mir vergessen.“ Lilli zuckt zusammen.

„Wer sind Sie?“, fragt Lion und stellt sich vor seine Schwester.

„Ach, dafür wolltest du meine Kugeln.“ Die Frau vom Weihnachtsmarkt lächelt. „Sie sehen sehr schön aus an dem Strauch. Und wie sie glänzen. Hast du das gemacht?“

Lilli nickt und strahlt. „Weil doch der Weihnachtsmann krank ist. Deshalb haben wir uns auch die Kuscheldecke ausgeborgt. Wir bringen sie zurück, wenn er sie nicht mehr braucht, ihre Kugeln auch.“

„Dann ist das wohl Struppi?“ Die Frau hält Lillis Bilderbuch neben den kleinen Hund. „Stimmt, dann muss das wirklich der Weihnachtsmann sein. Hier, dein Buch.“ Lion reißt ihr das Buch aus der Hand und reicht es an Lilli weiter.

Auf einmal wird die Frau ernst. „Wie heißt ihr?“

„Lilli und das ist mein Bruder Lion.“

„Lion, würdest du mit Lilli und Struppi zu der Bank dort drüben gehen und auf mich warten? Ich möchte mit einem Arzt telefonieren. Ich glaube, der Weihnachtsmann ist doch etwas kränker als gedacht.“

Lion und die Frau schauen sich in die Augen. Er atmet auf und nickt.

Es dauert nicht lange, da biegen ein Polizeiauto und ein Rettungswagen in die Einfahrt der gesperrten Unitiefgarage ein. Die Frau vom Weihnachtsmarkt winkt. Mehrere Polizisten und Rettungssanitäter steigen aus und rennen auf sie zu.

„Haben Sie angerufen?“, fragt ein Polizist.

„Ja, bitte, verstehen Sie.“ Sie zeigt auf Lilli und Lion. „Die Kinder haben den Weihnachtsmann gefunden. Er ist schwer krank und braucht dringend Hilfe.“

Der Polizist schaut auf den Busch mit den Kugeln, die blinkende Bommelmütze und die rote Kuscheldecke mit dem Tannenbaum drauf. Er sieht die dünne Schneedecke auf dem wächsernen Gesicht des Weihnachtsmannes. „Ich verstehe." Er beugt sich zu Lilli herunter. „Am besten, wir gehen ein paar Schritte. Dann können sich der Arzt und die Sanitäter um den Weihnachtsmann kümmern und ihr erzählt mir alles."

Lilli streicht dem kleinen Hündchen übers Fell und nickt.

Sie gehen langsam am Hofgarten entlang. Lilli dreht sich um. Eine Menge Leute sind inzwischen stehen geblieben und versperren ihr die Sicht. Sie lächelt. Bestimmt hat ihm der Arzt eine Medizin gegeben, denkt sie. „Nun fällt Weihnachten nicht aus, nicht wahr?"

„Nein, Lilli, ihr habt das ganz toll gemacht", meint der Polizist. „Wann habt ihr ihn gefunden?"

Lion räuspert sich. „Es muss kurz vor sechs gewesen sein, wir wollten zur mobilen Suppenküche am Bonner Loch."

„Weil Mama putzen muss für die Leute. Damit sie es morgen schön sauber haben." Lilli pustet Struppi Schnee aus dem Fell.

Der Polizist schaut die Frau vom Weihnachtsmarkt kurz an und kritzelt was in ein kleines Buch. „Dann habt ihr ihn so gefunden, wie er jetzt liegt?"

Lion nickt. Er muss schlucken.

„Nicht ganz, ihm war kalt", plappert Lilli weiter. „Seine Lippen waren schon blau. Deshalb haben wir für ihn in dem Laden mit der großen Glastür eine Decke besorgt. Und, damit er es schön hat, wenn er aufwacht, noch Glitzerkugeln dazu."

Der Polizist räuspert sich. Sein Blick wird ernst. „Müsstet ihr eventuell die geborgte Decke zurückbringen?"

Lion bleibt stehen und zieht mit der Schuhkante Striche in den Schnee. Er zuckt mit den Schultern.

Der Polizist lächelt. „Ich werde dir dabei helfen, okay? Schreibst du mir bitte in mein Buch, wo ihr wohnt?“ Lion greift nach dem Stift.

Inzwischen sind sie wieder an den Büschen unter den Platanen angekommen. Zuschauer stehen hinter rot-weißen Plastikbändern und schauen. Leute in weißen Overalls fotografieren oder suchen den Boden ab. Die Stelle, wo der Weihnachtsmann gelegen hat, ist leer. Lion sieht den rosa verfärbten Schnee. Er schluckt.

Da tritt ein älterer Mann mit Hut und braunem Mantel auf sie zu. Er wirkt abgehetzt, seine Augen zucken. „Bitte, der Mann, der da lag. Ich glaube, ich kenne ihn.“

Sofort zieht ihn der Polizist beiseite. Eine Weile flüstern sie miteinander. „Lilli, komm doch mal. Der Mann hier passt auf Struppi auf, solange der Weihnachtsmann im Krankenhaus liegt. Er kennt ihn sehr gut.“

„Wirklich?“, fragt Lilli und blinzelt. Der Mann im braunen Mantel nickt.

Lilli drückt Struppi ein letztes Mal. „Morgen kannst du wieder zu deinem Herrchen, ganz bestimmt.“ Sie reicht ihm den fiependen Hund, der sofort unter dem Mantel verschwindet.

„Da hat er es schön warm.“ Der Mann versucht zu lächeln. Lion sieht die Tränen, die sich bilden und über eine kleine Narbe unterhalb des rechten Auges laufen.

„Wir bringen euch jetzt nach Hause. Seid ihr schon mal Polizeiauto gefahren?“

Lilli und Lion schütteln den Kopf. Der Polizist schaut die Frau vom Weihnachtsmarkt an. „Würden Sie auf die Mutter warten?“

„Aber gerne."
„Dann mal los!"

Heiligabend, die letzten Bratwürste sind längst verputzt. Schneeflocken schweben noch immer leise am Fenster vorbei, lassen die weißen Hauben auf Bäumen und parkenden Autos wachsen.

Lilli sitzt zwischen Lion und ihrer Mutter auf der Couch. Den Kopf hat sie an Mutters Schulter gelehnt. Die vier Kerzen auf dem Tisch und die elektrische Beleuchtung des Weihnachtsbaumes erhellen die Wohnstube und lassen die Papiersterne glänzen.

Lion liest zum hundertsten Mal Lillis Lieblingsbuch vor, als es klingelt.

„Der Weihnachtsmann!", ruft Lilli und rennt zur Tür. Ihre Mutter atmet auf und drückt kurz Lions Hand.

„Hoho! Draußen vom Walde komm ich her, man sagt, es weihnachtet sehr." Die Bommel blinkt.

Lilli klatscht in die Hände. „Du bist wieder gesund! Wo hast du Struppi?"

Da öffnet der Weihnachtsmann ein Stück seinen Mantel, heraus schaut ein putziges Gesicht. Struppi winselt und wedelt mit dem Schwanz, als er auf den Boden gesetzt wird.

Lion presst die Lippen zusammen. Der Weihnachtsmann zwinkert ihm zu. Da entdeckt er eine kleine Narbe unterhalb des rechten Auges. Er atmet auf.

Lillis Mutter hat sich wieder auf die Couch gesetzt. Lilli sitzt neben ihr mit Struppi im Arm. Der Weihnachtsmann zieht ein Päckchen mit einer riesigen Schleife aus dem Sack und reicht es Lilli. Sie reißt das Papier auf.

„Ein Hündchen zum Kuscheln, schau mal, Struppi, das bist ja du!" Ihre Augen strahlen.

„Und das hier ist für dich, Lion, mit vielen Grüßen von einem Mann in Uniform."

Lion zieht die Stirn kraus. Langsam wickelt er sein Geschenk aus. „Ein Lego-Polizeihubschrauber! Klasse!"

Der Weihnachtsmann wühlt noch ein letztes Mal im Sack und gibt Lillis Mutter ein größeres Paket. „Ein besonderer Gruß von einer Frau namens Monika."

Lillis Mutter reicht es an Lilli weiter. „Machst du es für mich auf?"

Lilli freut sich. Behutsam wickelt sie das Weihnachtspapier ab.

„Schaut mal, eine Spitze für unseren Baum, ein Glasvögelchen und rote Glitzerkugeln!" Sie wirft den Deckel beiseite. „Die sind ja noch viel schöner als die von gestern!"

Der Weihnachtsmann greift in seine Jackentasche und reicht Lillis Mutter eine Karte. „Sie können sie gerne anrufen, wenn sie wollen. Sie würde sich freuen. So, jetzt muss ich weiter. Komm, Struppi. Auf Wiedersehen und danke schön für eure Hilfe."

Lilli und Lion schließen hinter ihm die Tür.

Lilli huscht in das kalte Kinderzimmer und setzt Struppi vorsichtig auf das Fensterbrett. Sie schaut hinaus auf die verschneite Straße, über die weißen Mützen der Autodächer hinweg, in Richtung Rhein.

Nach einer Weile drückt sie ihr kleines Bilderbuch fest an die Brust und flüstert: „Und es gibt dich wohl!"

Weihnachtsfeier Cécile Ziemons

1.

„Hoffentlich hält der Alte nicht wieder eine Rede." Die mit der Hornbrille zieht ihre Lippen nach.

Eine Toilettentür klackt.

„Was hast du gesagt, Elvira?", fragt die Brünette mit der üppigen Oberweite.

Die Worte waren im Rauschen der Toilettenspülung untergegangen.

„Ich habe gesagt: HOFFENTLICH HÄLT DER ALTE KEINE REDE!"

„Gott bewahre." Elvira tropft die Hände ab und rupft ein Büschel Papiertücher aus der Halterung.

Mit einem letzten Blick in den Spiegel stupsen sie sich die Frisuren zurecht, legen klimpernd zwei Fünfziger auf das Tellerchen, bevor sie an Elsa vorbei die Treppe heraufstelzen. Elsa lässt die Münzen mit einer routinierten Bewegung in die Tasche ihrer Kittelschürze gleiten.

Ihr Weihnachtsbäumchen mit den bunten Lämpchen blinkt gegen das Neonlicht an.

„Ach, guten Abend, Herr Direktor! Werden Sie uns auch dieses Jahr wieder mit einer Rede beglücken?", näselt es aus dem Männerklo. Elsa glaubt, den Mann mit den sorgsam über den kahlen Kopf gezogenen Haaren sogar mit den Hacken klacken zu hören.

„Tja Sparbier, was will man machen?", dröhnt eine Stimme. „Ich reiße mich ja nicht darum, aber die Belegschaft erwartet es. Da kann ich schlecht Nein sagen. Sie hängen an meinen Lippen, als wär ich unser ehemaliger Bundeskanzler."

Rauschen.

Der Dicke zieht sich den Reißverschluss zu und wirft ein Geldstück neben das Tellerchen. Fröhlich hopst es auf der weißen Tischdecke direkt in Elsas Hand. Blitzschnell verschwindet es in ihrer Schürze.

Elsa lächelt.

„Hier, isch gebe Ihnen fünf Euro, damit kann isch den ganzen Abend pinkeln kommen, sooft isch will. Flätrat sozusagen.“ Ein Mann in rotem Anzug nimmt Kurs auf das Männerklo.

Och Jott, dä Kääl is jo jetz al besoffe. Dabei hät dat Fest jerade ers anjefange, denkt Elsa.

Kling klong. Da war ja noch jemand aus dem Damenklo gekommen.

Dat han isch ja net rin komme jesehn. Ärsch unscheinba, dat Müüsje. Dat blasse Kostümsche is jo net jerade vorteilhaf. Un wat hat et bloß met singe Hoor jemaht. Elsa schüttelt den Kopf und nimmt ihr Strickzeug wieder auf.

Dat japanische Turistepärsche hät sisch sischer he verloofe.

„Hück is he en jeschlossene Jesellschaff. Se verstonn misch wohl net. Heute ist hier jeschlossene Jesellschaft im Alt Drachenfels. Closed Klosett tudä. Dat is nur für Anjestellte for se Haubau GmbH Oberdollendorf. Äwe isch will net so sein. Jonn Se mal ruhisch op de Klo.“

Als die beiden Japaner von der Toilette zurückkommen, finden sie nur einen Fünfzigeuroschein in ihrem Portemonnaie.

„Nä leev Lück, dat kann isch öm dies Zick noch net kleenmaache. Jonn Se für lau. Obwohl Ihre Frau jo de janze Zick et Wasse hat loofe lasse, wie se do jepiss hät. Andere Lände andere Sitte."

„Herzlichen Dank, meine Dame. Wir sind die neuen Auslandspartner der Haubau GmbH Oberdollendorf. Herr Direktor Stronz hat uns hier nach Königswinter eingeladen, mit ihm Weihnachten zu feiern."

Die Lichter von Elsas Bäumchen halten einen Moment inne, dann flickern und flackern sie weiter.

2.

„... war das wieder eine fürchterliche Rede von diesem Schwachkopf."

Eine gestylte Blondine und ein Typ in grau glänzendem Anzug kommen im Gleichschritt die Treppe hinunter.

„Noch ein Jahr und er geht hoffentlich in Pension. Wird aber auch Zeit, habe lange genug gewartet, bis ich den beerben kann. Wen ich aber nicht noch einen Tag länger ertragen kann, ist diese Liese Müller."

„Wer? Ach so, Sie meinen Beate Schmidt. Was haben Sie denn gegen die, Frau Vollenberger?"

„Seit fast einem Jahr scharwenzelt sie um mich rum. Die geht mir vielleicht auf die Nerven. Wirft mir immer diese vielsagenden Blicke zu. Was will die mir eigentlich damit sagen? Wenn ich es nicht besser wüsste, würde ich denken, die ist in mich verliebt."

Ihre Wege trennen sich in die Männer- und Frauenabteilung.

Spülung rauscht. Wasserhahn läuft. Händetrockner bläst. Gleichzeitig kommen sie wieder heraus.

„Das ist doch Quatsch. Die steht doch nicht auf Frauen."

„Na auf Männer aber auch nicht."

„Äh, die Männer aber auch nicht auf die! Die ist doch irgendwie asexuell."

„Na, vielleicht haben Sie recht, jedenfalls habe ich ihr nahegelegt sich einen neuen Wirkungskreis zu ..."

Sie verschwinden die Stufen herauf, ohne Elsa auch nur eines Blickes zu würdigen. Ein Mann mit gut sitzender Krawatte weicht ihnen gekonnt aus.

„Na, dann bezahle ich mal für die beiden mit", sagt er gutmütig. „Ist ja schließlich Weihnachten. Ich verschwinde mal kurz, wenn es Sie nicht stört", sagt er und Elsa ist sicher, hätte er einen Hut, hätte er ihn für sie gelupft.

Spülung, Wasserhahn, Händetrockner.

„Haben Sie etwas dagegen, wenn ich mich einen Augenblick zu Ihnen setze, meine Dame?"

„Net em Jeringste, setzen Se sisch." Elsa nimmt ihren Wollkorb vom Stuhl.

„Was stricken Sie denn da Schönes?"

„Dat jibt en Babydecksche. Dat Kleen von dem Jessica kriegt sin Zweites."

„Enkelchen?"

„Urenkelsche!", entgegnet Elsa stolz. „Met dem nägste dann vier! Un sechzehn Enkel. Un fünnef Pänz, drei Junge un zwei Mädsche."

Elsa strahlt heller als ihr Weihnachtsbaum.

„Kinder. Das ist meiner Frau und mir leider nicht beschert gewesen. Und nun ist sie im letzten Jahr gestorben." Ein Schatten legt sich auf sein Gesicht.

„Dat deht me äwe von Härze leed. Minge Erich is jo och schon e Weilsche unge de Ääd."

Das Bäumchen blinkt unbekümmert.

„Wollen Se och e Jlääsje Eierlikör?", wechselt sie das Thema.

„Aber immer."

Aus ihrem Korb zaubert sie zwei Gläser hervor.

„Ei Ei Ei von Bonn!“, sagt sie und schraubt die Flasche auf.

„Frohe Weihnacht!“, prosten sie sich zu.

„Darf ich mich vorstellen: Ich bin Karl.“

„Un isch ben Elsa.“ Sie trinken Brüderschaft und küssen sich beherzt auf den Mund.

„Met Schmackes!“, sagt Elsa mit glühenden Wangen.

Der Mann in Rot kommt herunter und torkelt schon merklich mehr. Dann verlässt er mit einer Weihnachtsmannmütze und einem Bart bekleidet das Männerklo. Und schafft die Treppe auch fast im ersten Anlauf.

„Jetz hamme de Bescherung“, sagt Elsa.

„Dann muss ich mal wieder hoch, sonst fällt es auf. Frohe Weihnachten und ein schönes neues Jahr, Elsa. Bleiben Sie gesund.“

„DU, bliev DU jesond, Karl.“

3.

Jetz jibt et ers mal Ruh.

Elsa rührt mit der Bürste durch die Klos, zieht ab. Sie sprüht Glasreiniger auf die Spiegel, wischt mit Papiertüchern nach.

Nochens flöck dursch de Wäschbecke, dann kann isch unjestört wiggestricke.

Oben ebbt Gejohle auf und ab.

Das Rauschen von Applaus.

Schritte auf der Treppe.

Do is jo adwidde dä Typ met dä dolle Frisur. Hät äwe en schwache Bloos.

Sie lehnt sich zurück und lugt ins Männerklo.

Der Typ zückt einen dünnen Plastikkamm und scheitelt

sein spärliches Haar über dem linken Ohr. Sorgfältig zieht er die Strähnen über die Glatze.

„Speien Se doch op de Kamm, dann hält et och“, ruft sie ihm zu und grient in ihr Strickzeug.

Toilettenspülung rauscht.

Kein Wasserhahn?

Mister Frisur kommt aus dem Klo und wirft ihr ein Geldstück zu.

Geschickt fängt sie es auf. Fünfzig Cent.

Bin isch denn ene Seehond, denk dä, dä wär im Zoo?

„He, Se krieje noch zwanzig Cent. Eenmol Pipi ohne Händ zu wäsche kost nur dreißig Cent!“, ruft Elsa ihm hinterher, just in dem Moment, als zwei junge Dinger mit langen Beinen die Treppe hinunterdrängeln. Von hinten sieht sie seine Glatze erröten.

Die Mädels tragen Engelsflügel, die fröhlich wippen bei jedem Schritt.

„Also der Beau sieht so wahnsinnig sexy aus. Nicht wie der Sparbier da. Dem Beau, dem würde ich so gerne mal so richtig durch seine Mähne fahren. So volle Haare und noch keine einzige graue Strähne! Schmacht ...“

„Meinst du, der hat auch so eine Pracht, du weißt schon wo? Da kann ich mir aber einiges mehr vorstellen, als ihm nur durch die Haare zu fahren!“ Sie schütteln sich vor Lachen.

„Hast du gesehen, was der für einen Schlitten fährt jetzt.“

„Da säß ich gern mal drin. Aufm Rücksitz. Mit ihm.“

„Ha, der ist gut: aufm Rücksitz. Hahaha.“

Leeve Jott, wat könne die Mädsche bubbele, ohne Paus fü Luff zu hole von Kabin zu Kabin. Dann bürschte se de lange Hoor, tuschen sisch de Wimpere, drehen sisch vorm Spiejel, ohne och nu en Sekund opzuhöre met dem Verzäll.

„Der Beau wird bestimmt unser nächster Chef, wenn der Alte endlich mal in Pension geht."

„Ja, meinst du? Ich hab ja gehört die Vollenberger ..."

„Vielen Dank, frohe Weihnachten!", flöten sie einstimmig. Das Schnappen einer Clutch, das Schnappen einer zweiten Clutch, zwei Münzen drehen sich auf dem Porzellantellerchen, bis sie schließlich umkippen und Ruhe geben.

„Dieses Jahr mach ich das Rennen. Hast du nicht gemerkt, wie er mich an sich gedrückt hat, als ich ihm sein Geschenk überreicht habe. Na, dann komm mal her mein Engelchen, hat er gesagt. Hahaha, Engelchen, der ist gut."

„Und dann hat er die Schleife von seinem Geschenk genommen und sie mir ins Haar gebunden und gesagt: Dich möchte ich gerne mal auspacken."

„Hahaha, gerne mal auspacken. Der ist gut. Er ist so geistreich!"

Sie schubsen sich gegenseitig, während sie wieder hinauf Richtung Festsaal staksen.

Fröhlich blinkt das Tannenbäumchen.

4.

Zusammen mit dem Typ im grau glänzenden Anzug schwankt der Mann in Rot die Treppe hinunter.

„Boah haben die geknutscht. Der Beau und die Vollenberger, wer hätte das gedacht? Isch hab immer gedacht, die steht nur auf Frauen. Isch sach mal zu viel Testosteron, wenn du weißt, was isch meine."

„Ich sags ja immer, wenn so eine von 'nem Mann erst mal richtig rangenommen wird, dann wird jede kuriert."

„Ej, da kriegt ‚das Fest der Liebe' doch eine ganz andere Bedeutung, hähä."

Zwei Stufen auf einmal nehmend, stürzt ein junger Mann die Treppe hinunter.

„Schnell! Ein Eimer Wasser! Es brennt!“

Elsa legt in aller Seelenruhe ihr Strickzeug nieder, greift zum Eimer, den sie in der Adventszeit immer parat hat, und hält ihn unter den Wasserhahn.

Der junge Mann reißt ihn ihr aus der Hand und sprintet die Treppe hoch. Die anderen stürmen hinterher.

Die Lichter ihres Tannenbäumchens blinken unverdrossen. Eine Neonröhre flackert bedenklich.

5.

„Habt ihr das gesehen? Ein Engel hat dem Beau eine Wunderkerze ins Haar geschmissen. Da stand der plötzlich in Flammen, seine schönen Haare! Gott sei Dank war es nur eine Perücke. Die ganze Frisur hin. Das hat vielleicht gestunken!“, feixt der Typ mit dem grau glänzenden Anzug.

„Mensch sah der Scheiße aus, als der Lehrling ihm zu allem Überfluss nen Eimer Wasser ins Gesicht geschüttet hat. Das fisselige Haar ganz angekletscht.“

Elvira grinst hämisch.

„Die Weiber haben vielleicht geschrien. Die Vollenberger am lautesten, wer hätte das gedacht?“

„Ja, als dann auch noch der Tannenbaum umfiel, hab ich gedacht, es wird Zeit für mich zu gehen. Nur noch kurz eine Stange Wasser in die Ecke stellen“, versucht der Mann mit der Glatze auch noch etwas Geistreiches hinzuzufügen.

„Ischglaupischfahauchjetz“, lallt der Mann in Rot.

„Du fährst heute nicht mehr. Komm, wir rufen dir ein Taxi.“ Elvira nimmt ihm die Schlüssel ab.

„Mein Schlitten steht vor der Tür, hohoho.“

Da kommt die dicke Brünette mit wogendem Busen die Treppe hinuntergerannt.

„Leute, man hat die Vollenberger gefunden! Unterm Weihnachtsbaum! Hinterrücks erstochen! Mit der Fleischgabel. Da war noch Gans dran. Ich glaub, die ist tot. Die Vollenberger, mein ich."

Alle drängen nach oben.

„Wartet auf misch", ruft der Weihnachtsmann.

Im dritten Anlauf gelingt es ihm, die Stufen zu erklimmen.

Da hört Elsa ein leises Schluchzen aus der letzten Kabine.

Hallo, is do noch ene? Han ja net jesehn, dat noch ene rin jejange is. Dat kann nu dat graue Müüsje sein.

„Frolleinsche, is bei Inne alles in Ordnung?"

„Schnpf."

„Wat is dann los?"

„Schnpf."

„Wollen Se net lever erus komme?"

„Dieses Schwein", flüstert es durch die verschlossene Türe.

„Meenen Se dä schöne Beau?"

Stille.

Da klockert es ins Wasser.

„Sin Se am kotze?"

Stille.

Spülung rauscht.

In das Rauschen hinein ein Wispern: „Wir waren verliebt, schon fast ein Jahr. Bei der letzten Weihnachtsfeier hat es gefunkt."

Watt? Dat däht misch wundere, denkt Elsa.

„Sin Se sisch do sischer?"

Stille.
„Hallo, es alles okay?"
Pieseln.
„Natürlich haben wir unserer Liebe nicht nachgeben können. Noch nicht."
„No, wat isch so alles öwe dä jehürt han, is dä keen Tränsche wert."
„Nicht im selben Betrieb. Bei ihrer Stellung. Ich als ihre Sekretärin."
Hä?
Naseschnauben.
„Deshalb wollte sie auch, dass ich mir eine neue Stelle suche. Wir waren doch glücklich. Ihre Blicke sprachen Bände, wenn ich ihr die Unterlagen hinlegte zum Unterschreiben."
Wä dann jetz?
„... und wenn sie mir die Ordner zurückgab, streiften sich wie zufällig unsere Hände. Mich durchrieselte immer ein Schauer. Ich habe mir extra dieses Designerkostüm gekauft und war beim Friseur."
Wat dann jetz?
Spülung rauscht.
„Heute wollte ich es ihr sagen, dass ich eine neue Anstellung gefunden habe, wenn auch eine schlechter bezahlte. Aber wenn wir erst einmal zusammengezogen wären, hätten wir ja auch eine Miete gespart."
„Och, Frolleinsche."
Das Schloss klackt.
Die Tür öffnet sich.
„Und da macht sie sich an diesen Ich-möchte-mal-Casanova-sein ran. Wie kann sie nur. Mit einem Mann? Und das vor der ganzen Belegschaft. Zuerst dachte ich, sie legt extra eine falsche Fährte, um von uns abzulenken. Doch als sie

ihm die Zunge in den Hals steckt, öffnet sie die Augen und grinst mir frech ins Gesicht."

Das Weihnachtsbäumchen blinkt ungerührt weiter.

Da stand er, in Kostüm und mit Sack. Alles aus dem Ein-Euro-Shop: roter Mantel, weißer Gummibandbart und als besonderer Clou die Mütze mit angeklebten weißen Haaren und einem Bommel, der abwechselnd in mehreren Farben leuchtete. Im Sack warteten kleine Billig-Spielzeuge, wie er sie als Kind beim Zahnarzt aus der Holzkiste gekramt hatte, dazu Klebetattoos und seit Karneval aufbewahrte Haribo-Tütchen. Er musterte sich mit dem geschulterten Beutel im Spiegel, drehte sich nach rechts, nach links, begutachtete sich von hinten und wieder von vorn.

„Hohohoho, na, kleiner Mann. Überraschung gefällig?", sagte er zu seinem Konterfei. Das Jack-Nicholson-Grinsen erstarb in seinem Gesicht. Das war nichts. Egal.

Er öffnete den Sack nur so weit, dass die Hand hinein passte, um etwas herauszuholen. Nichts zu sehen. Jetzt war er perfekt vorbereitet für den Bonner Weihnachtsmarkt. Und am Sonntag würde er die Brüder endlich loswerden. Er beförderte den Jutebeutel in eine Ecke, riss sich die alberne Perückenmütze vom Kopf und warf sie hinterher. Das Bier, auf das er sich schon seit einer Stunde freute, hatte er sich redlich verdient, fand er.

Daniel fror. Hätte er geahnt, dass das Kostüm aus dünnem Karnevalssamt gemacht war, hätte er sich in mehrere Schichten gepackt. Dann hätte er auch eher wie ein Weihnachtsmann ausgesehen. Aber so kam er sich mit dem viel zu weiten Mantel, dem falschen Bart und dieser billigen LED-Mütze, die man ihm zur Verfügung gestellt hatte, wie eine Schießbudenfigur vor. Und es war entsetzlich kalt.

Er wechselte den Sack auf die andere Schulter und näherte sich einer Glühweinhütte. Verführerisch stiegen ihm die Düfte der Heißgetränke in die Nase. Aber bei dem mickrigen Stundenlohn bedeutete jede Tasse eine halbe Stunde mehr in der Kälte herumlaufen und sich zum Affen machen. Da mussten die Heizpilze als Wärmequelle reichen.

Daniel griff in seinen Sack und bot einer Gruppe Studenten die Prospekte an, die er für die Einzelhandelsgemeinschaft Bonner Innenstadt, kurz EBI, zu verteilen hatte. Mit einem Winken wehrte einer stellvertretend für die Gruppe ab. Immerhin eine Reaktion. Die meisten Leute ignorierten ihn einfach. Scheiß-Job, dachte Daniel, als ihm etwas hinten an seiner Kutte zog. Er drehte sich um.

„Hallo, kleiner Mann“, sagte er und beugte sich lächelnd zu einem sommersprossigen Jungengesicht hinab.

„Was hast du in deinem Sa-hack?“

„Da ist leider nur Papier drin.“ Er hob die Schultern.

„Nur Papier?“ Der Junge kräuselte die Stirn. Ohne Vorwarnung trat er Daniel überraschend hart gegen das Schienbein. „Blöder Weihnachtsmann!“, rief er und flüchtete hinter die Beine seiner Mutter, die - in einen Plausch mit der Freundin vertieft - nichts mitbekam.

Daniel rieb sich die schmerzende Stelle.

„Kaum zu glauben, wie frech die Gören heutzutage sind“, hörte er jemanden seine Gedanken ausrufen. Er sah auf und schaute geradewegs in die Augen einer jungen Frau. Von Kissen und Fellen eingerahmt, lehnte sie auf der Auslage ihrer schummrigen Bude und lächelte ihn an.

„Ja, ist doch wahr, oder?“, sagte sie und winkte. Meinte sie ihn? Er blickte an sich herab. Unmöglich! Doch, ihr Winken galt eindeutig ihm. Zögernd trat er an den Stand.

„Hallo, ich bin Katja“, sagte sie. „Und du?“

„Äh, der Weihnachtsmann?“, antwortete er.

Sie lachte. „Haha, und ich Frau Holle! Nee, ernsthaft." Ihre Augen funkelten so blau wie die Glitzerketten am Milchhäuschen-Café.

„Ich bin Daniel. Daniel Weihnachtsmann."

Wieder funkelte Lachen in ihren Augen.

„Habt ihr da drin eigentlich ne Heizung?" Er lugte über die Verkaufstheke ins Innere.

„M-mmh", antwortete sie, den Kopf jetzt im Nacken, um die letzten Tropfen aus ihrer Glühweintasse zu schlecken.

„Sag mal, kannst du vielleicht hier kurz übernehmen? Ich brauch Nachschub." Zwinkernd hielt sie die Tasse hoch.

Daniel schaute sich um. Die Aussicht auf fünf Minuten Heizofen war zu verlockend.

„Ja, klar", sagte er.

„Lass den Sack lieber draußen, ist ziemlich eng da drin", schlug sie vor, als sie ihm die Tür aufhielt. Und damit hatte sie nicht übertrieben.

„Guck mal, Mama, der Weihnachtsmann!" Er brauchte gar nichts tun, sie kamen von allein. „Ihr Kinderlein kommet", intonierten passenderweise die singenden Hirsche oben an der Glühweinbude.

„Guten Abend, Liebchen, warst du auch brav?" Er neigte sich zu dem Mädchen, das mit Bambi-Augen nickte.

„Dann darfst du sicher eine Überraschung haben?"

Während das Kind seine Mutter bittend ansah, öffnete er den Sack gerade so weit, dass seine Hand ein- und mit einem Holzding wieder auftauchen konnte.

„Oh wie schön!", zirpte die Mutter. „Was sagt man denn da?" Sie beugte sich zu ihrem Kind hinunter.

Ihr Fehler!

Der Glühwein, den Katja mitgebracht hatte, schmeckte wunderbar, zeigte aber direkt Wirkung auf seinen leeren Magen. Als er aus der Bude getreten war, hatte sie ihm die Mütze mit den falschen Haaren und dem Blinkebommel stibitzt und sich selbst aufgesetzt. Ihr stand sie super. Bestimmt konnte sie alles tragen. Der Glühwein und ihr warmes Lächeln hielten ihn wie ein Magnet an der Bude. Er hatte überhaupt keine Lust mehr, sich in das Getümmel zu stürzen und Flyer zu verteilen, die sowieso keiner wollte.

„Schmeiß doch einfach den ganzen Kram in den nächsten Müll", schlug Katja vor.

„Nee, ich werd doch dafür bezahlt, dass ich die verteile." Er schüttelte den Kopf.

„Siehst du, deshalb hab ich dir auch die Bude anvertraut. Hab' sofort gesehen, dass du `ne ehrliche Haut bist!" Zwei Grübchen erschienen neben ihrem glühweinroten Lächeln.

Daniel spürte seine Wangen erröten. „Ich muss mal wieder", sagte er und holte den Sack von seinem Platz neben der Tür.

„Komm ruhig wieder vorbei. Ist sonst so langweilig", verabschiedete sie ihn und setzte ihm die Mütze wieder auf den Kopf.

„Wird sich nicht vermeiden lassen", antwortete er im Gehen und ärgerte sich sofort darüber. Als ob er vermeiden wollte, sie wieder zu sehen! Dabei meinte er doch nur diesen dämlichen Job, der ihn zwang, sich stundenlang in den Gassen des Weihnachtsmarktes aufzuhalten.

„Mist!", fluchte er.

„Hey, pass doch auf!" Welcher Vollidiot stand jetzt schon wieder im Weg? Wo er doch so schnell und unauffällig wie möglich von der zirpenden Mutti wegmusste.

Der Kerl sah aus wie eine jüngere Ausgabe von ihm selbst.

„Ach, hallo Kollege!“, lachte der. Er trug den gleichen schlechten Bart mit dem gleichen funkelnden Bommel. Selbst die weißen, dünnen Handschuhe mit der Naht auf jedem Finger waren identisch. Okay, seine passten natürlich wie angegossen – fürs Fingerspitzengefühl. Und vielleicht war der Typ vor ihm auch eine Spur schlanker, aber wirklich nur eine kleine Spur, fand er.

„Auch für die EBI unterwegs?“, fragte der Bursche.

„EBI?“ Er kratzte sich unterm Gürtel. „Ja klar!“ Vielleicht würde der Genosse mehr verraten. Er zog einen Flachmann aus der Manteltasche. Rau rann der Korn seine Kehle hinunter und hinterließ eine heiße Spur bis zum Magen, während sein Kollege die angebotene Flasche Kopf schüttelnd ablehnte.

Zwei junge Dinger mit großen Taschen grüßten kichernd und zwängten sich zwischen ihnen durch.

„Und wie läuft's?“, fragte der Junge und rückte ein Stück näher an die Beethoven-Statue heran, um dem Gedränge zu entgehen.

„Geht so“, antwortete er, „und bei dir?“ Einen genehmigte er sich noch, bevor er das Fläschchen wieder einsteckte.

„Ätzend, keiner will diese Dinger haben.“ Der Knilch zog die Nase hoch.

„Kannst mir‘n paar abgeben“, bot er an und war gespannt, was der Bengel da verteilte.

Der zog eine Handvoll Papiere aus seinem Sack und wies ihn mit einer Kopfbewegung an, den Sack zu öffnen, damit er die Zettel hineingeben könnte.

„Geht schon“, wehrte er schnell ab, nahm ihm die Karten aus der Hand und ließ sie durch eine möglichst kleine Öffnung in den Sack gleiten. Er würde sie sich in einer ruhigen

Ecke genauer ansehen. Nachdem er die Mädchen mit den großen Taschen gefunden hatte, versteht sich.

Endlich war mal was los und das direkt vor Katjas Hütte. Ein Mann mit grauem Zwirbelbart schrie: „Esu wat Schäbbiges! Us d'r Hosentasche!"

Zwei Kinder, vielleicht seine Enkel, hingen ihm wie lahme Engelsflügel zu beiden Seiten.

Die Polizisten redeten auf den Herren ein. „Jetzt mal ganz ruhig. Haben Sie irgendwas bemerkt?"

Katja stützte ihre Ellenbogen auf die Kissen.

„Nix! Nix han isch jemerkt." Der Mann befühlte seine Taschen, als könne er das Vermisste doch noch finden. „All Papiere wohren dren. Sujar ming Kreditkarte", erboste er sich.

„Überlegen Sie doch noch mal. Wann haben Sie Ihr Portemonnaie zuletzt benutzt?" Der Polizist legte seine Hand auf die Schulter des Opfers. Sah aus wie in einer Schulung gelernt, fand Katja.

„Beim Karussell!", rief der rechte Flügel.

„Bei den verbrannten Mandeln", rief der Linke und knuffte den Rechten in die Seite.

„Och nä", sagte der Mann. „Isch wor dernoh doch noch beim Jeldautomaten!" Er schlug sich mit der Handfläche gegen die Stirn. „Zweihundert Euro han isch noch jeholt."

„Die Anzeige nehmen wir in der Wache GABI auf", sagte der Polizist und führte den flügellahmen Mann fort von Katjas Hütte. Schade, dachte sie und dehnte ihren Rücken, jetzt wird's wieder öde.

Vor dem Kerzenstand beschäftigte er sich mit einer alten Klapper-Oma. „Wie nett, und das ist wirklich ganz umsonst?", krächzte sie, den Tonengel aus seinem Sack in der Hand.

Bestimmt nicht!, feixte er innerlich. „Jaaa, natürlich!“, schrie er und nickte heftig. Schließlich waren alte Leute doch schwerhörig, besonders bei dem Gedudel hier. Vor dem Zugreifen blickte er sich kurz um.

Und da kamen sie vom Bahnhof her direkt auf ihn zu. Sein Herz setzte einen Schlag aus. Was wollten die denn schon hier? Sie hatten ihm doch bis Sonntag Zeit gegeben? Und woher wussten sie, dass er hier war? Oder waren sie womöglich nicht seinetwegen hier? Er drehte der Alten den Rücken zu und verschwand in den Menschenmassen.

Mit der Menge ließ er sich treiben. Er musste Zeit gewinnen, in Ruhe nachdenken. Vor der Warteschlange zum Riesenrad blieb er stehen. Das könnte ihm einen Aufschub bringen.

„Papa, warum fährt der Weihnachtsmann Riesenrad?“, fragte ein Mädchen hinter ihm in der Schlange.

„Von oben kann er besser sehen, wer lieb und wer böse ist“, antwortete der Vater schlagfertig und hatte keine Ahnung, wie richtig er damit lag.

Daniel hatte die Begegnung mit dem anderen Weihnachtsmann gefrustet: Hatte die EBI doch wahrhaftig noch einen Werber losgeschickt! Kein Wunder also, dass er die Zettel nicht an den Mann bekam. Wenn er nur das Geld nicht so dringend bräuchte, würde er morgen direkt kündigen.

Er lief die Vivatsgasse hinunter, vorbei an Backfisch-, Poffertjes- und Maronenduft. Umgeben von Essen im Überfluss, hatte er nicht mal Geld für Fritten. Auf dem Friedensplatz wurde er tatsächlich einige Papierchen los. Auf dem Bottlerplatz wollte er sich die tauben Hände und Füße am Räucherlachs-Feuer wärmen, aber er hielt den verführerischen Geruch nicht aus. Also verschlug es ihn doch zurück an Katjas Hütte, obwohl ihm sein blöder, zweideutiger Satz noch immer nachhing.

„Na, das hat aber lange gedauert", begrüßte sie ihn und kam sofort herausgeschossen. „Ich muss so dringend." Sie trippelte auf der Stelle, bis er seinen Sack abgestellt hatte und mit einem Lächeln unter dem Bart die warme Hütte betrat. Nicht nur hübsch, auch noch unkompliziert, dachte er erleichtert.

Er verkaufte Kissen und Felle, improvisierte so gut er konnte. Aus seinem Sack draußen vor der Tür holte er sich einen Stapel Flyer und gab jeweils einen mit als Zugabe in die Einkaufstaschen.

Als Katja zurückkam, hatte sie einen frischen Glühwein für ihn in der Hand. Die Einladung, noch ein wenig vor ihrer Bude zu stehen und zu plaudern, nahm er zu gerne an.

Bei jeder Abwärtsfahrt drehte sich ihm der Magen um. Er wusste gar nicht, dass er gar kein Riesenrad mehr vertrug. Von oben versuchte er, die Brüder ausfindig zu machen. Gar nicht so einfach bei Übelkeit und wenn einem auch noch dieses saublöde Gestänge in die Sicht kam.

Das dumme Gör auf der Bank gegenüber begrinste ihn ununterbrochen. Als Mutti nicht hinsah, flitschte er seinen Bart runter, schob den Unterkiefer auf die Oberlippe und rollte die aufgerissenen Augen. Prompt versteckte das Kind sich in der Pelzjacke der Mutter.

„Was ist denn, Rosa-Lina, ist es dir zu hoch?", fragte die Kunstblondine und streichelte dem Balg besorgt übers Haar. Die Gondel blieb oben stehen. Da waren sie! Vor der Bude am Ende der zweiten Reihe standen sie, zwischen ihnen ein Weihnachtsmann! Er lehnte sich aus der Gondel, in der törichten Hoffnung, besser sehen zu können. Aber er hatte die

Streben vergessen! Als die Gondel sich wieder in Bewegung setzte, stieß der Stahl hart gegen seinen Kopf und die Mütze blinkte zu Boden.

„Scheiße!“, entfuhr es ihm.

Rosa-Lina linste verstohlen aus dem Plüsch, ihre Mutter beäugte ihn missbilligend aus den Augenwinkeln.

Dann begaben sich Gondel und Magen in den Abflug: Die Reibekuchen vom Mittag landeten auf den Stiefeln von Rosa-Linas Mutter.

„Hey, schön dich zu sehen.“ Auf einmal stand ein auf Elvis Presley gestylter Typ neben Daniel und presste seine Schulter gegen ihn, als seien sie alte Freunde.

„Jaa, freut mich auch“, antwortete er höflich und zuckte Katja mit den Schultern zu. Das versprach, unterhaltsam zu werden.

„Wir warten“, presste Elvis aus seinen Lippen. „Immer noch!“ Er nickte mit dem Kopf nach hinten und im gleichen Moment spürte Daniel etwas Spitzes in den unteren Rücken piken. Hinter ihm stand ein zweiter Elvis: die aufgedunsene Variante, die aus den Siebzigern.

„Okaay?“, sagte Daniel vorsichtig. Vielleicht hatte er sich zu früh gefreut.

„Du hast also ne Freundin? Und so‘n Jungtier noch dazu.“ Der Dünne wies mit dem Kopf auf Katja, ohne dass seine steife Tolle dabei auch nur einen Millimeter bebte.

„Nicht direkt“, meinte Daniel und sofort wurde der Stich im Rücken heftiger.

„Nana, brauchf deine Kleine nich in Schupf nehmen, woll?“, lispelte der Dicke hinter ihm. „Aufer, du fahlf nich ...“ Jetzt stach er ihm spitz in die Seite. Daniel schrie kurz auf. Dieser Spaß ging eindeutig zu weit!

„Ich hab keine Ahnung, wovon ihr eigentlich redet!“, rief er und drehte sich abrupt um. Das Springmesser, mit dem Lispel-Elvis ihm gedroht hatte, stand nun verlassen und für alle sichtbar in der Luft. Schnell klappte der Gauner es ein und steckte es in seine Lederjacke.

„Sei gewarnt, Freundchen“, raunte ihm der andere zu. „Wir holen uns die Kohle. Und wenn du bis Sonntag nicht zahlst, blüht dir was, und nicht nur ‘n Veilchen.“ Er hielt ihm die beringte Faust vor den Magen und bohrte sie langsam hinein. Daniel krümmte sich leicht.

„Abhauen zwecklof – wir finden dich“, sprach der Dicke ihm ins andere Ohr. „Wir haben unwre Infomanten überall. Waf meinfu, wie wa dich hier gefunn ham, woll?“ Er zog seinen Kopf zurück und zeigte auf Katja. „Und dich finden wa auch, Wüfe.“ Mit den fetten Lippen formte er ihr einen schmierigen Kussmund. Sein Kumpel gab ihm Zeichen zu verschwinden.

Als er ausstieg, zitterten ihm die Knie. Mann, wie hatte die Alte mit ihrem Blag sich aufgeregt wegen so n bisschen Kotze. Kann doch mal passieren. Mit den letzten Tropfen Korn vertrieb er den Ekelgeschmack aus seinem Mund. Wenigstens war er die Brüder los. Vorerst. Er klaubte seine Mütze vom Boden und trottete zum Bonner Münster. Dort zog er das schwere Tor auf und glitt in die hinterste Bank. Nach dem bunten Geflacker und Lärmen vor der Tür dauerte es einen Moment, bis er sich an das einfache Licht und die Ruhe der riesigen Säulenhalle gewöhnt hatte. Er öffnete den Sack. Werbeflyer also. Wäre auch eine gute Tarnung gewesen. Dann überprüfte er den Inhalt des Innenbeutels. Eindeutig zu wenig. So würde er es bis Sonntag nie zusammenbekommen. Niedergeschlagen ließ er den Kopf in die Hände sinken.

„Was war das denn?“, fragte Katja.

„Keine Ahnung!“, lachte er verlegen. „Ich kenn die überhaupt nicht.“

Katja verschränkte die Arme vor der Brust und musterte ihn abschätzend. Sie hätte alles Recht ihm nicht zu glauben, schließlich kannten sie sich kaum.

Dann sagte sie wie aus plötzlicher Eingebung: „Die müssen dich verwechselt haben. Eindeutig!“

Er dachte einen Moment nach. „Könnte gut sein“, räumte er ein. „Weihnachtsmänner gibt’s hier schließlich wie Sand am Meer.“ Er drehte die Tasse mit dem erkalteten Wein in seiner Hand und betrachtete die auf der Oberfläche treibende Orangenscheibe. „Aber jetzt denken die, dass du zu dem gehörst, den sie suchen!“, sagte er und blickte sie an. „Und wenn der nicht zahlt, bist du vielleicht in Gefahr!“, rief er und merkte sofort, wie theatralisch das klang. Hastig trank er einen Schluck eiskalten Glühwein.

„Wie süß!“, erwiderte sie ganz entspannt. „Mach dir mal keine Sorgen. Ich hab nen schwarzen Gurt: Judo.“ Sie leerte ihre Tasse und schüttelte sich. „Los, trink aus, auf den Schreck brauchen wir noch einen.“

Daniel stürzte den Rest der Plörre hinunter. Eigentlich bräuchte er eher was Essbares, sonst würde sie ihn vom Platz tragen können.

Endlich hatte er einen Lauf. Als hätte jemand einen Schalter umgelegt. Lag es an der einbrechenden Dunkelheit oder vielleicht daran, dass er eben in der Kirche war? So’n Quatsch, schalt er sich. Früher, da hatte er mal geglaubt, in seinem Spießerleben. Aber jetzt?

Jetzt lief einer dieser Teenager mit runterhängenden Hosen vor ihm her, eine dicke Börse in der Hosentasche. Leichte Beute. Er verschränkte seine Finger und ließ sie knacken.

Kaum war Daniel zum Glühweinholen aufgebrochen, hatte ihr Handy geklingelt. Ihr Chef. Mit einer Neuigkeit, die wie gerufen kam. Jetzt würde Daniel nur noch zustimmen müssen.

Sie hatte gerade erst aufgelegt, als der auch schon mit den Tassen in den weißbehandschuhten Händen auf sie zusteuerte. Wirklich zu süß, dieser Daniel Weihnachtsmann, dachte sie und schmunzelte.

Sie hielt ihm die Tür auf, quetschte sich an die Budenrückwand.

„Stell sie gleich da hinten ab, ja?", bat sie und wies auf die Stelle mit den unzähligen roten Kreisen auf dem Verkaufsbrett. Er schüttelte die heiß gewordenen Hände und nahm seine Tasse wieder auf, um die enge Bude zu verlassen.

„Sag mal, haste Lust auf `n neuen Job?", stoppte sie ihn und beobachtete gespannt sein Gesicht.

„`n neuen Job? Wie jetzt?"

„Mein Chef hat gerade angerufen. Ein Kollege hat sich auf der Eisbahn was gebrochen. Jetzt suchen wir kurzfristig Ersatz."

Seine Augen wurden groß und rund.

„Zehn Euro die Stunde!", lockte sie weiter. Will er etwa nicht?, wunderte sie sich.

„Cool!", rief er endlich und strahlte, als sei sie ein Gabentisch voller Geschenke. Gerne hätte sie jetzt seinen Mund ohne diesen komischen Bart gesehen.

„Morgen die Frühschicht?", fragte sie und freute sich schon auf den Schichtwechsel. Sie würde extra eine halbe Stunde früher kommen. Oder besser eine ganze.

Aber Daniel schaute plötzlich betreten zu Boden. „Mmh,

so schnell? Ich muss doch erst meinen alten Job erledigen."

„Im Ernst?" Sie stemmte die Arme in die Seiten.

„Tut mir leid", sagte er enttäuscht und zwängte sich an ihr vorbei zum Ausgang.

Sein Rasierwasser roch nach Nelken, sein Atem nach Alkohol. Sie spürte die Wärme seines Körpers und wünschte sich, er würde noch bleiben.

„Und dein Glühwein?", fragte sie, als er schon in der Tür stand, und hielt seine Tasse, die er abgestellt hatte.

Er legte seine Hände um ihre und schaute dabei so tief in ihre Augen, dass sie meinte, in seinem Blick zu versinken. Bleib, schrie etwas in ihr. Aber er übernahm den Becher und leerte ihn in einem Zug. Dann trat er aus der Bude.

Mit geschultertem Sack winkte er kurz zu ihr zurück.

Daniel schwirrte der Kopf, nicht nur vom Glühwein. Hatte er jetzt gerade den Job sausen lassen? Wegen der doofen Flyer? Er hatte den Eindruck, nicht mehr klar geradeaus laufen, denken oder sprechen zu können. Und zu allem Überfluss drückte seine Blase fürchterlich. Er würde erst einmal pinkeln gehen, seine Zettel verteilen und so schnell wie möglich zurück zu Katja eilen und den Job zusagen. Beherzt und leicht wankend bahnte er sich einen Weg zu den Toilettenwagen.

Mittlerweile war es dunkel geworden. Die Buden leuchteten um die Wette. Vor ihm strahlte die Glühweinpyramide. Und darunter stand sein Kollege, mit dampfendem Becher und leuchtendem Bommel. War der etwa schon fertig?

„Hallo", grüßte er.

Die Marktbesucher waren lauter und lustiger geworden. Giggelnde Mädels drängten sich von rechts, auf englisch grölende Jungs von links.

„Schon Feierabend?“ Daniel betrachtete den Sack des anderen. War der nicht dicker als seiner?

„Bald mach ich Schluss“, brummte sein Gegenüber.

„Ich auch“, antwortete Daniel feixend. „Würdest du mal?“ Er hielt dem Kollegen seinen Sack hin. „Ich müsste mal ...“, erklärte er und deutete um die Ecke. Ohne eine Antwort abzuwarten, setzte Daniel ihm den Sack einfach vor die Füße.

„Höma, der Infomant hat doch gewagt, datt unwer Freund hia n bifken den Langfinger macht.“ Der King biss von einer Krakauer und zog kühlende Luft durch die Zähne hinterher.

„So what?“, erwiderte der Zweite, streifte ein Frittenstäbchen von Rot nach Weiß und schob es in den Mund.

„Ker, du wollf nicht imma Englisch mit mia reden.“

„Lass ihn doch klauen. Umso besser für uns“, übersetzte Elvis und lutschte sich die Finger ab.

„Wiewo holen wa unf die Kohle nicht getz schon? Watt wa ham, ha-ma, woll?“ Ohne seine Augen von Elvis abzuwenden, biss er erneut zu.

Der schlanke Elvis nickte und wieder rührte sich kein Härchen seiner Tolle. „Erst aufessen.“

Er beobachtete, wie der Strahl in Rinnsalen die Plastikwand hinablief. Zehn Euro die Stunde, eine Heizung, und Katja! „Yeah“, rief er und reckte die Hand in die Höhe. Heute war sein Glückstag. Katja. Er würde mit ihr Glühwein trinken und flirten. Er Verkäufer, sie seine Besucherin. Er würde Kunden beraten und bedienen, ihnen Kärtchen in die Papiertüten legen ... . Natürlich! Wie dumm war er? Wieso denn heute noch die Karten verteilen? So schnell er konnte, verließ er das Klohäuschen.

Beide Rucksäcke zwischen den Knien, stand er unter den sich drehenden Flügelblättern der Pyramide, kippte den letzten Schluck hinunter und beobachtete dabei seine Umgebung. Ein Asiate stellte seinen Rucksack hinter sich ab. Direkt neben ihn. Auf den Boden. Offen! Wenn das keine Einladung war?!

Daniel schubste sich entschuldigend zur Pyramide durch, entriss seinem Kollegen den Sack, rief „danke, muss dringend weg“ und „viel Erfolg noch“, und war wieder verschwunden. Erst kurz vor Katjas Stand verlangsamte er seinen Schritt und versuchte, Atem und Herz zu beruhigen.

„Hey, Arschloch“, schrie er dem Bommel hinterher, der sich blinkend zwischen den Wollmützen entfernte. Der Besitzer des offenen Rucksacks drehte sich um und starrte ihn an. Mist, hier konnte er nichts mehr holen. Er stellte die Tasse auf den Tisch und bückte sich zum Gehen.

„Guten Abend!“

Vier Polizeistiefel standen neben seinem Beutel. Langsam blickte er auf. Sein Herz raste, Schweiß sammelte sich unter seiner Mütze. „Ääh ... Geschenk gefällig?“, versuchte er es auf die unschuldige Tour.

„Kommen Sie bitte mit“, sagte die Polizistin und schon bauten sich die beiden Uniformierten unmissverständlich an seinen Flanken auf und setzten sich in Bewegung, er widerwillig dazwischen. Die eben noch giggelnden Mädels schauten ihnen mit langen Hälsen nach.

„Schon wieder da?“, fragte Katja erfreut.

„Gibt’s den Job noch?“

„Ja klar. Ich hab gehofft, dass du’s dir noch überlegst.

Komm rein, ich zeig dir alles für morgen!", sagte sie und wandte sich einem Kunden zu, der ungeduldig mit einem Kissen wedelte. Daniel legte den Beutel wie immer neben der Tür ab.

„Bitte einsteigen", sagte die Polizistin, als sie in der mobilen „Wache Weihnachtsmarkt", dem Polizeibus neben dem Bonner Münster, angekommen waren. Umständlich kletterte er in den Wagen.

„Ihren Ausweis bitte." Unerbittlich hielt sie ihre Hand auf.

Wie in Zeitlupe hob er die Kutte an und zog die Börse aus der Jackentasche. Seine Gedanken fuhren Riesenrad. Er versuchte, sich seine Chancen auszurechnen. Konnten sie hier im Wagen Bewährungsstrafen überprüfen?

„Einen Moment", sagte er kleinlaut und fummelte die Karte heraus.

Die Uniformierte nahm den Ausweis entgegen. Endlose Sekunden verstrichen. „Bitte mal Mütze und Bart abnehmen." Auffordernd reckte sie das Kinn.

Besser tun, was sie sagt und immer schön in die Augen schauen, befahl er sich und lächelte kurz auf. Er knetete die Mütze wie Plätzchenteig, während sie zum Computer ging und irgendwelche Daten abglich.

„Es gibt Hinweise von Geschädigten, sie seien von einem Weihnachtsmann bestohlen worden", erklärte inzwischen der Polizist. „Bitte öffnen Sie den Sack." Sein Finger wies auf den Beutel.

Er war wie gelähmt. Hinweise also. Er sah auf den Stoff hinab, der schlaff zwischen seinen Beinen lag. Warum war es nur so verdammt heiß in diesem Bus? Schweißtropfen sprossen auf seiner Oberlippe. Er wischte mit dem Handrücken darüber.

Mit gesenktem Kopf hielt er dem Polizisten den Sack hin. Er hatte doch nur noch heute und morgen zugreifen, dann die Brüder ausbezahlen wollen und dann hätte er nie wieder eine Spielhalle betreten, sich nie wieder Geld geliehen. Warum mussten die Bullen ihm jetzt alles versauen? Er ließ seinen Oberkörper auf die Knie fallen und wartete auf den Spruch, der jetzt kommen musste: Sie sind verhaftet.

„Sie können gehen", hörte er den Polizisten sagen. Er blickte auf. Mit einem vielsagenden Blick hielt der Beamte seiner Kollegin einen Sack voller Werbeflyer hin.

Elvis und Elvis zwängten sich hinter den Nachbarhütten zur Bude durch.

„Erst mal die Lage checken", mahnte der Dünne.

„Bevor wir 'n bifken nachhelfen, woll", ergänzte der Dicke. Durch Gerede allein ließ sich bei den meisten Menschen nicht der unbezähmbare Wunsch wecken, ihre Schulden zu begleichen, wie die Brüder es nannten. Der King betastete das Messer in seiner Jacke.

Aber da lag der Sack ja schon – neben der Hüttentür. Sie brauchten nur zuzugreifen.

Elvis pfiff durch die Zähne.

„Wie dämlich muff man wein ... ?! Vielleicht fon leer?", flüsterte der Dicke.

Daniels Herz wummerte, sein Kopf war wie leergefegt. Katjas Lippen bewegten sich langsam auf seinen Mund zu. Langsam zog sie seinen falschen Bart herunter. Schon spürte er ihren Atem auf seiner Haut kitzeln. Draußen griff Elvis in aller Seelenruhe nach dem Sack.

Er schleppte sich zum Riesenrad. Immerhin war er frei.

Ohne Beute und eindeutige Zeugenaussage hatten die Polizisten keine Handhabe. Jetzt würde er sich seine Kohle von diesem Hirni zurückholen! Jeden einzelnen hart verdienten Euro.

Er stieg in die Gondel. Der Leuchtebommel müsste jetzt in der Dunkelheit gut von hier oben zu finden sein. Und wenn er die Kohle erst mal hätte: Auf Nimmerwiedersehen, Bonn. Morgen würde er in Köln weitermachen. Er kämpfte gegen die Übelkeit an, im Dunkeln schien sie noch schlimmer.

Zielstrebig steuerten sie auf den Martinsplatz zu, dem schnellsten Ausgang aus dem Gedränge.

„Kinderspiel!," triumphierte der dünne King mit geschultertem Beutel.

Der andere befingerte den Stoff von außen. „Da iff richtig wat drin", stellte er fest und stieß seinem Bruder den Ellbogen in die Rippen.

Plötzlich versperrten zwei Männer ihnen den Weg.

„Sieh mal einer an, die Kohl-Brüder!", sagte der eine mit der Schirmmütze. Die beiden Elvisse sahen sich mit hängendem Unterkiefern an.

„Und was führt euch wohl auf den Bonner Weihnachtsmarkt?", sagte der eine Mann und der andere antwortete direkt: „Bestimmt nichts Gutes. Aber das wollen wir mal lieber überprüfen. Zivilstreife. Bitte mitkommen."

Nach vier Runden gab er auf. Keine Spur von Sack und Weihnachtsmann. Mit gesenktem Kopf stapfte er die Poststraße hinunter. Scheißdreck, musste er also ganz von vorn anfangen. Aber nicht als Weihnachtsmann, davon hatte er genug.

Wütend stopfte er den Sack mit den Werbeflyern in den Papierkorb und stieg ins Bonner Loch zur U-Bahn hinab.

Daniel schloss die Hüttentür hinter sich. Seine Lippen kribbelten, so wie sein Bauch, seine Finger und seine Gedanken. Was für ein Kuss! Er spürte kaum den Boden unter seinen Füßen. Morgen würden sie sich schon wieder sehen. Jetzt wollte er in seine Wohnung fahren, sich auf Katja freuen und den EBI-Job kündigen.

Er schaute auf die leere Stelle neben der Tür. Wo war der Sack? Er kniete sich unter die Bude, aber da konnte er unmöglich drunter gerutscht sein.

Na, herzlichen Glückwunsch – an einer Ladung Prospekte werden die Sack-Diebe wohl nicht viel Spaß haben, dachte er, aber ärgerte sich, dass er der EBI nicht das vollständige Kostüm würde zurückgeben können.

Er schlenderte die Poststraße hinunter, in Gedanken wieder bei der wohligen Wärme, die ihn durchströmte, als Katjas Mund ...

Da entdeckte er ihn, in einen Papierkorb geknüllt. Im Vorbeigehen zog Daniel wie selbstverständlich seinen Sack aus dem Müll und warf ihn über die Schulter. Hab ich ein Glück, dachte er zufrieden. Weihnachten, ich komme!

Das Christkind ist tot Regine Kölpin

An Weihnachten rechnete man ja mit allen möglichen Überraschungen. Ja, man wartete geradezu darauf. Aber als ich das Christkind vor mir tot an der legendären Brücke von Remagen liegen sah, glaubte ich zunächst an eine Täuschung. Ich näherte mich vorsichtig, doch es bestand kein Zweifel: Vor mir lag das blond gelockte Christkind und ein schmales Rinnsal lief ihm über die Stirn. Ich wagte kaum, den Puls dieses himmlischen Wesens zu tasten, doch immerhin bestand ja die Möglichkeit, dass noch ein Hauch Leben in ihm weilte. Das erwies sich als Trugschluss, das Christkind war mausetot.

Ich blickte mich um, außer mir befand sich niemand hier. Auf der anderen Seite des Rheins donnerten die Züge durchs Schneegestöber. Ein dicker Lastkahn stampfte an uns vorbei, sein Kohlendeck schmückte ein beleuchteter Tannenbaum. Vom Bug aus winkte der Weihnachtsmann zu uns herüber. Ockenfels, das rechter Hand lag, schien an diesem Abend besonders im Lichterglanz zu strahlen. Es hätte ein romantischer Ort sein können, läge da nicht dieses blond gelockte Wesen vor mir, auf das wir den ganzen Abend lang gewartet hatten.

Meine Gedanken ratterten. Was nur konnte passiert sein? Das Christkind hatten wir heute Abend auf der Weihnachtsfeier der Volleyballmannschaft vermisst. Es sollte uns die Geschenke überreichen. Nur war es nicht erschienen. Ob es vom Himmel gefallen war, weil die Gaben zu schwer gewesen waren? Zerbrechlich genug sah das Himmelskind ja aus. Ich ließ den Abend Revue passieren:

Zuerst hatten wir uns mit der Mannschaft auf dem Nikolausmarkt vor dem Rathaus in Remagen getroffen. Ich mochte die weißen Zelte, die kleinen Buden, den Punsch und den Handwerkermarkt. Bis dahin war auch alles ganz normal gewesen. Bis auf den üblichen Zickenkrieg zwischen Jana und Luisa. Das war aber nicht außergewöhnlich. Die beiden waren keine echten Remagener. Luisa stammte aus München und Jana aus Flensburg. Entfernter konnte man nicht sein. Weder in der Sprache noch im Lebensstil. Warum sie sich ausgerechnet in der Mitte bei uns treffen mussten, war einfach nur ärgerlich, denn ihre Zankereien nervten. Ich versuchte, die beiden möglichst nicht zu beachten, denn es war blöd, wenn sich in einer Sportmannschaft negative Tendenzen durchsetzten. Schließlich wollten wir allesamt gewinnen.

Luisa und Jana spielten in unserer Volleyballtruppe beide im Angriff, während ich den flexiblen Stellerposten innehatte. Luisa war groß und kräftig, ihre Schmetterbälle waren fast legendär. Jana hingegen war kleiner, aber dafür wendiger und schneller. Zwischen ihnen schwelte ein unausgesprochener Konkurrenzkampf, der noch schlimmer wurde, als Melanie aus Erpel dazukam und die Leistung der beiden in den Schatten stellte. Wobei man Melanie dies mitnichten zutraute, so zierlich, wie sie war. Jana kam mit der Konkurrenz wesentlich besser zurecht als Luisa, aber das konnte natürlich auch täuschen.

Der Posaunenchor der Schule hatte auf dem Weihnachtsmarkt wie immer sein Ständchen gespielt, der Punsch schmeckte hervorragend und der Tannenbaum wirkte noch imposanter und schöner als im letzten Jahr. Ich genehmigte mir einen Punsch mehr als sonst. Danach war die weihnachtliche Schnitzeljagd angesagt und anschließend wollten wir essen gehen. In dem Restaurant war die Geschenkübergabe geplant. Jeder hatte zuvor einen Zettel mit dem Namen einer Mannschaftskameradin gezogen und eine Kleinigkeit gekauft. Dass ich ausgerechnet etwas für Jana besorgen musste, hatte mir absolut nicht gefallen. Aber Luisa wäre als zu Beschenkende auch nicht besser gewesen. Weil ich wusste, was für ein Weihnachtsfanatiker Jana war, hatte ich ihr einen Krimisammelband mit entsprechenden Weihnachtsmorden besorgt. Das Ganze schön verpackt, tannengrünes Papier, rote Schleife, Breitband und einen Wichtel mit einer Zipfelmütze. Ich hoffte, dass Jana das Geschenk zu würdigen wusste und ihre Laune deswegen stabil blieb, auch wenn Luisa sich durchgesetzt hatte und in diesem Jahr das Christkind in den Raum schweben und die Geschenke überreichen sollte. Es musste den im letzten Jahr leider besoffenen Weihnachtsmann ersetzen. Jana hatte zuerst angekündigt, deswegen der Feier fernbleiben zu wollen, war der Weihnachtsmann doch ihr Onkel, und es sei eine Ausnahme gewesen, sonst trinke er nicht. Luisa aber war hartnäckig geblieben und hatte am Ende behauptet, das Christkind käme dem Weihnachtsgedanken viel näher, weil es dem Jesuskind ähnelte und so weiter. Ein Wort hatte das nächste ergeben. Ihr Kampf am Volleyballnetz übertrug sich also bereits auf den Glaubenskampf zwischen Weihnachtsmann und Christkind.

Die Abstimmung aber hatte ein eindeutiges Votum zugunsten des blonden Christkindes gegeben. Es würde von der anderen Seite des Rheines nach Remagen einschweben und nach der Bescherung zurück in sein Himmelreich fliegen, ohne die Feuerzangenbowle allein geleert zu haben, wie der Weihnachtsmann es zweifelsohne wieder getan hätte. Ganz abgesehen davon, dass keine von uns Spielerinnen erpicht darauf war, den Weihnachtsmann zu ehelichen, auch wenn er da völlig anderer Meinung war. Aber wer wollte schon das ganze Jahr von Milch und Keksen leben? Wir alle waren auf unsere Figur bedacht, der Weihnachtstyp aber musste eben darauf achten, weiterhin in die Breite zu wachsen, damit er authentisch blieb. Ein dünner Weihnachtsmann hätte alle Illusionen der Kinder zerstört. Jedenfalls war Jana nach der Abstimmungsniederlage wutentbrannt aus der Umkleide gerannt. Doch sie hatte dann an der Weihnachtsfeier teilgenommen.

Die alljährliche Schnitzeljagd fand im Anschluss an den Besuch auf dem Weihnachtsmarkt statt. Das hatte besonders viel Spaß gemacht, weil es tatsächlich zu schneien begonnen hatte und wir in dichtem Schneetreiben durch Remagen stapften. Es ging am Rathaus los, von dort über den Marktplatz in Richtung Rheinpromenade und wieder zurück in die Stadt.

Der Schatz lag schließlich am Römischen Museum. Wir trugen alle Fackeln, Luisa hatte Kekse und weiteren Glühwein organisiert, an dem wir die kalten Finger wärmten.

„Nun noch unser Essen und die Geschenke!“, freute sich Luisa. Jana schwieg zu alledem, ihr Gesicht sprach Bände. Sie hatte ihrer Konkurrentin nicht verziehen, dass der Weihnachtsmann gegen das Christkind ausgetauscht werden sollte.

Hatte sie es deswegen wirklich um die Ecke gebracht? Ich traute Jana einige Dinge zu, aber Mord?

Jedenfalls kam dieses Christkind gar nicht erst zur Bescherung ins Restaurant. Luisa wurde immer nervöser. Sie zog sich nach einer Weile ihre Jacke an und flitzte durch das Schneetreiben, um es zu suchen. Mir war sein Zuhause unbekannt, wo immer es sich aufhielt, wenn es nicht gerade mit einem Heiligenschein tourte. Vermutlich im Himmel, was nach dem langen Fernbleiben Luisas tatsächlich nicht auszuschließen war. Sie kam völlig verstört zurück. „Es ist weg.

Ich habe alle Straßen in der Umgebung abgesucht. War in der Drusenstraße, in der Milchgasse und auch noch einmal an der Rheinpromenade, von wo es hätte kommen müssen."

Jana war merkwürdig blass um die Nase. Sie wirkte, als kämpfe sie mit etwas, doch schließlich brach es aus ihr heraus. „Ich könnte euch weiterhelfen."

Alle Blicke wandten sich von der weißgeschneiten und verzweifelten Luisa zu Jana, die nervös ein Tempo zwischen den Fingern massakrierte.

„Und wie?", fauchte Luisa. „Wie, bitte schön, willst du das Christkind herzaubern? Lässt du es aus dem Martinsbrunnen aufsteigen oder erweckst du das Caracciola Denkmal zum Leben und braust mit dem Rennwagen gen Himmel, wo Christkind Nummer zwei auf seinen Einsatz wartet?"

Jana hatte sich wieder unter Kontrolle. Sie lächelte, ihr Lächeln gefiel mir nicht. „Nichts dergleichen. Ich kann aber kurzfristig den Weihnachtsmann holen."

Luisa verdrehte die Augen. Janas Weihnachtsmannonkel wohnte ebenfalls in der Nähe, am Marktplatz.

„Das hast du ja wunderbar gelöst, du Schlange!", kreischte Luisa auf.

Jana hob abwehrend die Hände. „Ich will nur helfen, sonst nichts. Wir müssen das auch nicht tun."

Die Mannschaft begann zu diskutieren. Nach vielem Hin und Her, bei dem Luisas Weinkrämpfe besorgniserregende Formen annahmen, beschlossen wir, es tatsächlich mit dem Weihnachtsmann zu versuchen. So ganz ohne himmlisches Geleit war eine Weihnachtsfeier doch etwas fade.

Der gute Rotbemützte tappte etwa eine halbe Stunde später herein und verteilte seine Geschenke großzügig. So richtig Stimmung aber wollte nicht aufkommen, weil Luisa noch immer weinte und Janas Weihnachtsmannonkel wie im letzten Jahr von einer Fahne umwabert wurde. Seine Heiratsanträge streute er ebenfalls wieder weitläufig. Jana schien sich unwohl zu fühlen, sie beteuerte ein bisschen zu oft, sie habe mit dem Verschwinden des Christkinds nichts zu tun, obwohl das außer Luisa auch keiner behauptet hatte.

Die Weihnachtsfeier lief nach dem Auspacken der Geschenke dann schnell auseinander, auch ich verspürte keine große Lust mehr zu bleiben.

Auf dem Weg zu meiner Wohnung war ich dann an der legendären Brücke von Remagen vorbeigekommen und dort lag eben das Christkind. Ob der besoffene Weihnachtsmann seine Finger im Spiel hatte? Nur welchen Vorteil hätte das für ihn? Weihnachtsmann oder Christkind beim Mannschaftsfest war man ehrenamtlich. Es brachte keinerlei wirtschaftlichen Nutzen. Er konnte allerdings von Jana regelrecht aufgehetzt worden sein, mit seinem besoffenen Kopf war ihm alles zuzutrauen. Stark genug war er, das Christkind an der Fähre abzufangen und ihm eins über den Schädel zu ziehen, es bis hierher zu schleppen. Mich überkam eine Gänsehaut. Und das alles wegen einer blöden Mannschaftsweihnachtsfeier! Wie feige von Jana, sich eines alkoholkranken Onkels für diese Rache zu bedienen. Ich musste die Polizei informieren, der Fall war klar.

Ich untersuchte das tote Christkind noch einmal und knipste dazu die Taschenlampe meines Handys an. Erst jetzt erkannte ich, um wen es sich handelte. Luisa hatte uns nicht erzählt, wer das Christkind spielen sollte und auf den ersten Blick hätte ich sie mit der blonden Perücke nicht erkannt. Aber bei diesem Christkind handelte es sich eindeutig um Melanie. Melanie, die zarte, die wunderschöne Angreiferin aus Erpel. Deswegen hatte Luisa gesagt, das Christkind würde von der anderen Rheinseite aus einschweben. Mir war nicht bekannt, dass Luisa und Melanie sich näherstanden, denn beim Training hatte es eher nach Neid und den Kampf um die Position ausgesehen. Luisa hatte ziemlich um ihren Stammplatz vorn am Netz zittern müssen, seit Melanie die Mannschaft bereicherte und selbst Luisa mit ihren gnadenlosen Schmetterbällen ausstach.

Ich zermarterte mir den Kopf. Melanie hatte zu unserer Weihnachtsfeier nicht kommen wollen. War das eine Ausrede gewesen, weil sie als Christkindüberraschungsgast dazukommen wollte. Hatte Luisa genau deshalb so sehr auf dem Christkind bestanden? Ich schüttelte den Kopf. Nein, Luisa konnte Melanie nicht leiden, sie hasste sie regelrecht, denn Volleyball war Luisas Leben, und das wurde ihr von dieser Konkurrentin ordentlich madig gemacht.

„Luisa war lange genug weg, um sie zu töten und hierherzuschleppen, als sie behauptet hatte, sie wolle sie suchen. Und sie hat die Kraft dazu“, überlegte ich laut. „Sie könnte sie von vorneherein etwas später bestellt haben, sodass sie vorgeben konnte, sie zu suchen.“ Nach und nach fügte sich das Bild zusammen.

„Richtig“, hörte ich Luisas Stimme. „Ich war lange genug weg und ich habe sie gehasst. Ich hatte mich mit ihr zur Vorbesprechung allerdings gleich hier verabredet, eine Tote über die Promenade zu schleppen wäre doch zu gefährlich gewesen. Diese Konkurrenz konnte ich nicht länger dulden. Der Trainer wollte sie tatsächlich gegen mich am Netz tauschen. Sie sollte meinen Stammplatz bekommen! Nun hast du sie zu früh gefunden, bevor ich sie beseitigen konnte.“ Luisas Stimme klang ärgerlich, aber bevor ich weiter darüber nachdenken konnte, schnellte ein dicker Ast auf meinen Kopf. „Sorry, aber nun ist es noch besser: Da hat der Weihnachtsmann gleich zwei von unserer Truppe erschlagen, dieser geile Bock. Den Knüppel findet man gleich bei ihm im Treppenhaus. Und seine Anbaggerei haben ja alle erlebt. Mit etwas Glück kassieren sie Jana noch als Anstifterin mit ein. Aber der Weihnachtsmann steht auf jeden Fall unter Verdacht, der ist auf ewig weg vom Fenster."

Ich sah Sterne, die Lichter von Erpel und dann schwebte ich zusammen mit dem Christkind in den Himmel.

Es duftet nach Tanne, nach Zimt und nach Gerechtigkeit. Weihnachten.

Prüfend schweift Elsbeths Blick durch das wohlig warme Wohnzimmer. Perfekt. Zufrieden lässt sie sich auf einen der gepolsterten Esszimmerstühle aus antikem Holz plumpsen. Auf dem festlich gedeckten Tisch mit der Damast-Tischdecke ist alles bereit für ihren Besucher am heutigen Heiligen Abend. Ein besonderer Abend ist es und ein ganz besonderer Gast, den sie erwarten. Nach all den Jahren. Das ist die Mühe wert. Die selbst gemachte Buttercremetorte, die speziellen Kekse, die liebevolle Dekoration. Tannenzweige, in Herzform drapiert. Sie haben an nichts gespart. Weder an Kalorien noch an Romantik. Selbst der Weihnachtsbaum in der Ecke am Fenster ist größer als sonst und noch sorgfältiger geschmückt als die vergangenen Jahre. Mit viel Rot und viel Gold, glänzendem Lametta und frommen Engelchen. Luise und sie haben sich den Baum liefern lassen, aber das Schmücken zusammen mit den anderen Vorbereitungen ist anstrengender für ihre achtzigjährigen Knochen gewesen, als beide je zugeben würden.

„Wat mutt, dat mutt", murmelt Elsbeth, während sie sich die steifen Knie massiert. Im Ohr hat sie plötzlich die Stimme ihres Hausarztes, die mahnend daran erinnert, dass jedes Kilo zu viel ihren arthrotischen Knien zusetzt.

„Papperlapapp, Essen hält Leib und Seele zusammen. Und etwas Freude im Leben ist wichtig, Herr Doktor!", weist sie den imaginären Dr. Riewesell zurecht.

„Und heute werden wir sogar richtig Spaß haben", kichert sie vergnügt und streicht sich das Hemdblusenkleid über ihren strammen Oberschenkeln zurecht.

Auch wenn es das Leben nicht immer gut mit ihr gemeint hat, lässt sie sich doch nicht die Lebensfreude nehmen. So weit kommt es noch! Nicht mit ihr.

Nebenan aus der Küche hört sie ein lautes Ploppen und einen zischenden, gurgelnden Laut. Begleitet von einem leisen Aufschrei von Luise.

„Watt is denn los?", ruft Elsbeth und bleibt sitzen.

Luise passieren andauernd irgendwelche Missgeschicke. Wenn Elsbeth sich um alle kümmern würde, käme sie seit sechzig Jahren zu nichts anderem mehr. Luise, ihre bessere Hälfte, wie sie sie zuweilen scherzhaft nennt. Aber eigentlich ist sie genau das geworden. Zusammengewachsen sind sie wie ein altes Ehepaar. Hätte auch alles anders kommen können. Richard …

Bevor sie sich in unnützen Sentimentalitäten verlieren kann, verbietet Elsbeth sich jeden weiteren sehnsüchtigen Gedanken energisch. Aus der Küche ist nichts mehr zu hören.

„Luise?"

Mit einem Poltern wird die Wohnzimmertür aufgestoßen.

Luise balanciert mit gefüllten Sektgläsern hindurch, tänzelt zum Tisch und stellt die Gläser ab. Überraschenderweise, ohne zu kleckern. Wie zuvor das Ambiente des Raumes begutachtet Elsbeth jetzt Luise. Eine achtzigjährige Ausgabe von Marilyn Monroe. Den immer noch erstaunlich wohlproportionierten Körper gezwängt in ein knallrotes, enges Kleidchen. Das sorgfältig geschminkte Gesicht, die Falten eines langen Lebens gnädig gemildert durch Make-up und das weiche Kerzenlicht.

Auch wenn Elsbeth weiß, dass die alten Brüste mit einem strengen Push-up nach oben befördert worden sind und der flache Bauch einem unerbittlichen Mieder zu verdanken ist, versetzt es ihr einen kleinen Stich. Selbst in ihrer Jugend hatte sie rein äußerlich nie mit ihrer Freundin mithalten können. Sie ist schon immer ein bisschen plump gewesen, dafür allerdings deutlich lebenstüchtiger. Geholfen hatte weder das eine noch das andere. Sie teilen das gleiche Schicksal. Beide haben den Mann, den sie liebten, nicht bekommen. Und weder sie noch Luise hatten je wieder einen gefunden, mit dem sie ihr Leben teilen wollten. Kleine Liebschaften ja, aber nichts fürs Leben. Um genau zu sein, hatte Luise Liebschaften, Elsbeth nicht. Dabei ist es nie ihre Absicht gewesen, Richard lebenslang hinterherzutrauern.

„Ich habe gedacht, wir trinken uns noch Mut an", flötet Luise, eindeutig bemüht, ihre Nervosität zu überspielen. Sie nimmt sich einen Sekt, tritt ans Fenster und blickt auf die Wolfstraße hinunter. Unweit des Bonner Zentrums, mitten in der Altstadt, liegt ihre schöne Wohnung aus der Gründerzeit, die seit so vielen Jahrzehnten ihr gemeinsames Zuhause ist.

„Hast du es dir anders überlegt?", fragt Elsbeth misstrauisch.

„Nein nein." Luise blickt auf ihre roten Schuhspitzen. Dann strafft sie sich und sieht Elsbeth entschlossen in die Augen.

„Auf die Gerechtigkeit!"

Elsbeth schnappt sich zufrieden das andere Glas.

„Auf die Gerechtigkeit!"

Beide trinken einen großen Schluck.

„Wat mutt, dat mutt", fügt Elsbeth hinzu. Manche Redewendungen aus ihrer norddeutschen Heimat haben die Jahrzehnte am Rhein überdauert.

Im Krieg hat es sie mit ihrer Familie nach Bonn verschlagen. In der Schule hat sie dann Luise kennengelernt. Klein, blond und lieblich. Eine süße Scheurebe Spätlese. Elsbeth dagegen war eher ein kräftiger Merlot.

Sie ergänzten sich prima. Luise brachte die Leichtigkeit und das Fröhliche in Elsbeths Leben, dafür half Elsbeth der Freundin mit ihrer praktischen, bodenständigen Art. Sie hielten zusammen wie Pech und Schwefel. Nachdem sie die Schule beendet hatten, gingen sie gemeinsam auf die Hauswirtschaftsschule. Elsbeth, weil sie dringend Geld verdienen musste. Luise, weil sie keinen blassen Schimmer hatte, was sie sonst tun sollte.

Als sie zwanzig waren, verstarb Luises Mutter und sie blieb alleine in der großen Altbauwohnung in der Wolfstraße zurück. Klein, lieblich und verzagt. Elsbeth erbarmte sich und zog kurzerhand mit ein. Bevor die richtigen Männer zur Familiengründung auftauchen würden, konnten sie die Zeit genauso gut zusammen verbringen. Es dauerte gar nicht lange, bis Luise mit glänzenden Augen heimkam. Sie hatte ihn gefunden, ihren Herzensmann. Wat mutt, dat mutt, dachte Elsbeth damals lakonisch. Nun wurde es auch für sie Zeit. Drei Tage später stolperte sie in der Bäckerei über einen Regenschirm und landete direkt in den Armen des großen, attraktiven Besitzers. Ein Kaffeetrinken und zwei Tanztees später war auch sie sicher, den Mann für das Leben gefunden zu haben. Mit einem Mal fühlte sie sich gar nicht mehr plump, sondern seltsam leicht. Und fast so lieblich wie eine Scheurebe Spätlese. Es war eine schöne Zeit, Luise und sie tauschten sich kichernd und schwärmerisch über ihre Liebsten aus. Die Zukunft lag glänzend vor ihnen. Die Wohnung in der Wolfstraße sollte nur das Sprungbrett sein. Doch jetzt, sechzig Jahre später, leben sie noch immer gemeinsam hier.

Elsbeth seufzt. Die liebliche Scheurebe Spätlese und der herbe Merlot.

Inzwischen war sie sicher gewesen, dass nichts mehr ihr beschauliches Leben verändern würde. Allenfalls der natürliche Lauf der Dinge, der vielleicht irgendwann dafür gesorgt hätte, dass einer von beiden ein bedauernswerter Pflegefall geworden wäre. Elsbeth hätte auf Luise getippt, die, von ihren hohen Absätzen zu Fall gebracht, sich den Oberschenkelhals brach.

Das war eins der Szenarien, das für sie vorstellbar gewesen wäre. Vollkommen ausgeschlossen hingegen hätte sie das, was jetzt tatsächlich passiert war und alles durcheinandergebracht hatte.

„Dreh bitte die Heizung höher", sagt Elsbeth.

„Ist dir kalt?", fragt Luise überrascht.

„Nee, aber Hitze ist nicht gut für Herzkranke. Deshalb fallen die im Sommer doch immer um wie die Fliegen."

„Stimmt", nickt Luise und trippelt artig zum alten Rippenheizkörper.

„Du solltest dann auch langsam verschwinden", ordnet Elsbeth nach einem Blick auf ihre Armbanduhr an. „Und denk dran, wenn ich huste, ist die Zeit für deinen Auftritt gekommen."

Luise sagt nichts, starrt wieder stumm auf ihre roten Schuhspitzen. Elsbeth widersteht dem Impuls, mit den Fingerspitzen auf der Damast-Tischdecke zu trommeln. Sie darf Luise nicht unnötig nervös machen.

„Es ist richtig, dass wir es tun", sagt Luise plötzlich erstaunlich fest. „Und vergiss nicht, die Kekse sind nur Plan B." Sie nimmt die gläserne Platte und stellt sie ans äußere Ende des Tisches.

„Also dann." Luise nimmt die beiden Sektgläser und verlässt hüftschwingend das Wohnzimmer.

Elsbeth schüttelt den Kopf. Luise sollte ihr Pulver nicht unnötig verschießen. Im selben Moment ertönt die Türklingel.

„Na denn, wat mutt, dat mutt“, frohlockt sie, während sie sich schwerfällig erhebt. Versuchsweise lässt sie auf dem Weg zur Haustür ebenfalls die Hüften kreisen. Fühlt sich aber komisch an, sie geht lieber wieder normal. Damit hätte sie früher anfangen müssen. Sie atmet noch einmal tief durch. Dann ist es soweit. Sie öffnet die Tür. Da steht er. Kleiner als früher, das muss an seiner gebeugten Haltung liegen. Der einstige Glanz verblasst, stumpf geworden. Aber nach all den Jahren ist er wieder da. Richard.

Elsbeth lächelt ihn an. „Hallo Richard.“ Plötzlich fühlt sie sich wieder ganz leicht.

„Hallo meine Schöne.“ Richards tiefer Stimme hört man die Jahre an. Heiser und rau. Zu viele Zigaretten, denkt Elsbeth missbilligend. Erstaunlich, dass er überhaupt so alt geworden ist.

Hinter seinem Rücken zaubert Richard jetzt einen riesigen Rosenstrauß hervor. „Die schönsten Rosen für die schönste Frau.“ Er zwinkert ihr zu.

„Ähm …, danke.“ Elsbeth nimmt ihm die Rosen unbeholfen ab. Vor sechzig Jahren war sie dahingeflossen. Sechzig Jahre hatte Elsbeth in dem Glauben gelebt, dass es ein böses Schicksal gewesen war, welches ihr Richard wieder entrissen hatte. Aber inzwischen wusste sie es besser. Und damit konnte er nicht durchkommen. Beim besten Willen nicht. Es gibt Dinge, die irgendwann geradegerückt werden müssen.

„Leg doch ab, mein Lieber. Ich versorge eben die Blumen und du machst es dir im Wohnzimmer gemütlich.“ Mit einem sanften Lächeln auf den Lippen schiebt Elsbeth ihn zur Wohnzimmertür.

Seit einer halben Stunde sitzen sie jetzt beieinander.

„Puh, ich glaube, ich kann nicht mehr." Richard legt eine Hand auf seinen Bauch und stöhnt leise. „Mehr geht nicht."

„Aber ich habe mir doch solche Mühe gegeben. Eins noch, mir zuliebe." Ungerührt legt Elsbeth das dritte Stück Buttercremetorte auf Richards Teller. Zufrieden registriert sie die Schweißperlen auf seiner Stirn und das stark gerötete Gesicht. Er sieht nicht gut aus.

„Bisschen kühl hier drinnen, oder?" Schon ist sie unterwegs zum Heizkörper. Sechs ist eindeutig besser als fünf.

„Du bist so fürsorglich, aber es ist wirklich warm genug", beteuert Richard schnaufend.

„Ich möchte nur nicht, dass du dich erkältest. Die Zeit, die wir jetzt zusammen haben, möchte ich doch mit dir genießen. Ich bin so froh, dass wir uns wieder gefunden haben!"

„Ich doch auch", stimmt Richard ihr schwach zu und fummelt hektisch an seiner Krawatte, um sie zu lockern.

„Wenn damals nicht die Existenz der gesamten Familie auf dem Spiel gestanden hätte, wäre es nie dazu gekommen, dass ich Trude heirate. Nur mit dem Geschäft ihres Vaters war es möglich, unseres zu retten. Du ahnst gar nicht, wie schwer das damals alles für mich war. Vergessen konnte ich dich nie!"

„Deshalb hat das Schicksal es ja auch gut mit uns gemeint und uns letzte Woche zur gleichen Zeit am Rhein spazieren geschickt." Elsbeth lächelt sanft.

„Darauf trinken wir noch einen!" Schon greift sie zum schweren, süßen Likör.

„Nein, nein!" Richard hebt abwehrend die Hände. „Für mich keinen mehr, vielen Dank."

„Ich dachte, du freust dich auch, dass wir unser erstes gemeinsames Weihnachten ordentlich zusammen feiern können." Elsbeth zieht einen Flunsch.

„Ja, natürlich. Aber mein Doktor …“ Er hebt entschuldigend die Schultern.

„Der siehts ja nicht.“ Sie zwinkert ihm verschwörerisch zu.

„Na gut“, willigt er resigniert ein. „Wir haben ja wirklich etwas zu feiern.“

„So ist es richtig. Ein Mann trifft seine eigenen Entscheidungen und hört nicht auf das Geschwätz von anderen!“ Sie sieht ihm lächelnd in die Augen.

„Es tut mir unendlich Leid, wie es alles gekommen ist und dass ich damals eine falsche Entscheidung getroffen habe. Dabei hat mein Herz immer nur dir gehört.“ Richard schaut sie aus wässrigen grauen Augen um Verständnis heischend an. „Jetzt bin ich alt und krank und der liebe Gott hat mir dich noch einmal geschickt. Ich kann es gar nicht glauben, dass ich eine zweite Chance bekomme, meinen Fehler wieder gutzumachen. Ich bin so dankbar, dass du nun für mich da bist.“

Elsbeth sieht ihn lange an. Genau, alt und krank ist er. Da ist sie natürlich ein Gottesgeschenk. Praktisch und patent. Die gute Elsbeth. Wenn er sich da nur nicht täuscht. Beschwingt prostet sie ihm zu, nimmt einen großen Schluck und verschluckt sich kräftig. Sie hustet und prustet. Richard fängt sofort an, ihr fürsorglich den Rücken zu klopfen. Wo blieb Luise?

Da wird die Wohnzimmertür mit einem Ruck aufgestoßen. Die liebliche Scheurebe Spätlese bleibt im Türrahmen stehen.

„Hallo Richard“, zwitschert Luise, die Hände wirkungsvoll in die wohlgerundeten Hüften gestemmt.

Er dreht überrascht den Kopf. Das Erkennen und Begreifen dauert seine Zeit. Elsbeth ist schon wieder kurz davor, mit den Fingern zu trommeln. Aber er soll seine Zeit haben.

Wie in Zeitlupe verändert sich Richards Gesichtsausdruck. Die Überraschung weicht einem Entsetzen, das sich langsam steigert. Zunächst wird er aschfahl, dann – als ob jemand die Blutzufuhr wieder aufgedreht hätte – schießt ihm erneut die Röte ins Gesicht. Er gibt einen seltsamen Laut von sich, eine Mischung aus Aufschrei und Wimmern.

„Aber Richard, was hast du denn?" Luise kommt langsam näher, legt ihm die Hände mit den rot lackierten Nägeln auf die Schultern, schiebt ihr Gesicht dicht vor seines. „Freust du dich denn gar nicht, mich zu sehen?"

Elsbeth hat sich inzwischen zurückgelehnt, die Arme vor der Brust verschränkt, und beobachtet das Schauspiel fasziniert. Richard klappt den Mund auf, will etwas sagen, aber es kommt nur ein Gurgeln heraus. Begleitet von einem dünnen Speichelfaden. Elsbeth verzieht das Gesicht. Wie erbärmlich er aussieht, der einst so wundervolle Richard.

„Wie kommst du denn hierher?", krächzt er schließlich. Sein Blick irrt zwischen Luise und Elsbeth hin und her.

„Ich wohne hier", sagt Luise hoheitsvoll. „Schon immer."

„Auch damals, als du uns beiden gleichzeitig die große Liebe versprochen hast", mischt Elsbeth sich nun ein.

„Aber … aber ich konnte nicht … damals …", stottert Richard und bricht hilflos ab.

„Ach, Schwamm drüber. Wir haben dir doch längst verziehen", sagt Elsbeth mit einem reizenden Lächeln.

„Genau", bestätigt Luise und gleitet gekonnt auf Richards Schoß. Dann beginnt sie, seine Brust langsam und zärtlich zu streicheln. Richard erstarrt, er atmet schwer, das Rot in seinem Gesicht leuchtet mit Luises Kleid um die Wette.

Elsbeth und Luise tauschen einen Blick. Sollte es wirklich so einfach sein?

„Wir haben uns gedacht, jetzt machen wir uns beide mit dir ein schönes Leben. Jetzt, da Trude – Gott hab sie selig – das Zeitliche gesegnet hat“, gurrt Luise und leckt sich frivol über die Lippen. Elsbeth unterdrückt ein Schaudern. Sie hofft inständig, dass der Striptease, den Luise noch im Repertoire hat, nicht zum Einsatz kommen muss. Den will sie nicht Richard ersparen, aber sich selbst. Unbedingt.

„Das wird dich doch nicht überfordern, oder? Du ziehst zu uns und wir kümmern uns gemeinsam um dich.“ Elsbeth steht auf. Watt mutt, dat mutt. So geschmeidig sie kann, gesellt sie sich dicht zu den beiden. Und greift beherzt zu. Direkt in Richards Schritt.

„Nicht!“ Richard versucht, beide wegzuschieben, dann greift er sich an sein Herz. „Bitte, schnell, ich brauche mein Nitrospray!“, keucht er panisch. „Flur … Mantel …“

„Was hat er gesagt?“, fragt Luise und runzelt die Brauen. „Meine Ohren sind ja nicht mehr so gut. Aber keine Sorge, Schatz, dafür sind meine Hände noch sehr flink!“

„Ich habe auch nichts verstanden, meine Ohren sind ja noch viel schlechter als deine. Is nix, wenn man alt wird“, sagt Elsbeth kopfschüttelnd.

„Nitro! Bitte …“, röchelt Richard.

„Ich glaube, er sagt, du sollst kräftiger zupacken. So, wie er es früher gerne mochte“, sagt Luise und beginnt an Richards Ohr zu knabbern.

Geteiltes Leid ist halbes Leid, denkt Elsbeth, während sie das kleine, schlaffe Würstchen in Richards Schritt kräftiger knetet. Nicht schön, aber mit Luise tauschen und an Richards behaartem Ohr rumschmatzen will sie auch um kein Geld der Welt. Dann erst wird ihr bewusst, was Luises Worte bedeuten. So, wie er es früher gerne mochte … das hieß ja, dass Luise mit ihm damals … Kurz bleibt Elsbeth die Luft weg. Sie starrt ihre Freundin an. Sie dachte immer, dass Luise damals genau wie sie mit solchen Sachen noch gewartet hatte. Sie waren doch anständige Mädchen gewesen!

„Nitro …“, flüstert Richard erneut. Dann sackt er in sich zusammen. Sein Kopf fällt zur Seite.

Luise rutscht von ihm runter und legt zögernd zwei Finger an seine Halsschlagader.

„Und?“, ruft Elsbeth aufgeregt.

„Der ist hin“, antwortet Luise trocken. „Lief ja wie geschmiert. Ich hätte nicht gedacht, dass es tatsächlich so einfach sein würde.“

„Watt mut, dat mutt. Die Gerechtigkeit siegt immer – irgendwann.“ Elsbeth lässt sich zufrieden auf einen Stuhl fallen.

„Ich hole das Telefon, damit wir den Notarzt rufen können. Muss ja alles seine Ordnung haben …“, sagt Luise und marschiert Richtung Flur.

Als sie einen Moment später zurückkommt und Richard so tot und wenig ansprechend sieht, nimmt sie lieber am anderen Ende des Tisches Platz.

„Unappetitlich, oder?“

„Was die Jahre doch anrichten können. Nee nee.“ Elsbeth schüttelt den Kopf. Sie kann den Blick nicht von dem elenden Anblick des toten Richards wenden. Wie bei einem Verkehrsunfall, denkt sie. Man muss hinsehen.

Aus den Augenwinkeln registriert sie plötzlich, dass Luise abwesend in die Schale mit den speziellen Keksen greift. In Sekundenbruchteilen schießt ihr durch den Kopf, dass das vielleicht Luises Strafe für ihr lasterhaftes Leben ist. Immerhin hatte sie mit Richard …, während Elsbeth brav auf die nie stattfindende Hochzeit wartete. Luise, das Flittchen!

Gleichzeitig wusste Elsbeth natürlich, dass Luise bis vor

wenigen Tagen ebenfalls keine Ahnung davon gehabt hatte, dass sie beide damals dem gleichen Schuft verfallen waren.

„Nicht!“, schreit sie, springt auf und schlägt Luise den Keks, verfeinert mit der Knolle der Herbstzeitlosen, Colchicum autumnale, aus der Hand.

Luise wird bleich, sie hatte es tatsächlich vergessen.

„Wat mutt, dat mutt“, sagt Elsbeth seufzend. „Lass uns die Kekse wegwerfen, bevor der Notarzt hier ist.“

Ein Leben ohne Richard hatte sie vielleicht sogar einem gnädigen Schicksal zu verdanken, aber die letzten Jahre ohne ihre Scheurebe Spätlese: undenkbar.

Rauhnacht Ulrike Bliefert

Es war spät geworden und Wilfried Honsbroich brauchte drei Espressi bis ihm wieder einfiel, wo er den Wagen abgestellt hatte: Godesberg. Villenviertel. Plittersdorfer Straße. Zu Fuß gut zwanzig Minuten. Fluchend machte er sich auf den Weg.

Verdammt noch mal! Was hatten die Bullen auch zu nachtschlafender Zeit am Rheinufer zu suchen? Aber natürlich gabs in jeder noch so kleinen Firma `ne Weihnachtsfeier! Da konnte man die Alkoholsünder wahrscheinlich zu Dutzenden von der Straße pflücken!

Er erinnerte sich dunkel daran, vor einem roten Backsteinbau geparkt und sich versteckt zu haben, erleichtert, dass Ligusterhecken auch im Winter ihre Blätter behalten. Doch auch wenn schnell klar war, dass er die Bullen abgehängt hatte: Womöglich passten sie ihn an der nächsten Ecke ab. Wie die Wegelagerer!

Also hatte er den Wagen stehen gelassen. Musste so gegen drei Uhr früh gewesen sein.

Rund zehn Stunden später stand er Gott sei Dank immer noch da. Plittersdorfer Straße 56.

Unter einem erneuten Schwall von Flüchen fegte Wilfried Honsbroich den Schnee von der Windschutzscheibe.

Das Kostüm lag auf dem Rücksitz: rote Hose, roter Mantel, rote Mütze, alles mit weißem Kunstfellbesatz, dazu ein breiter schwarzer Gürtel, schwarze Knobelbecher und der unvermeidliche Wattebart.

Wilfried Honsbroich stöhnte und blies in seine froststarren Hände, bevor er den Wagen anließ.

Hätte er bloß nicht damit angefangen!

Als Tante Luzie vor zehn Jahren ein passendes Seniorenheim gefunden hatte, hatte das zu wunderschönen Träumen Anlass gegeben.

„In Netters-heim!“, hatte sie gejubelt und vor Freude in die Hände geklatscht. „Allein der Name ist doch schon ein gutes Omen!“

„Ein ganz besonders gutes Omen!“, hatte Wilfried Honsbroich ihr beigepflichtet, denn lange würde es die alte Schrapnell in diesem Eifelkaff bestimmt nicht machen, und wenn sie unter der Erde war, würde ihr ganzes schönes Geld ihm gehören.

Infolgedessen hatte er im folgenden Winter denn auch bereitwillig im Heim den Weihnachtsmann gemimt; fest davon überzeugt, dass Tante Luzie über kurz oder lang das Zeitliche segnen würde.

Aber das tat sie nicht, und nach dem zweiten – weitaus weniger bereitwilligen – Weihnachtsmann-Auftritt war daraus in den Augen der Heimleitung bereits eine Tradition geworden.

Alle Jahre wieder hatte er die Prozedur durchgestanden: Coca-Cola-mäßiges Santa-Claus-Outfit an, den Wattebart umgehängt und dann mit „Ho-ho-ho“ ab in den Fernsehraum! „Naaa? Was hat der Weihnachtsmann euch wohl Schönes mitgebracht?“

Na, was wohl? Das Übliche: ein Fläschchen 4711 für Tante Martha, ein vom unbegabten Enkelchen künstlerisch bemaltes Seidentuch für Oma Helga und ein Paar schweinslederne Handschuhe für Opa Jupp, immer am letzten Freitag vor Weihnachten und immer ab halb drei, damit auch die weiter entfernt lebenden Kinder, Enkel, Neffen und Nichten nach der Weihnachtsfeier in Ruhe nach Hause fahren konnten, beschwingt von dem Gefühl, die Alten ohne schlechtes

Gewissen im Heim zurücklassen zu können: Sie hatten ja ihre Party gehabt und an Heiligabend war man nun mal lieber unter sich.

Aber statt ermüdet von Musikantenstadeln und nicht enden wollenden Diskussionen über Inkontinenzwindeln und Haftcreme ins Gras zu beißen, gründete Tante Luzie schon im ersten Jahr ihres Aufenthalts eine Art Heimatforscher-Klub. Die Alten waren begeistert! Selbst die, die seit Jahren nur zwischen Bett und Speisesaal hin- und hergetapert waren, erklommen tapfer den Eifelstieg, um die Spuren der früheren Besatzungsmacht zu erkunden. Manche ließen sich sogar am „Grünen Pütz" – dem Relikt einer römischen Wasserleitung – auf Namen wie Aurora, Marcella oder Ägidius taufen und zu Karneval ging meterweise Kunstseide für Togen und Tuniken drauf.

Letzten Sommer war auch Wilfried Honsbroich diesem Römerwahn – wie er es nannte – zum Opfer gefallen.

Mal wieder knapp bei Kasse hatte er – in der Hoffnung auf Tantchens tätige Nächstenliebe – die knapp siebzig Kilometer von Endenich nach Nettersheim ausnahmsweise außerhalb der Weihnachtszeit auf sich genommen.

Sie hatte sich geradezu unbändig gefreut und ihren Neffen zur Belohnung auf die sogenannte Görresburg geschleift. Dort angekommen war weit und breit keine Burg zu sehen und Tante Luzie amüsierte sich königlich über Wilfried Honsbroichs dummes Gesicht. „Mach dir nichts draus, Willi! Die meisten Auswärtigen wissen nicht, dass das Flurstück hier einfach nur Görresburg heißt", erklärte sie kichernd.

Wilfried Honsbroich nickte und grinste und hätte seine Tante am liebsten von der Burgzinne geschubst – wenns denn eine Burg gegeben hätte.

Der sogenannte „Römertempel“ bestand aus einem niedrigen Mäuerchen und drei grabmalähnlichen Gebilden, in denen je drei steinerne Damen mit ulkigen Kopfbedeckungen und verwitterten Gesichtern saßen; jede von ihnen mit einem Obst- oder Blumenkörbchen im Schoß. Irgendwelche abergläubischen Menschen hatten auf den Körbchen frische Feldblumen oder Äpfel hinterlassen; offenbar waren sie der Ansicht, die Mädels mit den sofakissenähnlichen Gebilden auf dem Kopf hätten magische Kräfte.

Tante Luzie dozierte lang und breit über den römischen Matronenkult und dass der wahrscheinlich noch auf die Kelten zurückging. Ihr Sermon endete damit, dass es in der Köln-Bonner Gegend weitere „aufanische Matronenweihestätten“ gebe und dass sie sich die für ihr Leben gern einmal anschauen würde.

Der Wink mit dem Zaunpfahl war nicht zu übersehen und Wilfried Honsbroich schützte umgehend plötzliche Übelkeit vor, vorgeblich zurückzuführen auf die „Unkraut-Limonade“, die ihnen am „Grünen Pütz“ von den Nettersheimer Kräuterfrauen kredenzt worden war. Dabei hatte das Zeug in Wirklichkeit ganz gut geschmeckt.

„Augenblickchen noch!“ Tante Luzie ließ es sich nicht nehmen, noch eben ein Zweieurostück auf eines der steinernen Matronen-Körbchen zu legen und in kurzer Andacht das Haupt zu senken.

Kaum hatte sie dem Altar den Rücken gekehrt, klaubte Wilfried Honsbroich die Münze wieder auf: Gesetzt den Fall, dass das für heute Tantchens letzter Griff zum Portemonnaie gewesen war, boten die zwei Euro zwar wenig Trost, aber immerhin: Zwei Euro waren besser als nichts!

Doch entgegen allen Erwartungen ließ Tante Luzie zum Abschied eine Runde Kaffee und Kuchen springen – froh, dass ihr Neffe sich so rasch von seinem Unwohlsein erholt hatte – und schob ihm gütig lächelnd einen Hunderter herüber.

Wilfried Honsbroich hatte trotzdem kein schlechtes Gewissen. Göttinnen hin, zwei Euro her: Immerhin musste er sich für die jetzt insgesamt hundertzwei Euro eine weitere Stunde lang lokalen Humbug anhören. „Weißt du, mein Junge, die alten Göttinnen sind nicht einfach verschwunden."

„Aha. Toll."

„Ja, nicht wahr?"

„Ich meine den Pflaumenkuchen."

„Ach so. Noch ein Stückchen?"

„M-hm."

„Ich hab sie mit eigenen Augen gesehen! Wie es in der Sage heißt: In mondhellen Nächten sitzen sie unten an der Urft. Drei Frauengestalten und ihre strahlend weißen Gewänder spiegeln sich im Wasser."

„Aber mit Sahne!"

„Bitte?"

„Den Pflaumenkuchen!"

„Oh, natürlich! Fräulein? Seien Sie doch so nett und bringen noch einmal Pflaumenkuchen mit Sahne für meinen Neffen, ja? Sie heißen Juffern."

„Wer?"

„Die drei Erscheinungen. Oder Gottheiten. Man kann sogar mit ihnen reden."

„Ach?"

„Manchmal erfüllen sie sogar Wünsche. Oder sorgen für Gerechtigkeit."

„Bmpfff." Nach dem zweiten Stück Kuchen war Wilfried Honsbroich tatsächlich ein wenig übel und er nahm vor dem nach Hause fahren schnell noch einen Schluck aus dem Flachmann, den er jederzeit für alle Fälle bei sich trug.

Das alles war jetzt vier Monate her. Der Hunderter war viel zu schnell alle gewesen – die den Göttinnen oder Juffern geklauten Zweieuromünze sowieso – und das mit dem Erbe wurde zusehends dringlicher.

Mittlerweile schrieb man den einundzwanzigsten Dezember.

„Verdammte Scheiße!“, fluchte Wilfried Honsbroich und starrte durch den verschmierten Halbkreis, den seine altersschwachen Scheibenwischer dem immer heftiger werdenden Schneegestöber abtrotzten.

Aber er war ein Mann der Tat, jawoll, und er hatte beschlossen, der Sache ein Ende zu setzen: Dies sollte sein letzter Weihnachtsmann-Auftritt sein und – verdammt noch mal! – Tante Luzies letzte Weihnacht!

Unwillkürlich musste Wilfried Honsbroich kichern. Rauhnächte nannte man Tante Luzie zufolge die Nächte um Heiligabend herum und heute war – wie passend! – die erste jener angeblichen Schauernächte. Da sollte es spuken! Allerlei Geister und Erscheinungen sollten ihr Unwesen treiben und die Wilde Jagd sollte umgehen! Buhuuu! Mit fürchterlichem Getöse, mit Schreien, Heulen, Ächzen und Stöhnen sollte sie durch die Lüfte sausen! Ein ganzes Heer von Männern, Frauen und Kindern, laut Tante Luzie samt und sonders rastlose Seelen unglücklicher Wesen, die „vor ihrer Zeit“ gestorben waren.

„Bullshit!“ Wilfried Honsbroich kicherte erneut: Von Tante Luzie würde jedenfalls keiner behaupten, sie habe „vor ihrer Zeit“ das Erdenleben verlassen. Im Gegenteil!

Der Arzt würde „Herzversagen“ auf den Totenschein schreiben und die Füllung eines harmlosen Schokoladenweihnachtsmanns würde garantiert niemand auf toxische Substanzen untersuchen.

Im Heim dasselbe wie jedes Jahr: „Ho-ho-hoooo“ und „Naaa? Was hat der Weihnachtsmann euch wohl Schönes mitgebracht?“

Ein Fläschchen 4711 für Oma Inge, ein vom unbegabten Enkelchen bemaltes Seidentuch für Tante Rita und ein Paar schweinslederne Handschuhe für Opa Kurt.

Die Namen wechselten, die Geschenke blieben immer die gleichen. Bis auf den Schokoweihnachtsmann für Tante Luzie; den mit der letalen Füllung, geschmacksübertönt mit dreiundsiebzigprozentigem Jamaika Rum und aufgelöstem Zucker; so gut wie spurlos hineinpraktiziert mit einer Wegwerfspritze.

Sie hatte rosig angehauchte Bäckchen wie ein Teenager, die Tante Luzie, und sie freute sich tatsächlich über den Billig-Schokoladenmann aus dem Supermarkt.

Einsachtundneunzig. Sonderangebot.

Wilfried Honsbroich erinnerte sich dunkel an das Zweieurostück auf dem Göttinnen-Altar: So gesehen hatte Tante Luzie ihr tödliches Mitbringsel sogar selber bezahlt!

Bestens gelaunt stieg Wilfried Honsbroich aus den Weihnachtsmann-Klamotten und während er artig „Auf Wiedersehen“ sagte, malte er sich jenes Wiedersehen klammheimlich in den herrlichsten Farben aus: Tante Luzie, bleich und tot im offenen Eichensarg und er als gramgebeugter Alleinerbe, schluchzend eine rote Rose auf die weiße Rüschendecke legend: „Oh, mein geliebtes Tantchen! Verlass mich nicht!“

Oma Inge, Tante Rita und all die anderen würden im Wasser stehen vor Rührung!

Das Schneegestöber war dichtem abendlichen Nebel gewichen. Immer an der Urft entlang und kein Mensch weit und breit: Wilfried Honsbroich trällerte fröhlich vor sich hin und da die Heizung seines alten Golfs ein bisschen schwächlich war, nahm er ab und zu einen Aufwärmschluck aus seinem Flachmann.

Vielleicht war seine jeder Art von Süßigkeiten zugeneigte Tante bereits dabei, die Stanniolverpackung zu lösen ...

„Loooove potion number nine!“

Beinahe hätte er sie übersehen. Da, wo die Urft einen u-förmigen Schlenker macht, stand eine junge Frau und hielt den Daumen raus!

Eine Tramperin? Bei diesem Wetter? Noch dazu jung und hübsch und blond? Wilfried Honsbroich konnte sein Glück kaum fassen!

„Ich fahr Richtung Bonn. Kann ich Sie mitnehmen?“

Die blasse junge Frau nickte, lächelte zart und stieg ein.

„Was treiben Sie denn um diese Zeit mitten in die Pampa, noch dazu in so `nem dünnen Kleidchen?“

Entweder hatte sie nicht gehört oder sie wollte nicht antworten.

Wilfried Honsbroich war das egal. Immer wieder flog sein Blick zum Beifahrersitz hinüber: Was für ein zartes Profil! Was für entzückende blonde Locken! Genau so stellte man sich das Christkind vor!

Ihm war schleierhaft, wieso man das liebliche, blonde, ur-deutsche Christkind durch jenen Santa Claus aus der Coca-Cola-Werbung ersetzt hatte. Schließlich gab es hierzulande doch schon den Nikolaus! Der sah schließlich genauso aus wie der Coca-Cola-Mann, also was sollte der Quatsch?

„Ist Ihnen nicht kalt?“

Wilfried Honsbroichs Blicke streiften über das dünne weiße Kleidchen, das seine reizende neue Bekanntschaft trug, doch die blonde Tramperin schüttelte nur sanft lächelnd die Locken.

Wilfried Honsbroich lächelte zurück und legte der Schönen wie nebenbei die Hand aufs Knie.

Er hatte mit allem gerechnet: dass sie ihn zurechtweisen oder ohrfeigen oder ihm mit Anwalt und Verklagen drohen würde.

Stattdessen sah sie ihm tief in die Augen. „Nihil sine causa", flüsterte sie. „Nichts geschieht ohne Grund."

Das anschließende Geräusch war ohrenbetäubend.

In just derselben Sekunde, in der Wilfried Honsbroich im Wrack seines Golfs sein Leben aushauchte, glitt Tante Luzie der schöne rote Schokoladenweihnachtsmann aus der Hand und zerschellte mitten im Fernsehraum auf dem Fliesenboden.

„Huch!", sagte Tante Luzie.

Die Zeugin, die Wilfried Honsbroichs Unfall aus der Gegenrichtung kommend beobachtet hatte, behauptete steif und fest, eine junge Frau auf dem Beifahrersitz gesehen zu haben. „Blond. Weißes Kleid. Und geradezu überirdisch schön. Als ob sie von innen leuchten würde." Die Polizei unterzog die Dame einem Alkoholtest und obwohl der negativ ausfiel, beschloss man, ihre Aussage zu ignorieren: keine Fußspuren im Schnee. Nach dem Aufprall war definitiv niemand ausgestiegen und der Beifahrersitz war leer.

Tante Luzie wird im nächsten Sommer hundert werden.

Die Jüngeren sagen, sie sei nicht mehr ganz richtig im

Kopf: „In Vollmondnächten schleicht sie sich heimlich zur Urft hinunter und murmelt stundenlang vor sich hin.“

Doch die Alten und Eingeweihten wissen sehr wohl, mit wem sie da redet: Die weißen Gewänder der drei schönen blonden Juffern spiegeln sich ganz deutlich in den Wassern der Urft.

„Mutti bringt sich um“, stöhnte Gunnar leise.

Na hoffentlich, dachte Ava. Sie musterte ihren Mann. Wie er auf dem Beifahrersitz hockte! Wie ein aufblasbares Schwimmtier, aus dem die Luft entwichen war. So viel Drama um nichts! Ava wandte sich ab, hauchte vorsichtig Wärme auf ihre rot gefrorenen und vor Kälte brennenden Finger. Sie hatte alle Autofenster von Schnee befreit und es schneite noch immer. Schneeflocken, groß wie Daunenfedern, rieselten lautlos zur Erde, tanzten, wirbelten im Schein der Straßenlaterne. Siegburg versank in watteweißer Pracht. Sie startete den Wagen und stellte die Heizlüftung auf höchste Stufe. Ihre Hände wurden warm und es schien, als versorge die zunehmende Wärme ihren Beifahrer mit neuer Energie. Er, der mit hängenden Armen im Sitz gehockt hatte, regte sich. Mehr noch: Er wurde nervös, trommelte auf den Knien. Seine Fingerspitzen bogen sich, so fest drückte er auf den einzelnen Knöpfen des Radios herum.

„Wir müssen uns beeilen“, drängte er.

„Es ist vier Uhr, guten Morgen da draußen. Heißa, in zwei Tagen ist Heiligabend ...“, quäkte der Moderator im Radio.

„Nerviges Gequassel“, kommentierte Ava und schaltete das Gerät ab.

„Fahr doch endlich, Mutti braucht uns“, drängte Gunnar.

„Nur die Ruhe. Bestimmt wartet deine Mutter wieder in der Küche und will mit uns reden“, entgegnete Ava.

Diese war die fünfte Nacht, in der der alte Drachen sie aus dem Bett klingelte und ankündigte, sich umzubringen.

Mir reicht es! Ich mache Schluss mit Mutti, dachte Ava.

„Lass uns losfahren.“ Seine Stimme klang zunehmend schriller.

„So wie du dich im Moment aufführst, hilfst du Mutti kein bisschen, im Gegenteil …“ Ava bedeutete ihm mit einer Geste zu warten.

Die Fußmatte war vom Schnee, der an den Schuhen getaut und in den Boden gesickert war, durchnässt, es roch modrig. Vom Boden hob Ava eine Thermoskanne hoch. „Die hab ich gestern Abend hier vergessen“, erklärte sie.

Sie öffnete die Kanne und goss dampfende Flüssigkeit in einen Becher. Der Duft von Weihnachtsgewürzen stieg auf.

„Das ist selbst gemachter Glühwein, den magst du doch so gerne. Der beruhigt dich“, sagte sie sanft und reichte ihm den Becher.

Ihr Mann trank ihn zügig leer.

Wenn es um Mutti ging, tat er alles, dachte Ava. Wie naiv sie als frisch Verliebte gewesen war, zu glauben, Gunnar könne von seinem Ödipuskomplex geheilt werden! Bis heute entschied Mutti wichtige Dinge in ihrer Ehe mit: welchen Anzug der Junge zum Vorstellungsgespräch trug und wo sie jedes Jahr zu dritt ihren Urlaub verbrachten.

Sie sah auf die Uhr, noch fünfundzwanzig Minuten. Ava fuhr los, knirschend rollten die Räder über den frisch gefallenen Schnee, sie beschleunigte.

„Wir hätten Mutti sofort zusagen sollen bei uns einzuziehen, als sie vorige Woche danach fragte, dann wäre das heute nicht passiert“, riss Gunnar sie aus ihren Gedanken.

Ava schwieg. Ihre Finger umschlossen das Lenkrad so fest, dass ihre Knöchel weiß hervortraten.

„Mutti ist völlig alleine, sie hat niemanden, wir müssen sie endlich zu uns holen“, lamentierte ihr Mann.

„Sag mal“, er rutschte auf dem Sitz nach vorne und glotzte durch die Windschutzscheibe, „ist das der Weg nach Troisdorf?“

„Nein, die Strecke ist wegen eines Unfalls gesperrt, wir müssen einen Umweg fahren“, antwortete Ava schnell.

„Ach so“, mit einem Seufzer ließ Gunnar sich auf den Sitz plumpsen und schloss entspannt die Augen.

„Ich habe nachgedacht: Ich will auch, dass Mutti ab sofort bei uns wohnt“, log sie.

Gunnar schlug die Augen auf: „Wirklich?“, fragte er.

Als Ava nickte, wechselte sein erstaunter Gesichtsausdruck zu einem glücklichen Grinsen.

„Dafür brauche ich nun noch deine Unterschrift“, sagte sie.

Ava parkte den Wagen mit laufendem Motor am rechten Fahrbahnrand, öffnete das Handschuhfach und zog eine Schreibmappe heraus. Als sie ihm die geöffnete Mappe auf die Oberschenkel legte, kam ein weißes DIN-A4-Blatt zum Vorschein.

„Hier unterschreib“, forderte Ava ihn auf und deutete auf den Stift neben dem Papier.

„Was ist das?“, wollte er wissen.

„Das ist das Kündigungsschreiben für Muttis Wohnung, ihr habt die Wohnung damals gemeinsam gemietet“, behauptete sie.

Glucksend beugte sich Gunnar über den Briefbogen und schrieb.

Ava überprüfte das Ergebnis und war zufrieden, seine Unterschrift war immer sehr unleserlich.

Bevor sie weiterfuhr, blickte sie sich nach allen Seiten hin um. Die Straßen waren menschenleer. Niemand war an diesem frühen Sonntagmorgen unterwegs.

Ava kontrollierte die Zeit, noch fünfzehn Minuten.

„Wir fahren einen ganz schönen Umweg, war das nicht eben das Ortsschild von Menden?“, wunderte sich ihr Mann.

„Das hast du richtig gesehen, mein Schatz“, nickte Ava. „Wir sind gleich da“, beruhigte sie ihn.

Der Wagen schaukelte, als sie von der Straße in ein Freizeitgelände abbogen und über einen unbeleuchteten Wirtschaftsweg rollten. Links und rechts erstreckten sich ausgedehnte weiße Flächen, wie mit einem Betttuch bedeckt. Je weiter sie die Lichter der Stadt hinter sich ließen, umso dunkler wurde es. Die Räder pflügten durch eine immer dichter werdende Schneedecke. Für diese Strecke gab es keinen Winterdienst.

„Hui, das ist ja abenteuerlich, ich will aussteigen“, verkündete Gunnar.

Seine Hände grabschten suchend an der Tür.

„Wo ist denn hier der Öffner“, murmelte er.

„Du bleibst hier“, bestimmte Ava und aktivierte die Zentralverriegelung.

„Was machst du?“, fragte er.

Sie sah ihn an, schöpfte er Verdacht? Es sah so aus, als schwankte sein Oberkörper leicht vor und zurück, seine Lider schienen zunehmend schwerer zu werden.

„Weißt du, wo Mutti bei uns hätte wohnen können?“, fragte Ava, seine Frage ignorierend.

Er gab nuschelnde Laute von sich.

Sie bogen um eine Kurve, Ava nahm den Fuß vom Gas und stoppte.

„Wir sind da“, verkündete sie.

Sie schaltete die Scheinwerfer aus, zog den Zündschlüssel ab und steckte ihn Gunnar in die Jackentasche. Rabenschwarz war es um sie herum. Aus ihrer Hose kramte sie eine Taschenlampe, nicht viel größer als ihre Hand. Der trübgelbe Schein der Lampe war ihre einzige Lichtquelle. Ava stieg aus dem Wagen, stapfte durch kniehohen Schnee, der ihr in die Turnschuhe sickerte, zur Beifahrerseite und öffnete sie.

„Komm mit“, forderte sie ihren Mann auf.

Sie packte ihn am Arm. Wie ein nasser Sack rutschte er vom Sitz, stolperte, fiel in den Schnee und blieb liegen.

„Steh auf, wir haben keine Zeit“, mahnte sie scharf.

In Zeitlupe rappelte er sich mit ihrer Hilfe hoch, atmete schwer. Das Licht ihrer Taschenlampe flackerte, Ava fluchte. Sie legte sich seinen Arm um ihre Schultern.

Stolpernd schlurfte er neben ihr durch den Schnee. Avas Griff um seinen Körper wurde fester. Das Auto hatten sie hinter sich gelassen. Sie marschierten nach vorne, durch Gestrüpp, dessen Äste ihr ins Gesicht stachen, weiter hoch eine Böschung hinauf.

„… müde“, nuschelte er undeutlich.

„Bald ruhst du dich aus“, sagte sie.

Sie zerrte und zog an ihm, noch ein kleines Stück. Oben angekommen spürte sie grobe Steine unter ihren Schuhen und endlich: Schienen.

„Hier kannst du dich ausruhen“, sagte Ava freundlich, löste seine Hand von ihrer Schulter.

Wie ein unendlicher Ballast glitt er zu Boden. Dort, zwischen den Gleisen, blieb er liegen.

„Schön habt ihr euch das ausgedacht, du und Mutti“, rief Ava, dicht über ihn gebeugt.

Sie ballte die Hände, Wut stieg in ihr auf. „In dem Zimmer, das unser Kinderzimmer werden sollte, da sollte Mutti wohnen“, schrie Ava.

„… wollten nie Kinder“, brabbelte Gunnar undeutlich.

„Genau, du und Mutti wolltet nie, dass wir welche bekommen, weil sie dich ganz für sich haben wollte. Kurz nach unserer Heirat ist sie heimlich mit dir zum Sterilisieren gefahren. Bestimmt aus Angst, ich könnte schwanger werden, weil ich immer erzählt habe, wie gerne ich Kinder hätte“, Ava brüllte. „Ich habe die Unterlagen gefunden. Du hast mir all die Jahre falsche Hoffnungen gemacht, mich hingehalten und belogen.“

Sie spürte einen Kloß im Hals. Zitternd vor Wut überprüfte sie mit der Taschenlampe die Zeit auf ihrer Armbanduhr. Sie sah hoch, blickte nach rechts und links. In der Ferne erklang ein Rauschen.

Der Güterzug nach Bonn ist pünktlich, dachte Ava.

Ein letztes Mal beugte sie sich zu ihm hinunter.

„Es wird Mutti das Herz brechen, dass du dich vor einen Zug geworfen hast, weil du ihre ständigen Selbstmorddrohungen nicht mehr aushieltst. Wie du ihr eindringlich in deinem Abschiedsbrief schilderst – du hast ihn eben unterzeichnet.“

Ava lauschte, das Rauschen kam näher. Während sie die Strecke zum Auto zurückstapfte, deckte der fallende Schnee ihre Spuren sanft zu.

Gier Nadine Buranaseda

Wo aber ein Aas ist, da sammeln sich die Geier.
(Matthäus 24,28)

„Heilige Scheiße!" Doktor Westphal würgte in seine Armbeuge und trat einen Schritt zurück. Ich sah, dass er hinter dem Mundschutz nach Atem rang.

„Konnten Sie den Mann zwischenzeitlich identifizieren?" Professor Stein zeigte sich unbeeindruckt von dem Gestank, den die Leiche auf dem Stahltisch verströmte. Eine süßliche Mischung aus Urin, Schweiß und Fäulnis, die mich an verdorbene Salami erinnerte.

„Nein, er trug keine Ausweispapiere bei sich." Ich lehnte im OP-Kittel neben Kirchhoff an der gekachelten Wand des Obduktionssaals und starrte auf den Messerschaft, der aus dem aufgeblähten Bauch des Toten ragte.

Mein Partner legte das kantige Gesicht schräg. „Die Spurensicherung hat eine leere ALDI-Plastiktüte und eine Handvoll Fünf- und Zehneuroscheine in der Nähe des Tatorts sichergestellt."

Die nächtliche Szenerie materialisierte sich einem Polaroidfoto gleich vor meinem inneren Auge: der Tote. Wie er im Klanggrund auf den Treppenstufen zu einem Abgang zum unterirdischen Teil des Hauptbahnhofs saß, umgeben von einem roten See, der im Schein der Lichtgiraffen glitzerte. Den Kopf auf der Brust. Die Beine gespreizt, die Arme mit den Handflächen nach oben vom Körper gestreckt. Wie ein Engel, der auf die Ankunft des Herrn wartete.

Steins Assistent, ein untersetzter Asiate, stieg auf eine Leiter und machte mit einer Kamera mehrere Aufnahmen von der Leiche. Unterdessen füllte Westphal, weiterhin auf

Abstand, ein Formular auf einem Klemmbrett aus.

„Arme Seele“, murmelte Stein und drückte die Aufnahmetaste seines Memocords. „23. Dezember, Komma, 08.10 Uhr, Komma, Rechtsmedizinisches Institut. Punkt. Beginn der Leichenöffnung eines unbekannten Toten, Komma, aufgefunden im Bonner Loch. Punkt. Anwesend sind Doktor Frank Westphal und Präparator Lee Hong-in sowie die Kriminalhauptkommissare Lutz Hirschfeld und Peter Kirchhoff. Punkt.“ Der Professor setzte ab und umrundete den Tisch. Seine hoch aufgeschossene Gestalt verlor sich in Arztmantel und Hose, über die er, wie seine beiden Mitarbeiter, einen grünen OP-Kittel und eine transparente Kunststoffschürze trug.

„Wo zur Hölle steckt Beus?“, flüsterte ich.

„Mmh?“ Kirchhoff beugte sich zu mir.

Ich zog den Mundschutz nach unten und wiederholte die Frage. „Er lässt sich normalerweise keine Obduktion entgehen.“

„Der Herr Staatsanwalt hat sich entschuldigen lassen, Lutz. Vielleicht fehlen ihm noch ein paar Weihnachtsgeschenke.“

„Der Typ leidet eher an einer akuten Obdachlosenallergie, wenn du mich fragst.“ Ich konnte dieses arrogante Arschloch im Maßanzug nicht ausstehen.

Professor Stein warf mir einen vielsagenden Blick über den Rand seiner Schutzbrille zu und setzte die Aufnahme fort:

„Äußere Besichtigung. Punkt. Zur Bekleidungssituation. Doppelpunkt. Eins Punkt: Der Tote trägt einen knöchellangen roten Mantel. Punkt. Alle Säume, Klammer auf, an Kapuze, Komma, Ärmeln und am unteren Abschluss, Klammer zu, sind mit einem weißen Plüschstoff abgesetzt. Punkt.

Ein fünf Zentimeter breiter brauner Gürtel mit einem messingfarbenen Verschluss schließt das Kleidungsstück. Punkt. Zwei Punkt: Die Oberbekleidung ist dem Anschein nach neuwertig und geordnet. Punkt. Die Gürtelschnalle ist regelgerecht geschlossen. Punkt. Bis auf die Perforation, Komma, die ein Messer in Bauchhöhe verursacht hat, Komma, ist der Stoff unbeschädigt. Punkt."

Hong-in stieg von der Leiter und fotografierte jedes Detail. Bei der Einstichstelle nahm er ein Maßstabslineal zu Hilfe.

Stein ergänzte die Abmessungen des Risses, die der Präparator ihm diktierte. „Drei Punkt: Die Oberbekleidung ist feucht und im unteren Drittel stark beblutet. Punkt. Die Abrinnspuren, Komma, die den Mantel rostbraun gefärbt haben, Komma, lassen den Schluss zu, Komma, dass der Mann im Sitzen erstochen worden ist. Punkt."

Ein Anwohner der Maximilianstraße hatte den Leichenfund in den frühen Abendstunden gemeldet. Der alarmierte Notarzt hatte nur noch den Tod feststellen können und auf Reanimierungsmaßnahmen verzichtet. Das Zittern in der Stimme des Zeugen war mir nach wie vor im Ohr: „Wenn … wenn ich die 112 früher gewählt hätte, wäre der Mann vielleicht noch am Leben." Der Mann war in eine goldfarbene Isolierdecke gehüllt. Sein Gesicht leuchtete fahl in der Dunkelheit.

„Erzählen Sie bitte der Reihe nach, was passiert ist." Ich klappte meinen Notizblock auf und ließ ihm Zeit.

„Nach der Arbeit habe ich einen Abstecher nach Hause gemacht. Ich wollte endlich das Paket für meine Enkelin zur Post bringen. Auf dem Rückweg habe ich etwas auf dem Weihnachtsmarkt gegessen."

„Wie lange waren Sie unterwegs?"

„Die Warteschlangen an den Postschaltern nahmen kein Ende. Vielleicht eine Dreiviertelstunde, dabei wohne ich nur ein paar Hundert Meter entfernt." Die dünne Folie knisterte bei jedem Wort. „Der Mann ist mir bereits auf dem Hinweg aufgefallen, aber ich bin davon ausgegangen, dass er sturzbetrunken ist. So was sehen wir hier öfter."

Weitere Zeugenaussagen bestätigten, dass der Anwohner nicht der einzige Passant gewesen war, der dem Opfer keine Beachtung geschenkt hatte. Die Obduktion würde nur den ungefähren Todeszeitpunkt ans Licht bringen, in der Regel ein Zeitfenster von fünf bis sechs Stunden. Im Idealfall war es möglich, die Todeszeit auf ein bis zwei Stunden einzugrenzen. In den ersten achtundvierzig Stunden post mortem gab es gute Indikatoren, um den Eintritt des Todes zu schätzen. Professor Stein hatte am Vorabend bei der Inspektion des Leichnams am Tatort festgestellt, dass der Körper warm und schlaff gewesen war:

„Der Tod ist höchstwahrscheinlich vor weniger als drei Stunden eingetreten."

Stein griff nach einem elektronischen Thermometer. Für die Messung der Rektal- und Lufttemperatur sowie der Temperatur des Aufliegegrundes benutzte er unterschiedliche Sonden.

„Wir hatten lange keine weiße Weihnacht mehr." Ich hielt das Gesicht in die Schneeflocken, die immer dichter vom Himmel trudelten, und schlug den Kragen meines Ulster-Mantels hoch.

Unter optimalen Bedingungen sank die Körperkerntemperatur um etwa ein Grad in der Stunde. Die aufgespannte Plane, die über dem Toten im Wind flatterte, hielt die Blicke der Schaulustigen nur mäßig fern. Die Treppe erlaubte es den Beamten der Spurensicherung nicht, ein Zelt über dem Tatort aufzubauen. Gegen Kälte und Feuchtigkeit, die die Körpertemperatur beeinflussten, bot das Plastikdach erst recht keinen Schutz. Da der Tote im Freien saß, gab er zusätzlich Körperwärme über den Kontakt mit dem kalten Asphalt der Treppenstufen ab. Die kauernde Körperhaltung, sein Übergewicht und mehrere Kleidungsschichten verzögerten die Abkühlung dagegen.

„Ja, aber muss es ausgerechnet heute Abend anfangen zu schneien?“ Steins Kopf war nach vorne gezogen und in den Nacken gelegt, der obere Rücken war fast rund.

Eine Tabelle mit Korrekturfaktoren würde dem Rechtsmediziner helfen, den Todeszeitpunkt genauer einzugrenzen. Seine schlechte Laune führte ich daher auf die Feiertagsdepression zurück, die ich teilte.

„Der Rigor mortis ist im Anfangsstadium.“ Stein hatte begonnen, die Leichenerscheinungen zu untersuchen. Die Totenstarre hatte noch nicht eingesetzt.

„Totenflecke?“

„Nein, keine Ausbildung von Livores, Lutz.“

Der Test, bei dem der Rechtsmediziner mit der Fingerbeere Druck auf die Totenflecke ausübte, um ihre Wegdrückbarkeit zu prüfen, entfiel damit. Stattdessen beklopfte Stein das untere Drittel der vorderen Oberschenkelmuskulatur und zog die Kniescheibe am entblößten linken Bein des Toten hoch.

„Wir haben hier supravitale Reaktionen, die Skelettmuskulatur ist erregbar.“ Stein richtete sich ächzend auf. „Die Leiche ist definitiv frisch.“

Aus Erfahrung wusste ich, dass der Todeszeitpunkt nicht immer der Tatzeit entsprach: Das Opfer konnte nach dem Angriff – je nach Schwere der Verletzungen – noch eine

Weile überleben. Wasserdichte Alibis gehörten in solchen Fällen der Vergangenheit an.

„Der Bart ist in jedem Fall echt.“ Kirchhoff stieß sich von der Wand ab und näherte sich, die Hände auf dem Rücken verschränkt, dem Sektionstisch.

Das Leben auf der Platte hatte im Gesicht des Toten, dessen Kopf auf einer Gummistütze ruhte, tiefe Furchen hinterlassen. Das Netz an Linien schien sich in den Kratzern auf dem Metall unter ihm fortzusetzen.

Professor Stein öffnete behutsam Gürtelschnalle und Mantel und hob die darunterliegende Kleidung an, um zur Einstichstelle vorzudringen. Das Aroma, das von dem Toten ausging, kippte in eine penetrante Mandelnote. Von diesem Phänomen hatte ich gehört. Es roch nach Marzipan. Ausgerechnet.

„Drei Punkt: Die Beschädigungen an den Textilien korrespondieren mit den Verletzungen an der Leiche.“

Westphal legte das Klemmbrett zur Seite und half dem Präparator, den Leichnam zu entkleiden. Die beiden Männer schnitten den Stoff Schicht für Schicht auf. An den gut zugänglichen Stellen durchtrennten sie die Nähte, um den Originalzustand zu erhalten. Stein protokollierte jedes einzelne Wäschestück, das ebenfalls einer Fotodokumentation unterzogen wurde: eine wattierte Steppjacke, drei löchrige Pullover, ein T-Shirt, ein Feinripp-Unterhemd, eine Cordhose, eine fleckige lange Unterhose sowie ausgetretene Lederschuhe, die mit Zeitungspapier ausgestopft waren. Socken fehlten. Akribisch listete der Professor die vorhandenen und die bei der Entkleidung entstandenen Beschädigungen, Wäschezeichen, Herstelleretiketten, Stoffqualität sowie Farbe und Muster des Futters auf.

„Massenware.“ Kirchhoff war neben mich an die Rolltische getreten, auf denen die Kleidung ausgebreitet lag. Der Marzipangeruch hing schwer über unseren Köpfen. „Der Tote trägt weder eine Uhr noch sonstigen Schmuck. Das erleichtert die Identifizierung nicht gerade.“

Narben, Muttermale, Missbildungen und Tätowierungen eigneten sich als Hilfsmittel zur Feststellung der Identität. Schmuck, Kleidung und Ausweispapiere konnten dagegen manipuliert werden.

„Vielleicht gibt der Inhalt der Taschen mehr her, Peter.“

Kirchhoff und ich sahen Westphal zu, wie er mit einer Pinzette aus der rechten vorderen Hosentasche zwei benutzte Taschentücher, fünf Kronkorken und ein paar Haselnüsse zutage förderte. Der anderen entnahm der Rechtsmediziner eine Sicherheitsnadel, ein zerdrücktes Tabakpäckchen einer Billigmarke und ein Einwegfeuerzeug, dem die metallene Schutzkappe fehlte. Sand, in den sich Baumwollflusen und lose Tabakkrümel mischten, rieselte auf den Stahltisch. Westphal drehte die Hose um und zog einen zusammengeknüllten Zettel aus der linken Gesäßtasche hervor. Mit behandschuhten Händen strich er das Stück Papier vorsichtig glatt.

„Ein Kassenbon.“

Ich kniff die Augen zusammen. „Das Kaufdatum ist zu erkennen.“

Westphal hielt die Quittung unter eine beleuchtete Standlupe. „Ja, der Bon ist auf den gestrigen Tag datiert. Um 12.41 Uhr wurden 29,99 Euro bar bezahlt.“

„Was wurde gekauft?“ Kirchhoff wischte sich mit dem Handrücken ein paar Schweißperlen von der Stirn. In der Prosektur duftete es nicht nur wie in einer gottverdammten Weihnachtsbäckerei, es war – entgegen der landläufigen Meinung – auch genauso warm darin.

„Offenbar der rot-weiße Mantel, den der Mann getragen hat."

Ich warf einen Blick durchs Vergrößerungsglas. „Im Firmenlogo sind Knopflöcher zu sehen. Die Quittung hat ein Fachgeschäft für Schneidereibedarf und Kurzwaren ausgestellt."

„Der Laden am Bertha-von-Suttner-Platz?"

Ich nickte.

„Die führen auch Karnevalsartikel."

„Das erklärt das Weihnachtsmannkostüm." Ich trat einen Schritt zurück. „Viel Geld für einen mittellosen Mann, würde ich sagen."

Westphal wandte sich der wattierten Steppjacke zu. „In den Innentaschen ist nichts."

Hong-in lichtete die Jacke von beiden Seiten ab. „Augenblick – ich glaube, im Futter steckt irgendetwas." Der Präparator betastete die Innenseite und hielt inne. „Hier!"

Westphal angelte sich eine Schere vom Instrumententisch und machte einen zehn Zentimeter langen Schnitt in den Stoff. „Ein dünnes Blatt. Sieht aus wie ein Durchschlag."

Professor Stein nahm die Jacke noch einmal in Augenschein und deutete auf den unteren Saum. „Eine Art Geheimfach. Er hat das Dokument durch diesen Riss hier hineingeschoben."

„Der Inhalt muss ihm wichtig gewesen sein." Westphal entfaltete das Papier, das im Gegensatz zu den anderen sorgfältig in der Mitte geknickt und nicht feucht geworden war.

„Lassen Sie mal sehen!" Kirchhoff ließ sich das Blatt reichen. „Das ist eine Fundkarte, ausgestellt von den Kollegen der GABI."

Die Gemeinsame Anlaufstelle Bonner Innenstadt befand sich in der Maximilianpassage, wenige Meter vom Tatort entfernt. Seit Jahren arbeitete die Schutzpolizei mit dem Ordnungsamt zusammen und kümmerte sich um den gesamten Innenstadtbereich, eingegrenzt von Cityring, Bahntrasse, Hofgartenwiese und Rheinufer. Der Wachstandort war einer von fünf, die rund um die Uhr besetzt waren.

„Gestern?“

Kirchhoff überflog das Formular und nickte. „Unser Mann heißt Konrad Weißhaupt. Er hat um 14.27 Uhr einen Briefumschlag mit Geld abgegeben.“

„Ich mach ein paar Anrufe.“ Ich streifte OP-Kittel und Mundschutz ab, verließ die Prosektur über einen lang gestreckten Flur und trat durch den Haupteingang des Rechtsmedizinischen Instituts hinaus ins Freie. Mit dem Diensthandy rief ich die Leitstelle an und ließ mich mit dem Beamten verbinden, der den Fund aufgenommen hatte.

„Bayer.“ Teenagerstimme.

„Hier spricht Lutz Hirschfeld, KK 11. Wir ermitteln im Fall des toten Weihnachtsmanns vor eurer Tür.“

„Hab davon gehört. Wie kann ich behilflich sein?“ Im Hintergrund waren Stimmen und das Klappern einer Computertastatur zu hören.

Ich klemmte mir das Telefon zwischen Ohr und Schulter. Während ich die bisherigen Erkenntnisse zusammenfasste, griff ich in meine Jacketttasche, klopfte eine Zigarette aus der Packung und versuchte, sie hinter der hohlen Hand anzuzünden. Nach mehreren Anläufen glühte die Spitze auf.

„Sie sagen, das Opfer war wenige Stunden vor seinem Tod bei uns auf der Wache?“

„Ja.“

„Konnte der Mann sich ausweisen?“ Ich nahm einen Zug und blies den Rauch in den eisigen Wind, der um den Häuserblock jagte.

„Korrekt, sonst hätten wir ihm keine Bescheinigung über den Fund ausstellen können."

„Dann muss er seine Papiere irgendwo gelagert haben. Vielleicht in einem der Schließfächer am Bahnhof."

„Möglich, er hatte jedenfalls einen gültigen Pass dabei."

„Woher hatte Weißhaupt den Umschlag?" Ich schnippte Glut von der Zigarette und beobachtete, wie die Asche zerstob.

„Der Besitzer hat ihn auf dem Bahnhofsparkplatz verloren, als er aus dem Auto gestiegen ist."

„Verstehe."

„Nachdem ich den Papierkram mit Weißhaupt erledigt hatte, tauchte der Eigentümer auf."

„Um wie viel Geld handelte es sich?"

„Vierzehntausendneunhundert Euro."

Ich pfiff durch die Zähne. „Warum hatte er eine solche Menge Bargeld bei sich?"

„Der Besitzer wollte an diesem Tag einen gebrauchten Sportwagen kaufen und den Betrag bar bezahlen."

„Das bringt eine hübsche Summe Finderlohn ein." Mit der Linken fuhr ich mir über den Dreitagebart. Ehrliche Finder hatten bis fünfhundert Euro ein Recht auf fünf und darüber hinaus auf drei Prozent des Fundwertes. Weißhaupt hatten damit knapp vierhundertsechzig Euro zugestanden.

„Ja, der Eigentümer hat noch etwas Weihnachtsgeld obendrauf gelegt. Weißhaupt ging mit tausend Euro aus der Tür."

„Wie war sein Gemütszustand?" Ich versuchte, mir den Gesichtsausdruck des Obdachlosen, ein Bündel Geldscheine und unzähliger Möglichkeiten in der Hand, vorzustellen.

„Er konnte sein Glück kaum fassen. Hat die ganze Zeit über keinen Ton rausgebracht und hörte nicht auf, den Kopf zu schütteln."

Ich bedankte mich für die Auskunft und beendete das Telefonat. Drei Züge später schnippte ich die Kippe auf den Bürgersteig und kehrte zurück in den Sektionssaal. Die Dokumentation der Kleidungsstücke und persönlichen Gegenstände des Toten, die nach dem Trocknen asserviert werden konnten, war inzwischen abgeschlossen. Am Vorabend hatten die Kriminaltechniker bereits mögliche Faserspuren, die der Mörder bei der Tat auf die Kleidung des Opfers übertragen hatte, mit nummerierten Klebefolien sichergestellt.

„Neuigkeiten?" Kirchhoff reichte mir einen frischen Mundschutz.

Ich streifte mir erneut einen OP-Kittel über und erstattete Bericht. Unterdessen begann Stein mit der Besichtigung der entkleideten Leiche und diktierte die Ergebnisse mit sonorer Stimme ins Memocord. Zusammen mit Westphal, der Markierungen in einem Schema machte, untersuchte der Professor mit geübten Handgriffen zunächst Kopf, Hals und Brust. Danach gingen die Rechtsmediziner zu Bauchdecke, Genitalien und Analregion über, um dann die oberen und unteren Extremitäten zu inspizieren. Als Letztes widmeten sie sich dem Rücken. Für die Kopfsektion setzte Stein einen bogenförmigen Schnitt in die Hautweichteile und klappte die Kopfschwarte zurück.

Kirchhoff wippte auf den Zehenballen. „Ich geh pinkeln." Das lange Stehen und sein niedriger Blutdruck machten ihm zu schaffen.

„Alles klar, Peter?"

Eine gefühlte Viertelstunde später war Kirchhoff neben mich getreten und sah blass aus. „Ja, geht schon."

„Ich kann den Rest hier allein übernehmen. Wir treffen uns nachher im Präsidium."

Mein Partner winkte ab, seine Kiefer mahlten.

„Bist ein harter Hund.“ Normalerweise reagierte Kirchhoff nicht so empfindlich.

„Der Gest ... Das Ganze ist mir auf den Magen geschlagen.“

Ich schlug ihm auf die Schulter und dachte, dass die Öffnung der Brust- und Bauchhöhle, die nun folgte, Kirchhoffs Zustand nicht gerade zuträglich sein würde. Als der Professor das Messer mit einem schmatzenden Geräusch aus der Wunde entfernte, verzog Kirchhoff das Gesicht.

In der nächsten Stunde, in der Stein und Westphal Organproben von Gehirn, Herz, Lunge, Leber, Niere, Milz und Bauchspeicheldrüse nahmen, sprachen wir kaum ein Wort. Für die histologische sowie die Alkohol- und Drogenuntersuchung füllte Hong-in Blutproben, Urin und Mageninhalt in verschiedene Laborbehälter. Anschließend nähte der Präparator den Leichnam mit einer Schusternadel zu und spritzte ihn mit einem Wasserschlauch ab. Der Strahl spülte die letzten Reste des Verbrechens in den Abfluss.

„Den Kerl hat irgendein Junkie oder Säufer auf dem Gewissen – jede Wette! Bei dem Klientel, das im Bonner Loch rumlungert. Der Täter hat gesehen, dass Weißhaupt mit haufenweise Geld um sich schmiss und hat zugestochen.“ Kirchhoff klang heiser.

„Der Mann wollte sein Glück mit der Welt teilen.“ Ich schloss die Augen und nahm mir vor, die Feiertagseuphorie meiner Familie oder dem, was davon übrig geblieben war, in diesem Jahr klaglos zu ertragen.

„Und was hat ihm das eingebracht, Lutz?“

„Wahrscheinlich die erste Dusche seit einer halben Ewigkeit.“

In dem Ort, in dem ich aufgewachsen bin, kannte jeder jeden. Die Arztgattinnen besprachen die Krankheiten der Patienten beim Kaffeeklatsch und die Lehrersfrauen wussten noch vor den betroffenen Eltern von der Versetzungsgefährdung eines Schülers. Vielleicht war das so, weil sonst nichts los war. Eine träge Zufriedenheit lag über allem, romantisch kuschelten sich die schmucken Eigenheime in den Schatten des Drachenfels. Die sieben Berge – es sind mehr als sieben und sie heißen so, weil die Wolken sich zwischen ihnen verfangen und es daher oft sieft, also regnet – umschließen als idyllische Hügelkette das Tal. Zu Füßen des Städtchens teilen zwei Inseln den mächtigen Strom in drei kleinere Arme, von denen einer der Tote heißt – so reglos, wie er daliegt.

Seit meiner Kindheit ist viel Wasser den Rhein hinuntergeflossen, das Städtchen hat sich weiterentwickelt, Auswärtige sind hinzugezogen. Ich bekomme das nicht mehr so richtig mit, ich lebe sehr für mich. In dem Bungalow, den meine Eltern sich in meiner Kindheit vom Munde abgespart haben, friste ich meine alten Tage allein. Von der Tagesschau mal abgesehen, sind die Gespräche über den Zaun mit den Nachbarn meine einzigen Aufreger.

„Es ist etwas Schreckliches passiert", erzählt mir heute Frau Heimann. „Müllers ist der Kaufladen gestohlen worden."

„Der Kaufladen?"

„Ja, er war noch komplett verpackt. Er sollte ein Weihnachtsgeschenk für die kleine Jessica sein. Der Postbote hat ihn auf die Terrasse gestellt, weil Müllers nicht da waren. Im verschlossenen Paket."

„Das war sehr leichtsinnig“, gebe ich zu bedenken.

„Ach was, das macht er immer so. Und es ist noch nie etwas weggekommen.“

„Aber diesmal schon. Es gibt wohl immer ein erstes Mal.“

„Der schöne Kaufladen! Einfach weg.“ Frau Heimann ringt die Hände.

Ich gerate ins Grübeln. Meine Cousine hatte einen schönen Kaufladen. Man konnte da richtig hineingehen. Es gab eine hohe Rückwand mit Regalen, seitlich eine Barriere und vorn eine Theke. Alles in kindgerechter Größe. Stundenlang habe ich allein darin gestanden, mit imaginären Kunden Verkaufen gespielt und die Zeit vergessen.

„Wie groß war denn der Kaufladen?“, erkundige ich mich.

„Ach, der war ziemlich groß, mit einer Rückwand und einer Theke. Der Postbote sagt, es gab eine Abbildung auf der Verpackung.“

„Die kleine Jessica hätte sich bestimmt sehr gefreut“, mutmaße ich. „Als Kind habe ich mir so einen Kaufladen gewünscht.“

Nur war das Christkind taub, es erhörte meine Gebete nicht und es schien auch nicht lesen zu können. Zumindest nicht meinen Wunschzettel. Mein Vater wusste Abhilfe. Im Sperrmüll fand er ein Tischchen mit gedrechselten Füßen und nagelte ein paar Fächer auf die rote Linoleumplatte. Adenauer war gerade frisch auf dem Waldfriedhof begraben. Das Wirtschaftswunder hatte seinen Zenit erreicht. Die Schornsteine rauchten noch und die ersten Gastarbeiter, im Ort respektlos Makkaroni genannt, bevölkerten die Baustellen. Und immer noch wurde eisern gespart. Für den Farbfernseher. Für die neue Wohnzimmerschrankwand. Für den größeren Wagen. Für die Reise nach Italien. Ein Spielzeug für ein Kind war nichts, wofür meine Eltern ihr sauer Verdientes ausgegeben hätten, ein Sperrmülltischchen musste da reichen.

„Die arme Jessica." Frau Heimann lässt einen tiefen Seufzer hören.

„Müllers werden ihr einen neuen Kaufladen besorgen", beruhige ich sie. „Jessica hat Großeltern mit einer vernünftigen Rente, die werden das schon richten."

Eine Woche lang spreche ich mit niemandem. Die letzten Adventstage ziehen dahin. Nur einmal wage ich mich in die Stadt. Überall hängen nun bunte Lichterketten über den Straßen und in den Auslagen. Weihnachtslieder wehen durch die Geschäfte.

Shoppen macht Spaß in unserem Städtchen. Das Angebot an Luxusgütern ist breit gestreut, wenngleich es nur wenig Arbeit gibt. Zu Hochzeiten eine Badestadt, stagnierte die Wirtschaft, nachdem die Arbeitnehmer nicht mehr ständig in Kur geschickt wurden. Und als die nahe Bundeshauptstadt umzog, wurde es auf dem Stellenmarkt noch ärger. Wer es sich hier gut gehen lässt, bezieht Pension oder arbeitet auswärts.

Doch diese satte Ruhe ist geblieben. Als Jugendliche haben wir uns im Kurpark zusammengerottet und gemeinsam gelangweilt. Zum puren Zeitvertreib haben wir Hasch geraucht. Pläne zum Auswandern geschmiedet. Und gehofft, dass endlich mal was passiert. Uns war schon egal, was.

Am Weihnachtsabend ziehe ich mich vor den Fernseher zurück. Ich schaue ein paar alte Filme an. Trinke Glühwein über den Durst. Als ich später den Müll rausbringe, spricht Frau Heimann mich wieder an. Ob ich ein Stück von ihrem Stollen mag?

Ich lehne höflich ab. Zu klebrig, so ein Stollen, denke ich mir, zu viele Kalorien. Außerdem ist mir noch schlecht vom Glühwein.

Ob ich schon gehört habe, dass die Polizei gestern in Schmidts Spielwarengeschäft war?

„Aber wieso?"

„Ladendiebstahl. Mitten im Weihnachtsandrang."

„Nein!", rufe ich empört. „Wurde viel gestohlen?"

Frau Heimann schüttelt den Kopf. „Nur eine Puppe wird vermisst. Eine Käthe-Kruse-Puppe."

„Die sind sehr teuer", sage ich vage.

„Und ob. Es war auch noch so eine große, mit echten Haaren."

„Was für ein dreister Dieb. Aber die Versicherung wird doch wohl zahlen?"

„Bestimmt."

„Na dann." Ich nicke zufrieden, als ich mit meinem leeren Mülleimer ins Haus zurückgehe.

Die Puppen von Käthe Kruse waren die einzigen, die ich als Kind gern gehabt hätte. Ihre Gesichter waren so echt und lebendig. Wie Schulkinder sahen sie aus, wie Sechs- oder Siebenjährige. Wie ich selbst. Meine Klassenkameradinnen hatten solche Puppen. Ich nicht. Ich hatte viele Puppen, aber sie waren alle aus billigem Plastik. Ihre Köpfe ließen sich leicht abreißen und alle hatten sie den gleichen blöden Gesichtsausdruck. Mit ihren O-Beinen sollten sie wohl Säuglinge darstellen. „Babypuppen" nannten meine Freundinnern sie.

Am zweiten Weihnachtsfeiertag bestelle ich mir eine Pizza und entlohne den Pizzaboten fürstlich. Vom Fenster aus beobachte ich die kleine Jessica, wie sie ihren neuen Puppenwagen ausfährt. Ein todschickes Model mit Gummireifen.

Verdeck, Trageeinsatz und Wickeltasche, alles ist dran. Ganz wie ein richtiger Kinderwagen, nur in Klein.

Gerätschaften für Erwachsene haben mich schon immer fasziniert, wenn es sie auch in Kindergröße gab. Heutzutage kann man Designersessel wie den Panton Chair für Kids in vielen Läden kaufen. Aber zu meiner Zeit war daran nicht zu denken.

Ich fand es entwürdigend, mit den Beinen nicht auf den Boden zu kommen, wenn ich am Tisch saß. Beim Essen nur knapp über die Tischplatte schauen zu können, nur weil ich noch ein Kind war. Jedes Möbelstück sagte mir ständig, dass ich noch nicht ausgereift war. Noch nicht ernst genommen werden musste. Lediglich die Möbel im Kindergarten, die zu meiner Körpergröße passten, gaben mit das Gefühl, dass alles mit mir in Ordnung sei. Dass ich in die Welt passte und die Welt zu mir.

Einen Tag nach Weihnachten schellt Frau Müller an meiner Haustür, ich kann sie durch den Spion erkennen. Vorsichtig öffne ich ihr einen Spalt breit.

„Frau Müller? Was ist denn los?"

Frau Müller schnieft. „Jessica wurde der Puppenwagen gestohlen."

„Nein, wie furchtbar. Die arme Jessica. Der Puppenwagen war sicher ein Weihnachtsgeschenk? Gerade gestern habe ich sie noch damit gesehen."

„Ihre Freundin hat zu Weihnachten einen Golden Retriever bekommen. Jessica sagt, sie hat den Hund gestreichelt und als sie sich umdrehte, war der Puppenwagen weg. Haben Sie den Dieb zufällig gesehen? Oder sonst etwas Ungewöhnliches beobachtet?"

„Wie gesagt, ich sah Jessica den Puppenwagen über den

Gehweg schieben. Aber das war auch schon alles."

Frau Müller seufzt. „Ich verstehe das nicht. Erst kam der Kaufladen abhanden, den wir ihr schenken wollten. Dann haben wir als Ersatz diesen Puppenwagen gekauft. Und nun ist der auch weg. Es ist, als würde Knecht Ruprecht unsere Geschenke wieder einsammeln, weil sie nicht taugen."

„Nimmt Jessica es denn sehr tragisch?"

„Der Puppenwagen war ihr ziemlich egal." Frau Müller schüttelt betrübt den Kopf. „Genau genommen war sie sogar enttäuscht darüber. Sie hatte sich so sehr einen Hund gewünscht."

„Was man hat, weiß man oft nicht zu schätzen", nicke ich weise. „Mein Puppenwagen hat mir als Kind auch nicht gefallen."

Mein Vater hatte das tiefgelegte, bauchige Gefährt mit den kleinen, rostigen Rädern, das die Tochter unseres Schornsteinfegers nicht mehr leiden konnte, mit rotem Stoff beklebt. Das Dach der Säuglingskarre hatte er abmontiert und stattdessen ein Brett schräg eingesetzt. „Nun ist es ein Sportwagen", hatte er stolz verkündet. So klein ich noch war, so erkannte ich doch sein Verbrechen am Design. Muss ich erwähnen, dass das Christkind der Schornsteinfegertochter einen nagelneuen Buggy für ihre Puppen bescherte? Das getreue Abbild eines echten Baby-Buggys, man konnte ihn sogar zusammenklappen.

Am Abend verziehe ich mich in meine Garage, ich kann sie durch das Haus betreten. Ich zünde die bereitgestellten Teelichter an, die ich überall verteilt habe. Dann erfreue ich mich an meinen Geschenken. Die Käthe-Kruse-Puppe schaut drein wie ein vernünftiges sechsjähriges Mädchen und ihr Echthaar riecht nach meinem Shampoo. Wir lächeln uns zu, als ich sie in ihren schicken neuen Kinderwagen setze. Eigentlich ist sie viel zu alt für den Wagen, sie kann ja längst laufen. Aber darüber werden wir heute hinwegsehen.

„Frohe Weihnachten“, raune ich ihr zu. „Ich gehe jetzt einkaufen. Langweile dich nicht, es kann ein Weilchen dauern.“

Immerhin muss ich den Kaufladen erst noch zusammenschrauben.

Hannelore, die von allen nur Lore genannt wurde, schob den großen Topf mit dem üppig rot blühenden Weihnachtsstern auf dem Fensterbrett beiseite. Sie griff zum Fernglas und schaute über die hügeligen Felder. Jetzt im Winter lagen die Äcker im tristen Schwarz-Braun und die Obstbaumreihen reckten ihre nackten Äste in die Höhe. Der November und Dezember waren bisher mild gewesen. Heute war der Vierundzwanzigste und der Wetterdienst hatte für die letzte Woche des Jahres geringen Frost, aber keinen Schneefall gemeldet.

Es war der erste Heiligabend, den Lore allein verbringen würde. Harald, ihr Sohn, der Agrarwirtschaft studierte und nach dem Abschluss an der Bonner Universität noch zwei Semester in Weihenstephan angehängt hatte, wollte erst morgen kommen. Die polnischen Helfer, die jedes Jahr auf dem Obsthof hier in Adendorf halfen, waren nach dem Baumschnitt Anfang November zurück in ihre Heimat gefahren. Lore wusste nicht, ob sie im kommenden Frühjahr zu ihr zurückkehren würden. Sie und die Arbeiter waren ein eingespieltes Team gewesen, kannten sich schon lange. Dass sich der Hof in einem so guten Zustand befand, hatte Lore zum größten Teil Janosch zu verdanken. Stets war er zur Hand, wenn er gebraucht wurde. Er kannte alle alten Apfelsorten, alle möglichen Schädlinge und Obstbaumkrankheiten sowie die biologischen Mittel dagegen. Lore nannte ihn deshalb oft scherzhaft: „Meinen Apfelbaumflüsterer."

Ihr Blick blieb in der Ferne an den Resten einer eigentümlichen Gestalt hängen. Die Rabenvögel, die sich in großer Zahl in den letzten Monaten im Gewann ‚Steinig' angesammelt und dort herumkrakeelt hatten, waren seit vier Tagen verschwunden. Man musste äußerst genau hinschauen, ja direkt danach suchen, um zwischen dem dicht stehendem Geäst dieses einsame, zerfledderte Gebilde zu erkennen. Zerlumpt, an einem noch vom Großvater gefällten und geviertelten Baumstamm hängend, die Arme weit und rechtwinklig ausgestreckt und mit den in Fetzen herabbaumelnden Hosenbeinen war die Vogelscheuche nur noch ein trauriger Rest von dem, was einmal in ihr gesteckt hatte. Dieser Teil der Apfelbaumplantage war der am weitesten entfernte und lag auf rheinland-pfälzischem Gebiet. Während der Hof zum Töpferort Adendorf, also zur Gemeinde Wachtberg gehörte, oberhalb von Bad Godesberg und im Rhein-Siegkreis gelegen.

In ihrer Kindheit hatte sie ihrem Großvater geholfen, solche großen Strohpuppen zu bauen und aufzustellen. Sie band klappernde Blechdosen an die ausgestopften Arme und flatternde Bänder an die alten Kleidungsstücke. Als sie den Hof mit den Obstplantagen von ihm erbte, hielt sie die Tradition zum Andenken an die Großeltern weiterhin hoch.

Helmut, ihr Mann, machte sich stets lustig über ihre Marotte, Vogelscheuchen zu basteln. Aber hatte er sich nicht über alles lustig gemacht? Und wenn er einmal nicht lustig war, dann hatte er getrunken – und Lore bestenfalls nur ein blaues Auge. Alle, einschließlich ihrer Eltern, warnten damals vor ihm. Doch Lore war blind vor Liebe – oder vor dem, was sie dafür hielt. Er war schon der Stärkste und Lauteste in der Klasse gewesen, ging keiner Rauferei aus dem Weg. Dass er sich in sie verguckte, ließ sie vor Stolz fast platzen. Wie neidisch die anderen Mädchen hinter ihnen herschauten, wenn er sie fürs Kino oder die Disco abholte. Natürlich hatte er als Erster in der Jugendclique ein Auto, geschenkt von seinen Eltern zum achtzehnten Geburtstag. Er ließ nichts anbrennen. Lud auch Lores Freundinnen zu „Spritztouren“ ein, wie er es seinen Kumpeln gegenüber augenzwinkernd und doppeldeutig nannte. Doch das wollte Lore nicht wahrhaben, glaubte dem Gerede nicht.

Als ihr Sohn Harald zur Welt kam, nahm sie an, dass Helmut sich jetzt ändern würde. Er riss sich in der ersten Zeit tatsächlich zusammen, aber nach rund zwei Jahren kamen wieder seine unguten Gewohnheiten zum Vorschein. Nachdem Lore eine kleine Delle in sein Auto gefahren hatte, rastete er förmlich aus. Sie schämte sich so sehr, dass sie nicht zu ihren Eltern flüchtete, sondern mit dem kleinen Harald Unterschlupf bei einer Freundin fand. Natürlich suchte Helmut sie zuerst auf dem elterlichen Hof. Dort randalierte er und Gunther, Lores Bruder, warf ihn kurzerhand hinaus. Nach einer Woche traute Lore sich, zurückzukehren. Schon alleine, weil sie nicht ewig bei ihrer Freundin bleiben konnte. Außerdem lag Traudel ihr ständig in den Ohren.

„Du musst zur Polizei gehen. Zeig ihn an!“

„Wo soll ich denn hin?“, jammerte sie. „Ich habe nichts gelernt, kenne mich nur mit Äpfeln und Birnen aus.“

„Und wenn er in seinem Suff deinen kleinen Harald verprügelt?“

„Dann bring ich ihn um!“

Das waren die letzten Worte, mit denen sich Lore bei ihrer Freundin verabschiedete. Ein Satz, der in seiner Ernsthaftigkeit und Bestimmtheit keinerlei Erklärung bedurfte, keinen Kommentar brauchte und auch nie mehr angesprochen wurde.

Doch Helmut vergriff sich nicht an dem Kind. Seinen Verdruss ließ er nur an Lore aus. Als sie das erste Mal mit blutendem Gesicht und gebrochenem Arm ins Krankenhaus eingeliefert wurde, verleugnete sie die häusliche Gewalt. Beim nächsten Mal raffte sie allen Mut zusammen, ging mit ihrer Freundin zur Polizei und erstattete Anzeige. Kurz darauf nahm sie diese wieder zurück. Auf Knien hatte Helmut sie angefleht, schwor hochheilig, sich zu bessern.

„Gib mir noch eine Chance“, wimmerte er bettelnd.

Und Lore gab sie ihm, verzieh ihm, zum x-ten Mal, nur um drei Monate später erneut grün und blau geschlagen zu werden.

Sie schwenkte das Fernglas hinüber zur Burg Adendorf. Noch war sie nicht hell erleuchtet. Erst in rund einer Stunde würde man die Fackeln, wie immer bei besonderen Anlässen, in dem herrschaftlichen Innenhof der alten Wasserburg anzünden. Bestrahlt von großen Scheinwerfern, würde das großzügige Gebäude, fast schon ein Schloss, den kleinen Ort in einen leuchtenden Fleck in der Dunkelheit verwandeln.

Lore begab sich in die Küche und machte sich eine Kleinigkeit zu essen, bevor sie hinaus zu der Apfelplantage gehen wollte.

„Wer weiß, ob ich hinterher noch Appetit habe“, murmelte sie, sich selbst Mut machend.

Als sie in die Gummistiefel schlüpfte, war es bereits dunkel. Von Meckenheim her, rund zwei Kilometer nördlich von Adendorf gelegen, hörte sie die Kirchenglocken zum Festgottesdienst läuten. Ihr war ganz und gar nicht nach Weihnachten zumute. Während ich aufs Feld laufe, packen die anderen ihre Geschenke aus, dachte sie verbittert. Ich habe noch nicht einmal einen Weihnachtsbaum.

Jedes Jahr im Dezember wurde sie daran erinnert, am Nikolaustag geheiratet zu haben. Heiligabend waren sie von der Hochzeitsreise zurückgekehrt. Da war die Welt noch in Ordnung gewesen und der Himmel hatte voller Geigen gehangen. Sie dachte an das letzte Jahr und ihren fünfundzwanzigsten Hochzeitstag. Harald hatte ihnen eine Städtereise nach London geschenkt. Es bedrückte ihn, wie sein Vater mit der Mutter umging. Deshalb hatte er die Semester an der bayrischen Universität angehängt. Die Situation zu Hause schien ihm unerträglich. Er sprach nicht mit ihr darüber. Aber sie wusste, dass Harald seinen Vater zutiefst verachtete. Und auch mit ihr schalt er oft. „Verlass ihn! Werf den Kerl raus! Warum reichst du nicht die Scheidung ein?“

Doch sie war schwach. Sie hatte vor dem Altar geschworen: „Bis dass der Tod uns scheidet!“

Vor einem Jahr in London, als ihnen der Reiseführer die Legende der Raben im Tower, dem Gefängnis und Henkersplatz, erklärte und was der eigentliche Zweck der Galgenvögel gewesen sei, hatte sie noch bei dem Gedanken und Tun der Tiere geschaudert.

Die Kirchenglocken waren verstummt. Still und ruhig lagen die Felder im Dunklen. Sogar auf der nahen Autobahn hatte der Verkehr nachgelassen. Auf dem Weg zum Gewann ‚Steinig‘ begann sie auf einmal die Melodie eines Weihnachtsliedes zu summen. Sie war sich dessen gar nicht bewusst und erschrak deshalb, als sie ihrer Töne gewahr wurde. Sie stellte die Schubkarre ab und setzte sich auf den Metallrand. Leise klapperten Schaufel und Spitzhacke. Sie fühlte sich elend. Am liebsten wäre sie heulend weggelaufen, irgendwohin, nur fort, um nie mehr wiederzukommen. So wie auch Helmut weg war.

Vor knapp zwei Monaten war sie auf der Polizeiwache erschienen.

„Ich will eine Vermisstenanzeige aufgeben“, hatte sie erklärt. „Mein Mann Helmut ist seit drei Tagen verschwunden.“

„Sei doch froh, dass er weg ist“, hatte Georg, ein ehemaliger Schulfreund, der Beamter bei der Polizei war, daraufhin gesagt.

„Der wird schon auftauchen“, meinte ein zweiter. „Vielleicht liegt er in einer der Tongruben und schläft seinen Rausch aus?“

Sie kannten ihn nur zu gut. Lore hatte ja mehrmals Anzeige erstattet und sie zurückgenommen. Außerdem waren die Polizisten oft zum Hof hinausgefahren, um die Streitereien zu schlichten. Noch häufiger mussten sie ihn, wenn er randalierte, aus den Kneipen holen und ihn in die Ausnüchterungszelle stecken.

Nach einer Woche erschien Lore erneut auf der Wache.

„Nun macht endlich was!“, hatte sie Georg zugerufen. „Sucht ihn!“

Seufzend und widerwillig erstellten die Beamten die Unterlagen zur Vermisstenanzeige.

„Glaub ja nicht, dass wir uns wegen deinem Helmut die Beine ausreißen“, hatte Georg ihr mitgeteilt, als sie ihm eine neuere Fotografie von ihrem Mann in die Hand drückte.

„Wir werden alles Notwendige veranlassen“, tröstete der Kollege sie und begleitete sie zum Ausgang.

Lore griff erneut die Schubkarre. Fast ohne Geräusch ging sie den Wirtschaftsweg entlang. Sie brauchte kein Licht. Jeder Meter der Felder und Baumreihen war ihr bekannt. Sie bog ins Gewann ‚Steinig‘ ein. Der Reifen knirschte auf dem Boden, der dem Gelände den Namen gab. Hier oben auf der Kuppe fegte der Wind stärker. Die dürren Äste peitschten Lore ins Gesicht.

Wie oft hatte sie sich schon gefragt, was wohl gewesen wäre, wenn Janosch nicht dazwischengegangen wäre. Als Helmut sie mit einem Gurt schlug, sie würgte und schüttelte, dass sie bewusstlos liegen blieb. Nur weil er sie in einer Umarmung mit einem der Arbeiter gesehen hatte. Dabei war alles harmlos gewesen. Sie hatte sich am Kopf verletzt und einer der Polen verarztete sie. War es Micha gewesen oder Marek? Sie wusste es nicht mehr. Jedenfalls, rasend vor Zorn und Eifersucht riss ihr Mann seinen Gürtel von der Hose und drosch auf sie ein.

Als sie zu sich kam, lag sie neben Helmut auf dem Boden im Hof. An dem Spaten, der achtlos zur Seite geworfen worden war, klebte Blut, Helmuts Blut. Und die polnischen Arbeiter einschließlich Janosch waren verschwunden.

Lore schaute sich zwischen den Baumreihen um. Sie war an ihrem Ziel angekommen. Nur kurz zuckte der Strahl der Taschenlampe auf. Ihre Gedanken wanderten wieder hin zu den polnischen Arbeitern. Sie beschloss, ihnen gleich morgen zu schreiben oder zu telefonieren, auch Janosch, den sie am meisten vermisste. Würde ihnen mitteilen, alles sei gut. Sie sollten doch bitte im März zurückkommen, sie bräuchten keine Angst zu haben. Mit den derben Arbeitshandschuhen an den Fingern zerrte Lore an den Stricken, mit denen die Vogelscheuche an dem groben Holz festgebunden war. Fast wie von selbst fielen die Reste auf den Boden. Der Wind riss sogleich die verbliebenen Kleidungsfetzen mit sich fort. Irgendwo im Geäst verfingen sie sich und die kommenden Winterstürme würden sie bis zur Unkenntlichkeit zerreiben.

Lore ließ den Lichtstrahl nochmals über die Reste auf dem Erdreich gleiten. Dann griff sie zur Spitzhacke. Der Boden war härter, als sie gedacht hatte. Bald keuchte sie vor Anstrengung. Schweiß rann ihr von der Stirn und ihr Hemd unter der wattierten Jacke klebte am Körper. Wie tief musste solch ein Loch sein?

Helmut hatte vor fünf Jahren ihren Hund, einen mittelgroßen Mischling, einschläfern lassen. Damals half Harald mit, eine Grube zu schaufeln. Es gab eine gesetzliche Bestimmung, wie tief so ein Loch sein musste. Jetzt konnte sich Lore jedoch nicht mehr an die Maßangabe erinnern.

Mit der Schaufel hob sie das gelockerte Erdreich aus, schichtete es neben der immer größer werdenden Vertiefung zu einem kleinen Berg auf. Ihre Pausen wurden mit jedem Mal länger. Die Hände schmerzten von der ungewohnten Arbeit. Sie wischte sich mit dem Jackenärmel die Schweißtropfen aus dem Gesicht. In ihren Schläfen pochte das Blut. Wie lange hackte und grub sie nun schon? Sie wusste es nicht. Konnte sie überhaupt noch klar denken? Die kalten Windböen rissen ihre Gedanken aus dem Kopf fort wie die nebligen Atemwolken aus ihrem weit aufgerissenen Mund.

Endlich meinte sie, tief genug gegraben zu haben. Mit der Schaufel schob sie die von den Krähen übrig gelassenen Teile in das Loch. Widerwillig griff sie zur Spitzhacke. Einige größere Stücke mussten noch zerkleinert werden. Immer heftiger schlug sie mit dem Eisen zu – zertrümmerte die Reste wie von Sinnen. Schwer atmend ließ sie sich schließlich auf dem aufgeschütteten Erdhügel nieder und verharrte so eine Weile. Dann machte sie sich daran, das Loch zu schließen. Sie hatte das Gefühl, als wenn mit jeder Schaufel Erde die Schwere, die auf ihrer Seele lastete, abnahm.

Auf dem Weg zurück dachte sie an Janosch. Ja, gleich morgen – nein, noch heute würde sie ihn anrufen. Ihm frohe Weihnachten wünschen und ihm sagen, dass es ein gutes neues Jahr werden würde.

Plötzlich hatte sie das Weihnachtslied auf den Lippen. Und wieder war es ihr zunächst nicht bewusst. Aber als sie es bemerkte, erschrak sie nicht. Stattdessen sang sie noch lauter, mit dem Wind um die Wette. Sie brüllte es fast hinaus: „O, du Fröhliche …“

Der Himmel über Bonn Anne Grießer

Stille Nacht, eisige Nacht.

Im Licht der Weihnachtsbeleuchtung glitzert die Hermannstraße in Beuel verführerisch. Hinter verschlossenen Fenstern hört man einen Kinderchor „Alle Jahre wieder" trällern. Das vordere Rad der Honda CBF125 dreht sich noch, fast lautlos, nur ein sehr feines Surren ist vernehmbar. Der Mann liegt reglos daneben, ohne Helm, mit verdrehtem Kopf. Kein Mensch hat den Unfall bemerkt, hat gesehen, wie der Fahrer mit seiner Maschine auf der überfrorenen Nässe ins Schleudern geriet, sich nicht fangen konnte, einfach wegrutschte und mit dem Schädel auf den Asphalt knallte. Kein Mensch ist unterwegs, selbst der nahe Konrad-Adenauer-Platz liegt wie ausgestorben da.

Stille Nacht, eisige Nacht.

Er war benommen, als er zu sich kam, der Blick unscharf. Schmerzen spürte er keine. Gewohnheitsgemäß versuchte er zu atmen, doch es gab keine Luft. Ein schwebendes Gefühl, völlig ungewohnt, verursachte ihm Übelkeit.

„Fuck", rief er, aber das Wort krümmte sich im Raum, verdünnte sich und durchfloss ihn wellenförmig. Es dröhnte wie ein Hammerschlag in seinem imaginären Ohr. Er beschloss, nichts mehr zu sagen oder auch nur zu denken, bis sich sein Zustand wieder normalisiert hatte.

Sein Umfeld war merkwürdig verschwommen. Er konnte keine Einzelheiten erkennen, nur Farben – Gelb vor allem – und Schatten. Als sich von hinten eine Hand auf seine Schulter legte, oder besser: die Idee von einer Hand auf die Vorstellung einer Schulter – fuhr er zusammen und versuchte, von einem mächtigen Impuls getrieben, davonzurennen.

„Halt, Freundchen! Hiergeblieben!“, durchdrang ihn eine fremde Stimme. „Wohin so eilig?“

„Alter!“, stammelte er, seinem gerade gefassten Schweigegelübde schon untreu werdend. „Schrei hier nicht so rum. Ähm. Wo ... bin ich eigentlich?“

„Großer Gott.“ Die Stimme klang tief und sonor und ein wenig mitleidig. „Ein Orientierungsloser! Ging wohl ziemlich schnell, was?“

Das gelbe Licht flackerte wie eine Flamme im Wind. Der Mann mit der Stimme ließ ihn los und trat in sein Gesichtsfeld. Er war von unbestimmbarem Alter, hatte wild vom Kopf abstehende weiße Einstein-Haare und einen dichten weißen Rauschebart.

„Petrus“, stellte er sich vor. „Und dich nennen sie Balu, nicht wahr?“

„Sehr witzig.“

Im verschwommenen Gelb meinte er nun, eine Tür auszumachen. Nein, zwei, eine rechts von dem Kerl, eine links. Hatten sie ihn in eine Klinik gebracht? War der Scherzkeks mit dem Engelshaar ein Sanitäter? Eine vage Erinnerung an ein Motorrad und an eine eisige Stelle noch vor der Kennedybrücke durchzuckte ihn. „St. Josef-Hospital?“, fragte er.

„Nein. Fegefeuer.“

Er stöhnte. „Geht ihr Jungs hier mit allen Patienten so um?“

„Yepp. Ist das Standardverfahren.“

„Na schön.“ Er schnappte nach der immer noch abwesenden Luft. „Woher kennst du meinen Spitznamen, Alter? Steht ja wohl nicht in meinem Ausweis.“

„Wir haben unsere eigenen Akten.“

„Hey, Mann! Keine Verarsche! Sonst reiß ich dir die Eier

ab und brat sie mir in Senfsoße. Ich kenn mich aus, mit der Kirche! Die Vorhölle hat man vor ein paar Jahren abgeschafft. Also: Wo bin ich?"

„Abgeschafft? Tsts. Der Verein da unten denkt wohl, er kann tun und lassen, was er will. Als könnten die auf uns verzichten! Irgendjemand muss sich schließlich um den ganzen Verwaltungskram kümmern und die armen Seelen sortieren."

„Sortieren?" Er vermutete, dass er gerade ein wenig blöde dreinschaute.

Rauschebart deutete auf die linke Tür hinter sich: „Himmel", sagte er. Dann verzog er angewidert das Gesicht und wies nach rechts: „Oder Hölle." Er runzelte die Stirn. „Und bevor du dich jetzt an meinen Eiern vergreifst, Balu, schau mal runter, damit du mir glaubst."

Das Vorderrad der Honda dreht sich noch immer.

Ein Auto nähert sich der Unfallstelle, wird langsamer. Die Scheibe auf der Fahrerseite senkt sich nach unten, eine weiße Atemfahne steigt in die kalte Luft. Dann quietschen die Reifen, drehen kurz auf der vereisten Fahrbahn durch, fangen sich wieder und das Auto schießt davon, Richtung Kennedybrücke und Innenstadt. Der Motorradfahrer bewegt sich nicht.

Das Vorderrad der Honda dreht sich noch immer.

Rauschebart schüttelte den Kopf, zog ein ledergebundenes, schmales Büchlein hervor und notierte etwas.

Balu japste. Schließlich sah man sich nicht jeden Tag von oben, wie man leblos – um nicht zu sagen: tot – auf der Straße lag! Das Japsen hüpfte durch das Raum-Zeit-Gefüge, schlug bunte Kapriolen und kitzelte an der Nase, als es seine

Aura durchschlug. „Fuck!“, rief er. Es fühlte sich schon vertrauter an, nicht mehr so hart wie beim ersten Mal.

Petrus nickte. „Bei Unfallopfern ist es immer erst mal ein Schock. Komm, Junge. Bringen wir es schnell hinter uns. Was meinst du: Himmel oder Hölle? Wie ist denn so deine Selbsteinschätzung?“

Hölle, wollte Balu sagen und dreckig grinsen; er war immer davon ausgegangen, mal in der Hölle zu landen, aber exakt in diesem Augenblick drang aus der rechten Tür ein so schauriges Geheul, dass ihm das Wort im nicht vorhandenen Halse stecken blieb. „Ähem ...“, nuschelte er und verstummte.

Petrus zog erneut das ledergebundene Notizbüchlein aus seiner Jackentasche und blätterte darin. Auf seiner Stirn bildeten sich Runzeln, anfangs nur wenige, dann immer mehr. „Hm“, brummte er. „Ayayayayay.“

Nervös trat Balu von einem Bein aufs andere. „Gibt es ... Komplikationen?“, fragte er schließlich.

Petrus zog die Stirn noch weiter in Falten.

„Hey, Mister Pi! Wegen der paar krummen Dinger, die ich gedreht habe! Mann! Ich hatte eine beschissene Kindheit! Nie eine Chance. Das wird ja wohl berücksichtigt, oder?“

„Normalerweise schon. Aber –“

„Na also. Tief in mir drin bin ich ein herzensguter Kerl. Bin auch immer nur bei den Steinreichen eingestiegen, denen es nicht wehtat. Ohne Scheiß, Alter! Ich habs immer nur bei den Reichen geholt ...“

„... und den Armen gegeben? Ach, Balu. Was glaubst du, wie oft wir diesen Schmarrn hier oben hören! Seit diesem selbstverliebten Blender, diesem Robin ... Der schmort übrigens auch in der Hölle.“

Einen Moment lang starrten sie sich an, taxierten sich und versuchten, in den Gesichtszügen des anderen zu lesen. Aber bald schon verloren Balus Augen den Alten, der regelrecht zu verschwimmen drohte. Verdammt noch mal! Hier im Äther war er eindeutig im Nachteil. Alles war so schrecklich fließend! Und vielleicht sollte er auch Worte wie verdammt mal eine Zeit lang nicht denken.

„Also." Petrus blätterte weiter. „Hier haben wir es: Mit zwölf das erste Auto geklaut, dreimal von der Schule geflogen, Jugendknast, später Einbrecher im Hauptberuf, zwei weitere Haftstrafen. Ledig, keine Kinder."

Balu hustete. Aus dem Mund des Alten klang sein Leben irgendwie – unschön.

Petrus tätschelte ihm die Schulter. „Kopf hoch, Balu. Wir geben hier jedem eine Chance. Es steht ja nicht alles in unseren Akten. Also, dann schieß mal los: Was kann ich auf der positiven Seite deiner Bilanz notieren?"

Hinter der linken Tür erklangen nun helle Glockentöne, so süß, dass Balu zu seinem Entsetzen die Tränen in die Augen traten. Hastig versuchte er, sie wegzuwischen. Ein harter Bursche wie er und heulen – das ging gar nicht.

„Ich ... hab mal einem Blinden über die Straße geholfen."

Petrus erwiderte nichts.

„Ich hab meine Oma jedes Jahr im Altenheim besucht."

Petrus spuckte auf den Boden und es gab ein zischendes Geräusch. „Weil sie dir fünfhundert Euronen dafür bezahlt hat."

„Ich ... ich hab mal 'nen Bruch abgeblasen, als ich gesehen habe, dass der Kerl, den ich beklauen wollte, hoch verschuldet und nicht versichert war."

„Schon besser, Balu. Viel besser. Aber immer noch ein bisschen mager im Vergleich zur negativen Seite, findest du nicht?"

„Alter!" Jetzt kam Balu in Fahrt. „Ich hab immerhin nie

jemandem etwas zuleide getan! Keine Messerstechereien, keine Schlägereien, keine Frau verprügelt – nichts! Das kann auch nicht jeder von sich behaupten, Mister Pi." Triumphierend suchte er den Blick des Weißhaarigen, doch der starrte abgelenkt nach unten, wo sich gerade wieder etwas tat.

Die Hermannstraße glitzert eisig im Licht der Weihnachtsbeleuchtung.

Ein weiteres Auto kriecht auf die Unglücksstelle zu, hält an, eine junge Frau springt heraus. Sie muss balancieren, um das Gleichgewicht zu halten. Als sie den reglosen Mann neben der Honda sieht, schlägt sie erschrocken die Hand auf den Mund. Kurz zögert sie, überlegt, was sie zuerst tun soll, dann zückt sie ihr Handy und wählt die 112. Erst danach wendet sie sich dem Opfer zu. Dreißig Herzmassagen, zweimal beatmen. Immer in diesem Rhythmus. Sie hat aufgepasst beim Erste-Hilfe-Kurs. Sie lässt sich nicht beirren, obwohl sie weiß, dass ihre Bemühungen nichts mehr bringen.

Die Hermannstraße glitzert eisig im näher kommenden Blaulicht des Krankenwagens.

„Falsch!", donnerte die Stimme. Bislang hatte Petrus gütig geklungen, ein wenig mitleidig zwar, aber doch so, als sei ihm Balus Schicksal nicht gleichgültig. Jetzt war alle Güte aus der sonoren Stimme gewichen. Das Wort falsch jagte Balu eine kalte, grausige Welle der Angst durch den ätherischen Körper.

„Hä?", fragte er verwirrt, denn er hatte irgendwie den Faden verloren. Was war falsch?

„Es stimmt nicht, dass du nie jemandem körperlichen Schaden zugefügt hast. Erst heute Nacht hast du einen Menschen getötet. Zumindest so gut wie. Wenn nicht noch ein

Wunder geschieht, wird die Frau nicht überleben. Und du bist dafür verantwortlich."

„Aber –"

„Und komm mir jetzt nicht mit so fadenscheinigen Ausreden wie: Ich wusste ja nicht, dass die Frau krank war ..., hatte ja keine Ahnung von ihrem Lungenleiden ..."

„Aber –"

„Wenn sie im Krankenhaus stirbt – und das kann jeden Moment geschehen – bist du schuld daran."

„Aber –"

„Und hör endlich mit diesem albernen Aber auf!" Petrus äffte seinen Tonfall verblüffend genau nach. „Hast du nichts Gescheiteres zu sagen?"

„Ähm –"

Petrus' Augen blitzten wie Wunderkerzen.

„Hm. Ich wusste gar nicht, dass die Frau krank war. Hatte keine Ahnung von ihrem Lungenleiden."

Mit einem pfeifenden Geräusch entwich eine Menge Luft aus Petrus' Wangen. Sein Gesicht rötete sich und als Balu schon meinte, es würde den Alten zerreißen, prustete dieser los, wie ein Pennäler, der einen Witz mit einem schlimmen Wort gehört hat. Er lachte so laut, dass die gelbe Atmosphäre um ihn herum zu zittern begann. Balu betrachtete ihn irritiert, aber dann spürte er, wie auch ihn ein Lachkrampf überkam und eine Zeit lang gackerten sie beide wie die Hühner.

Eine warme Zuversicht überkam Balu. Es war noch nicht aller Tage Abend! Wenn zwei Männer so miteinander lachen konnten, gab es noch Hoffnung.

Petrus beruhigte sich als Erster. „Junge, Junge", sagte er. „Du hast ja keine Ahnung, wie viel Müll wir hier oben zu hören bekommen. Da muss man einfach von Zeit zu Zeit Dampf ablassen, auch wenn die Lage noch so ernst ist." Er schüttelte den Kopf. „Sieht schlecht für dich aus, Freundchen. Richtig beschissen, um ganz ehrlich zu sein."

Schlagartig verstummte auch Balu. „Warum?", fragte er. „Sind alle anderen so viel besser als ich?"

„Ein Menschenleben wiegt schwer."

„Hilf mir mal ein bisschen auf die Sprünge, Alter ..."

„Du weißt es wirklich nicht? Dann lass uns deinen letzten Abend auf Erden rekonstruieren. Was haben wir denn heute für einen Tag?"

Balu dachte nach. „Weihnachten ...?"

„Heiligabend, um genau zu sein. Und was macht man normalerweise so an Heiligabend?"

„Na ja." Balu überlegte. „So drei bis vier Brüche in einer Nacht. Kein Schwein auf der Straße, beste Voraussetzungen! Du steigst ein, Scheibenklirren hört ja keiner bei all dem Glockengebimmel und Blockflötengepfeife. Safe leerräumen, Schmuck und Bargeld mitnehmen, alles andere lässt du liegen, bringt nur Ärger, schnell wieder raus, über die leeren Straßen in einen anderen Stadtteil, wo du das Ganze wiederholst."

Petrus runzelte die Stirn. „Schon mal was von Beschenken gehört? Vom Fest der Liebe?"

„Bockmist. Wen sollst du denn beschenken, wenn du keinen hast? Ich beschenk mich eben selbst!"

„Und was ging schief, heute Abend?"

Balu kratzte seine Bartstoppeln, doch seine Hand durchdrang das Kinn und kam am Nacken wieder heraus. „Alles!", rief er. „Alles ging schief! Mensch Alter, ich dachte doch, da wär keiner! Alles war dunkel in dieser ollen Villa in Beuel. Direkt am Rhein – da gibts was zu holen, denk ich mir, beglückwünsche mich schon und steige ein. Keine Alarmanlage, zumindest keine hörbare. Die meisten Leute verstecken ihren Krempel im Schlafzimmer, weil sie denken, da traut sich keiner rein, während sie schlafen. Oh Mann! Jetzt mal ehrlich: Wer liegt schon an Heiligabend um acht im Bett?"

„Vielleicht ein Kranker?", schlug Petrus vor.

„Echt jetzt? Na, ich hab jedenfalls nicht damit gerechnet, dass da jemand ist. Und dann – Alter! Plötzlich geht das Licht an, eine Frau schreit wie am Spieß, ganz komische Geräusche gibt sie von sich, als bekäm sie keine Luft, fängt an zu röcheln und all so ein Scheiß. Mann, bin ich erschrocken! Dann kommt auch noch ein Kerl dazu, aber zum Glück kümmert er sich nicht um mich, sondern um seine Ische. Ich also raus, auf meine geklaute Honda und ab damit. In die Innenstadt, denk ich mir, dort kann ich in einer Kneipe abhängen, erst mal ein paar Kölsch auf den Schreck, um mich wieder zu beruhigen.

Und dann ... kurz bevor ich abbiegen will ... Rums. Alles dunkel. Und das wars.

Mensch, Alter! Bin ich wirklich nicht im St. Josef-Hospital?"

„Nein, Balu. Du nicht. Aber die Frau aus der Villa in Beuel. Die schon. Auf der Intensivstation. Sie litt unter Lymphangioleiomyomatose."

„Hä?"

„Ein seltenes, tödlich verlaufendes Lungenleiden, tritt fast ausschließlich bei Frauen auf. Deshalb lag sie an Weihnachten im Bett. In ihrem fortgeschrittenen Krankheitsstadium darf sie sich nicht aufregen. Es darf ihr nicht die Luft wegbleiben vor Schreck. Verstehst du jetzt, was du angerichtet hast, Junge?"

„Fuck." Betreten starrte Balu auf das gelbe Licht. „Das wusste ich doch nicht, Alter! Woher hätte ich denn?"

„Du hast es in Kauf genommen. Das reicht für ..." Mit

einer leisen Kopfbewegung deutete Petrus auf die rechte Tür, aus der jetzt wieder schaurige Geräusche drangen, ein gequältes Stöhnen, weit entfernt, aber voller Pein und Schmerz. Balu hätte sich am liebsten die Ohren zugehalten. Von den süßen Tönen aus der linken Tür war nichts mehr zu hören.

„Dann eben die Hölle!", rief er trotzig. „Ist doch viel lustiger als der olle Himmel, oder?"

Er warf einen letzten, wehmütigen Blick nach unten, auf die gute, alte Erde.

Der Notarzt ist gerade dabei, seinen Tod festzustellen. Er schüttelt den Kopf und gibt den beiden Sanitätern zu verstehen, dass da nichts mehr zu machen ist. Sie hieven den leblosen Körper auf eine Bahre und verfrachten ihn in den Krankenwagen. Die Polizei ist auch eingetroffen, sie nimmt die Personalien der Frau auf, die sich so eifrig um Balu gekümmert hat. Sie weint jetzt.

Routinemäßig untersuchen sie die Brieftasche des Verstorbenen. Dann stutzt der Notarzt. Schwenkt einen kleinen Pappausweis, zeigt ihn den Sanitätern und greift schnell zum Handy.

Mehrmals nickt er: Ja, die Blutgruppe passt. Es ist wie ein Wunder.

Sie springen in den Wagen, jetzt muss alles ganz schnell gehen, und bringen den verunglückten Motorradfahrer mit dem Organspendeausweis ins St. Josef-Hospital, wo eine junge Frau auf eine neue Lunge wartet.

Die Hermannstraße glitzert silbern im Licht der Weihnachtsbeleuchtung.

„Mensch, Junge!" Petrus' Augen leuchteten warm. „Das war

Rettung in letzter Sekunde!“ Er lächelte und drückte Balu den Passierschein in die Hand. Die rechte Tür hinter ihm war verschwunden, es gab nur noch die linke, die mit den süßen Klängen, die sich jetzt langsam öffnete und den Blick freigab auf ...

Ähm.

Aber das ist eine ganz andere Geschichte, die hier nichts mehr zu suchen hat.

Ich habe ihn entsorgt, denke ich, als ich den Weihnachtsbaum auf den Gehweg fallen lasse. Der Wind schubst ihn hin und her und mir kommen die Tränen. Er ist ziemlich mickrig und krumm, aber ich weine ja auch nicht wegen der Tanne, der ein Windstoß jetzt noch eine Handvoll Nadeln auszieht.

Hastig schließe ich die Tür ab und eile die Straße entlang. Ich blinzle, wische mir mit dem Handrücken über die Augen, stelle den Kragen meiner Jacke hoch und ziehe den Kopf zwischen die Schultern. Gleichzeitig senke ich den Blick. Wenn mich bloß keiner anspricht. Nicht jetzt, wo anscheinend alle Gefühle der letzten fünfzehn Jahre in mir hochkommen. Wie sollte ich etwas erklären, was mir selbst nicht klar ist?

Meine Beine sind auf Autopilot geschaltet, laufen den Weg, den sie so gut kennen, den sie auch vor wenigen Tagen genommen haben. Damals, wie sich das anhört, aber es kommt mir wirklich schon sehr weit weg vor – wir alle mit Sektgläsern in der Hand, in prickelnder Silvesterlaune auf der Brücke, auf der ich nun wieder stehe. Vor mir die Insel Grafenwerth, rechts und links der Rheinarm, der jetzt kalt und düster wirkt. Wie dieser Eisklumpen in meiner Brust. Ich lehne mich an die Brüstung und blicke in das dunkle Wasser. Denke daran, wie mir vor ein paar Tagen ebenfalls das Wasser in die Augen stieg, als wir uns zuprosteten und ein frohes neues Jahr wünschten, obwohl ich ihm eigentlich alles andere wünschte. Während wir die Köpfe in den Nacken legten und den von Lichtfontänen erhellten Nachthimmel über Bonn und dem Rhein bestaunten, dachte ich an diesen blöden Spruch „Liebe ist, wenn man in dieselbe

Richtung schaut". Tja, und wenn man dabei an vollkommen verschiedene Dinge denkt, was sagt das über die Beziehung?

Angefangen hat es kurz nach dem zweiten Advent. Vermutlich viel früher, aber das war der Zeitpunkt, als es für mich begann. Ich war mit ein paar Freundinnen in Bonn shoppen und anschließend auf dem Weihnachtsmarkt. Die Erinnerung, wie ich in der Bahn nach Honnef saß, mit meinen Einkaufstüten, die Wangen gerötet von der Kälte und dem Glühwein, ist noch ganz frisch. Zu Hause angekommen habe ich, wie ich es immer mache, ein Versteck für Werners Geschenke gesucht. Im Grunde ist es ihm egal, ob er vorher weiß, was er bekommt, für Überraschungen ist er nicht wirklich zu haben, aber ich finde es schön, mich auf sein Gesicht an Heiligabend zu freuen, ich mag auch die leise Angst, dass er sich genau mein Geschenk kurz vor Weihnachten selbst kauft. Also verstaue ich alles sorgfältig und lasse mir immer neue Verstecke einfallen. So fand ich es. In der hintersten Schrankecke, zwischen den Tischdecken, die ich im Sommer auf den Terrassentisch lege, steckte das Päckchen.

Natürlich hätte ich es einfach dort lassen können, aber wie schon in meiner Kindheit entwickelten meine Hände ein Eigenleben, griffen danach und drehten es hin und her. Es war weihnachtlich verpackt, aber die fast quadratische Form und der Aufkleber meines Lieblingsjuweliers konnten nur eines bedeuten. Es enthielt mit Sicherheit den Ring, den ich im Herbst im Schaufenster bewundert hatte. Ich jubelte innerlich. Als wir uns vor mehr als fünfzehn Jahren auf dem Weihnachtsmarkt kennenlernten, hielt ich Werner für den absoluten Romantiker, der mich mit immer neuen, verrückten Ideen überraschte. Leider schwand dies mit den Jahren immer mehr. Mittlerweile mied er Weihnachtsmärkte wie die

Pest und hatte auch sonst nicht viel übrig für den „ganzen Kitsch“, wie er verächtlich sagte. Dass er sich nun solch eine Mühe mit meinem Geschenk machte, war sensationell. Mit einem Grinsen steckte ich das Päckchen wieder zwischen die Decken und suchte mir ein neues Versteck.

In der Folge legte ich mich mit den Weihnachtsvorbereitungen besonders ins Zeug. Sofern Werner tatsächlich den Romantiker in sich wiederentdeckt hatte, konnte er es allerdings gut verbergen. Er war wortkarg, arbeitete mehr und länger denn je und ließ sich auch nicht zu einem Weihnachtsmarktbesuch überreden. Ich konnte von Glück sagen, dass er sich bereit erklärte, einen Baum zu besorgen, und verbarg meinen Ärger, als er mit dieser krummen, kleinen Tanne ankam.

Geschmückt sah sie gar nicht so übel aus und ich saß mit glänzenden, erwartungsvollen Augen vor den brennenden Kerzen und wartete auf mein Geschenk. Er freute sich über meine Gaben und überreichte mir feierlich ein großes Paket. Es war schwer und teuer, aber das konnte nicht darüber hinwegtäuschen, dass es ein Küchengerät war, das zwar viel konnte, aber dennoch nicht dazu gedacht war, einen schlanken Finger zu schmücken.

„Das ist doch viel zu viel“, stammelte ich, noch in Erwartung des zweiten Päckchens. Ich bekam es nicht. Nicht Heiligabend und auch nicht am ersten Weihnachtstag. Gegen Mittag des zweiten Tages eröffnete er mir, dass er dringend noch einmal ins Büro müsste, eine wichtige Sache vorbereiten. „Du könntest mich mitnehmen, ich könnte am Poppelsdorfer Schloss spazieren gehen“, schlug ich vor. Er winkte bedauernd ab. „Es dauert nicht lange, außerdem weißt du, dass ich den Weihnachtskram hasse.“

Er hatte immer viel gearbeitet, aber noch nie an Weihnachten. Irgendetwas stimmte nicht. Als er weg war, sah ich im Schrank nach. Das Päckchen war weg.

Er kam spät nach Hause, bewegte sich leise und behutsam, was nicht zu ihm passte. Ich stellte mich schlafend, wartete, bis seine ebenfalls ruhigen Atemzüge mir zeigten, dass er eingeschlafen war. Vorsichtig stand ich auf, ging zunächst in die Küche, trank ein Glas Wasser und lauschte auf Geräusche. Nichts. Er schlief.

Ich schlich zur Garderobe, fischte sein Smartphone aus der Jackentasche. Er hatte sich nicht die Mühe gemacht, den Code zu ändern. Ich ging die Verbindungen durch. Wer war Sina? Bei den Bildern fand ich die Antwort. Eine lächelnde Blondine, mindestens zwanzig Jahre jünger als er. Die neuesten Fotos zeigten sie, wie sie grinsend ihre Hand mit einem großen, kitschigen Ring in die Kamera hielt, davor waren ein paar Selfies der beiden, die sie eindeutig auf dem Weihnachtsmarkt gemacht hatten. Auf unserem Weihnachtsmarkt. Mir kamen die Tränen. Meine Hände zitterten so stark, dass ich das Telefon fast fallen ließ, ich musste mich hinsetzen und es in den Schoß legen, um es überhaupt ausstellen zu können. Dann steckte ich es zurück in die Jackentasche, schloss mich in die Gästetoilette ein, hielt mir ein Handtuch vors Gesicht und heulte los. Es dauerte eine Weile, bis ich mich beruhigt hatte. Als ich den winzigen Raum wieder verließ, hatte ich einen Plan.

„Löwenburg? Das ist jetzt nicht dein Ernst? Bei der Kälte? Außerdem fühle ich mich in den letzten Tagen nicht gut, ich glaube, ich muss mal wieder einen Termin beim Kardiologen machen. Vermutlich muss er mich neu einstellen, ich habe das Gefühl, die Medikamente wirken nicht mehr so richtig."

Ich machte ein besorgtes Gesicht.

„Dann lassen wir das natürlich lieber. Ich könnte Ulla fragen, ob sie Lust auf einen Neujahrsspaziergang hat."

Normalerweise zieht das immer, er kann Ulla so wenig leiden, dass er alles versucht, um auch mich von ihr fernzuhalten. Aber diesmal nickte er nur. Ich weiß nicht, wie ich es trotzdem schaffte, ihn zu dem Ausflug zu bewegen, vermutlich lag es daran, dass ich ihm eine bissige Bemerkung Ullas übermittelte. Gekränkte Eitelkeit ist bei Männern in ihrer Midlife-Crisis doch immer noch eine gute Motivation.

Es war wirklich kalt, als wir losstiefelten. Er hatte noch dafür plädiert, etwas näher heranzufahren, aber mein Argument, dass der Fußweg durch Bad Honnef doch nun wirklich das kleinste Übel war, verfehlte seine Wirkung nicht. Schon beim ersten, leichten Anstieg wurde sein Kopf krankhaft rot, aber er fing sich wieder. Der Weg schlängelte sich bis zum Löwenburger Hof mit relativ erträglichen Steigungen durch den Wald. Erträglich, wenn man dreimal die Woche ins Fitnessstudio geht wie ich.

Es waren an diesem Neujahrstag nur wenige Spaziergänger unterwegs. Ich plapperte munter vor mich hin, berichtete die neuesten Klatsch- und Tratschgeschichten meiner Freundinnen, von denen ich wusste, dass sie ihn ohnehin nicht interessieren. Er trottete tapfer um Luft ringend neben mir her. Sein Atem ging leicht fiepend und sein Gesicht war immer noch puterrot. Fast tat er mir leid und ich schlug tatsächlich am Löwenburger Hof vor, dort einzukehren. Er nickte, dann verengten sich seine Pupillen und er schüttelte leicht den Kopf. „Nein, jetzt haben wir es doch fast geschafft", seine Stimme war kaum zu verstehen, „wir können auf dem Rückweg immer noch einkehren."

Dazu sollte es nicht mehr kommen. Wir hatten gerade die ersten Überreste der Ruine erreicht, als Werner ausrutschte. Mit den Armen rudernd suchte er nach Halt, fiel dann aber doch. Er lag nur ein paar Meter neben dem Weg, die Kleidung verdreckt, ein paar Kratzer im Gesicht von den Zweigen der Sträucher. Der Atem ging mühsam, er riss den Mund ganz weit auf, seine Augen waren schreckvoll geöffnet und seine Hände griffen an die Brust, als ob er sich die Jacke vom Leib reißen wollte.

Ich beugte mich über ihn. Sein Atem wurde schwächer. Meine Finger zitterten, als ich nach meinem Mobiltelefon griff. Kein Empfang. Ich lief ein paar Meter, schließlich war ich ganz oben auf der Burg, als das Display ein paar Balken anzeigte.

Obwohl das Krankenhaus nicht weit weg war, brauchten sie fast eine halbe Stunde, bis sie bei uns waren. Vierundzwanzig lange Minuten, die ich und ein paar andere Spaziergänger sich mit Wiederbelebungsversuchen abmühten. Ich war vollkommen durchgefroren und apathisch, als ich neben dem mittlerweile leblosen Körper, in dem ein paar Schläuche und Nadeln steckten, im Rettungswagen saß. Das „Wir konnten leider nichts mehr für Ihren Mann tun" des Notarztes bekam ich nur wie durch einen Schleier mit. Freunde kamen und brachten mich nach Hause. Wollten bei mir bleiben. Keine Ahnung, wer die gerufen hatte, vermutlich sogar ich selber.

Dann, endlich, war ich alleine, machte mir erst mal einen starken Kaffee, um irgendwie durch die Beruhigungsmittel, die sie mir gegeben hatten, zu dringen. Es fühlte sich anders an, als ich es mir gedacht hatte. So endgültig. Gar nicht mehr wie ein Spiel mit bunten Spielsteinen. Aber jetzt musste ich es auch zu Ende bringen. Ich streifte dünne Handschuhe über und warf als Erstes die Placebos weg, die er in den letzten Tagen geschluckt hatte. Dann landete die gleiche Menge der echten Medikamente in der Toilette. Das Handy rührte ich nicht an, obwohl ich daran gedacht hatte, mein Motiv zu löschen. Wenn sie Verdacht schöpfen würden, käme es ohnehin heraus.

Es gab ein paar kurze Momente, in denen man mich merkwürdig ansah. Aber bei den Vorerkrankungen war es nicht ungewöhnlich, dass die Betablocker und was er noch so schluckte mit einem Mal nicht mehr ausgereicht hatten. Ich machte ein angemessen bedrücktes Gesicht und hausierte mit ein paar Selbstvorwürfen, weil ich ihn zu der Wanderung überredet hatte. Aber dann war die Sache auch schon durch. Die kleine Blondine stand bei der Beerdigung ein wenig abseits und sah mich forschend an. Ich blickte interessiert und erstaunt zurück, bis sie den Blick senkte. Damit war dieses Kapitel ebenfalls abgeschlossen. Dachte ich.

Und nun stehe ich hier und heule vor mich hin. Ich ziehe ein Taschentuch aus der Jacke, schniefe hinein, werfe noch einen Blick auf den Rhein, der friedlich vor sich hin fließt und mit Sicherheit nicht reden wird. Dann nehme ich mein neues Smartphone und wähle die Nummer. Eine warme Männerstimme meldet sich. Heißer Kakao mit einem kräftigen Schuss Rum. Forschende Hände unter einem Kaschmirpullover. Ich schließe die Augen und räuspere mich.

„Der Weihnachtsmarkt ist zwar längst abgebaut, aber ich kenne ein nettes Restaurant in Bonn."

„Ja, ich hätte auch mal wieder Hunger", sagt die Stimme, die nach dunklen Augen und braunen Locken klingt, „und zum Dessert hätte ich gerne was Süßes, Heißes."

Kurz darauf bin ich auf dem Weg nach Bonn. Eigentlich mag ich diese ersten Januartage überhaupt nicht. Alles ist irgendwie trüb und kalt, Menschen hetzen mit ärgerlichen Mienen durch die Straßen, weil sie die unerwünschten Geschenke doch nicht mehr umtauschen konnten oder, schlimmer noch, von der Erbtante beim Umtausch erwischt wurden. Aber Rodrigo würde mich schon trösten. Es ist ein paar Wochen her, genau genommen fand unser kleines Abenteuer kurz nach dem zweiten Advent statt und ich hatte mir geschworen, dass es sich niemals wiederholen würde. Aber nun ist die Lage komplett anders.

Von Befangenheit keine Spur, als ob wir uns gestern noch gesehen hätten, liegen wir uns direkt in den Armen. Sein Atem schmeckt ein wenig nach abgestandenem Zigarettenrauch, das war mir damals nicht aufgefallen. Und seine Hände verschwinden ein wenig zu schnell unter meinem Pullover. Hastig wehre ich sie ab, schließlich sind wir mitten in Bonn und es könnte durchaus sein, dass jemand die trauernde Witwe erkennt.

„Hallo?"

Die Stimme ist mir fremd, das Gesicht erkenne ich jedoch wieder, als ich mich umdrehe. Es ist die Blondine. Sie sieht Rodrigo und mich erstaunt, aber, wie ich finde, auch ein wenig frech an. Sie lächelt ihm kurz zu dann wendet sie sich an mich: „Könnte ich Sie kurz sprechen?"

Ich nicke und gehe mit ihr ein paar Schritte zur Seite. Mir ist peinlich bewusst, dass ich mitten in der Stadt vor dem Rathaus stehe, gerade mit meinem Lover geknutscht habe und nun mit der Geliebten meines toten Gatten spreche. Wenn ich noch vor Kurzem geglaubt habe, alles sei nun gut, dann war das wohl sehr voreilig.

Die Blondine räuspert sich.

„Ich weiß nicht, ob Werner Ihnen von mir erzählt hat, ich vermute, er ist nicht mehr dazu gekommen. Nun, es fällt mir jetzt nicht gerade leicht, aber ich denke, es ist besser, wenn Sie es von mir erfahren und nicht durch meinen Anwalt. Vermutlich ist er, also Werner, ja auch nicht mehr dazu gekommen, sein Testament zu ändern."

Ich schnappe nach Luft. Im Augenwinkel sehe ich, dass Rodrigo uns mit zusammengekniffenen Augen fixiert. Aber hören kann er mit Sicherheit auf die Entfernung nichts. Ich sehe die Erbschleicherin wütend an.

„Entschuldigen Sie, aber glauben Sie im Ernst, dass Sie nur mit meinem Mann ins Bett zu steigen brauchen und schon haben Sie Anrecht auf einen Erbteil? So einfach dürfte das ja nun nicht sein."

Sie lacht.

„Ins Bett steigen? Na ja, ich weiß ja nicht, was Sie mit dem guten Rodrigo so machen, kein Wunder, dass Ihnen die Fantasie durchgeht. Was Ihren verstorbenen Gatten angeht", sie betont jede einzelne Silbe, „liegen Sie damit aber ganz falsch. Ich war eine Jugendsünde."

Hier unterbreche ich sie mit einem höhnischen Lachen, das abrupt in ein Husten übergeht, als sie weiter spricht: „Werner ist, nein, war mein Vater. Wenn Sie nachrechnen, kannten Sie ihn noch gar nicht, als ich gezeugt wurde. Und wenn ich bis vor Kurzem noch Skrupel hatte," sie wirft wieder einen Blick auf meinen Latin Lover, „jetzt habe ich sie nicht mehr. Ich frage mich nur, ob es Ihnen nicht ganz gut gepasst hat, dass mein Vater so plötzlich das Zeitliche gesegnet hat."

Ihre Stimme ist unangenehm und ätzend. Ich bemühe mich um Fassung.

„Werner hat mir nie etwas von Ihnen erzählt. Eine Tochter! Wer hätte das gedacht?", ich atme tief ein. „Leider muss ich dringend ein paar Dinge hier in der Stadt klären, könnten wir uns vielleicht in den nächsten Tagen einmal treffen?"

Sie sieht mich zweifelnd an, vermutlich glaubt sie mir kein Wort. Warum sollte sie auch?

„Kann ich Sie irgendwie erreichen?“, hake ich nach. Sie nickt und reicht mir eine Visitenkarte. Ich stecke sie in die Manteltasche, reiche ihr die Hand und dann beeile ich mich, Rodrigo von diesem Ort und dieser Frau wegzuziehen.

„Was wollte Sina denn?“

Der nächste Schock.

„Du kennst sie?“

„Ja, wir hatten mal beruflich miteinander zu tun.“

Ach du Schande, das wird ja immer besser. Wie komme ich aus diesem Albtraum nur je wieder heraus? Wie in Trance lasse ich mich von Rodrigo durch die Straßen ziehen, er redet auf mich ein, vermutlich wäre es nützlich, ihm zuzuhören, aber in meinem Hirn ist nur Platz für die Sätze, die diese Sina gesagt hat, in einer Endlosschleife irren sie dort umher. Ich hätte Lust, meinen Kopf so lange gegen eine Wand zu schlagen, bis sie endlich durch ein Loch entweichen können.

Irgendwann sind wir in Poppelsdorf und mein Begleiter zieht mich in ein mexikanisches Restaurant. Man scheint ihn dort zu kennen. Ich protestiere, dass ich leider scharfes Essen gar nicht vertrage. Achselzuckend verlässt er das Lokal wieder, macht andere Vorschläge, aber ich möchte auf einmal eigentlich nirgendwo mehr hin. Und dann stehen wir vor einem Altbau in einer Seitenstraße und er sagt, dass er dort wohne. Ich seufze und gehe mit ihm hinein.

Die Wohnung ist ganz oben unter dem Dach, sie ist klein, besteht eigentlich nur aus einem Wohn-Schlaf-Raum mit Küchenzeile, einem winzigen Bad und einer noch winzigeren Abstellkammer. Wir essen Tiefkühlpizza. Dann will er mich küssen und seine Hände gehen wieder auf Wanderung. Ich wehre sie ab.

„Sorry, aber ich bin wohl doch noch nicht so weit.“

Und dann bricht es mit einem Tränenschwall aus mir heraus. Dass ich Werner zu Unrecht verdächtigt habe. Dass Sina in Wirklichkeit seine Tochter ist. Dass ich mir Vorwürfe mache, wegen der Wanderung. Behutsam nimmt Rodrigo mich in den Arm und wiegt mich hin und her. Wie immer versiegen irgendwann die Tränen. Ich putze mir die Nase und gehe ins Bad.

Der Blick in den Spiegel verrät mir, dass ich schrecklich aussehe. Ist jetzt auch egal, denke ich, trotzdem öffne ich den Badezimmerschrank in der vagen Hoffnung, etwas zu finden, mit dem ich die Fassade wieder richten kann. Immerhin stoße ich auf eine Gesichtscreme. Als ich sie wieder zurückstellen will, fällt mein Blick auf ein Fläschchen mit türkisfarbenem Nagellack. Und vor meinen Augen erscheinen Fingernägel in der gleichen Farbe. Die Hand reicht mir eine Visitenkarte. Sina Martin.

„Und, alles o.k.?", fragt Rodrigo, als ich vor ihm stehe. Ich nicke und gehe ein paar Schritte durch den Raum. Mein Blick streift über den Schreibtisch und beiläufig frage ich: „Was machst du eigentlich beruflich?"

Er lacht. „Habe ich dir das nicht erzählt? Ich bin Journalist."

Ich nicke. „Und du arbeitest mit dieser Sina zusammen?"

Er winkt ab. „Wir haben mal miteinander zu tun gehabt. Aber das ist lange her."

Versonnen blicke ich auf den Adventskalender, der immer noch an der Wand hängt. Die offenen Türchen sind zum Teil abgerissen, man kann gerade noch erkennen, dass spärlich bekleidete Weihnachtsfrauen abgebildet waren, die letzten Türchen wurden gar nicht mehr geöffnet, was nicht gerade für die Schokolade spricht.

„Woran denkst du?", fragt Rodrigo und ich denke, das ist mein Text. Mechanisch spreche ich seinen Text.

„An nichts."

Es ist eine Lüge. Tatsächlich überlege ich, wie denn nun eigentlich die einzelnen Teile dieses Puzzles zusammenpassen. Vermutlich gar nicht. Wahrscheinlich bin ich nur paranoid und brauche dringend frische Luft.

„Und warum steht Sinas Nagellack in deinem Bad?"

Er seufzt und streicht sich die braunen Locken aus dem Gesicht.

„Wir hatten mal was miteinander. Aber das ist lange vorbei. Damals haben wir an einer Story über Steuerbetrug gearbeitet. Wir waren da an einer richtig heißen Sache dran, Sina hatte sich bei ein paar Steuerberatern als Praktikantin eingeschleust. Und richtig brisante Informationen bekommen. Aber auf einmal wollte sie von nichts mehr etwas wissen und auch die Story nicht mehr bringen. Dabei hätten wir damit richtig groß rauskommen können."

Ich spüre, wie mir der Schweiß ausbricht.

„Und, willst du nicht alleine weitermachen?"

Er schüttelt den Kopf.

„Dazu fehlen mir ein paar Informationen. Die wesentlichen Unterlagen hat Sina. Und die will sie auch nicht rausrücken."

Ich hoffe, dass Rodrigo mir die Erleichterung nicht anmerkt. Er lächelt.

„Aber vielleicht habe ich ja jetzt eine Möglichkeit, an die Informationen zu kommen. Schließlich bist du ja die Witwe eines Steuerberaters. Genau genommen, des Beraters, der wohl mit am tiefsten drin hing."

Mein Lächeln fällt mir schwer und ich frage mich, wann ich Rodrigo erzählt habe, dass mein Mann Steuerberater war. Eigentlich dachte ich, ich hätte ihm erst vor einer Viertelstunde erzählt, dass er tot ist.

„Ich bin nur die Witwe, mit der Arbeit meines Mannes habe ich nichts zu tun."

„Aber du kannst sicherlich in sein Büro gehen und dir seine Unterlagen ansehen."

„Und warum sollte ich das tun? Ich will dir ja gerne helfen, aber schließlich beschmutzt das nicht nur das Ansehen meines Mannes."

„Warum ist er eigentlich gestorben? Ich meine, wieso bricht ein Mann einfach so zusammen? Und wenn er so krank war, warum macht er dann eine anstrengende Wanderung?"

„Es war ein harmloser Spaziergang", höre ich mich sagen. Und wieder frage ich mich, woher Rodrigo das alles weiß.

„Ich kann es versuchen", fahre ich leise fort. „Kannst du mir sagen, wonach du suchst?"

Als ich das Haus verlasse und durch die kalte Abendluft gehe, fühle ich mich grippig, mein Kopf glüht.

Am nächsten Morgen rufe ich Sina Martin an. Sie wirkt zunächst irritiert, ist aber gerne zu einem Treffen bereit. Ich schlage eine Pizzeria in Siegburg vor. Das ist weit genug weg. Und nah genug, damit es nicht zu auffällig ist.

Ich gebe mich reumütig und verständnisvoll.

„Natürlich war es ein kleiner Schock für mich. Ich bin ja auch immer noch etwas angeschlagen, weil Werner", ich schluchze, „so plötzlich ... und ich mache mir solche Vorwürfe, weil ich diesen blöden Neujahrsspaziergang mit ihm gemacht habe. Aber er wollte das unbedingt. Vermutlich wollte er mir oben von dir, ich darf doch du sagen, erzählen."

Blondie nickt verständnisvoll. Ich muss zugeben, dass wir uns ziemlich nett unterhalten. Sie entschuldigt sich sogar wegen der Verdächtigungen. Am Ende bleibe ich länger als geplant, bezahle unser Essen und vergesse fast, ihr die Weihnachtskekse zu geben.

„Werner mochte so gerne dieses bayrische Buttergebäck. Das Besondere ist, dass dieses Rezept mit Rum ist, während in anderen oft nur Zitrone genommen wird. Ich dachte, du magst die Plätzchen vielleicht auch."

Sina nimmt die Tüte mit einem Lächeln und feuchten Augen.

„Die sind ja fast zu schade zum Essen."

„Wenn du sie magst, bekommst du in Zukunft immer welche. Du bist ja das Einzige, was mir von Werner geblieben ist."

Meine Tränen sind sogar echt.

Von Siegburg aus fahre ich wieder nach Poppelsdorf. Es dauert ziemlich lange, in den engen Straßen einen Parkplatz zu finden. Ich will auch nicht zu nahe an Rodrigos Wohnung parken.

Er ist erstaunt, als ich mit den Pizzakartons vor der Tür stehe. Dann fällt sein Blick auf den großen braunen Umschlag, der aus meiner Tasche ragt. Ich grinse. Er greift für meine Begriffe etwas zu gierig nach dem Umschlag, will ihn gleich öffnen.

„Ich denke, wir essen erst mal was, oder?"

Es fällt ihm sichtlich schwer, den Umschlag zur Seite zu legen. Und ich habe tatsächlich Vergnügen daran, ihn ein wenig zu quälen. Wir trinken Wein, prosten uns zu. Er verschlingt seine Pizza förmlich, während ich mit meinem Besteck kleine Stücke auf dem Karton herumschiebe.

„Wie bist du so schnell an die Unterlagen gekommen?", fragt er mit vollem Mund.

„Sina hat sie mir gegeben", antworte ich, „als Vertrauensbeweis."

Als Rodrigo blass wird, schiebe ich es auf die Pizza. Er

wankt, als er aufsteht, verliert den Halt und kriecht schließlich auf allen vieren Richtung Bad. Ich bemühe mich, nicht hinzusehen, stecke den Umschlag wieder ein, durchsuche rasch seinen Schreibtisch nach weiteren Unterlagen, die ich ebenfalls einpacke. Dann wische ich mein Besteck ab, nehme die Pizzareste mit und verlasse die Wohnung. Mir ist ein wenig schlecht, was in meinem Fall nicht an der Pizza liegt. Auch das Zittern von Händen und Beinen hat nichts damit zu tun. Wieder weine ich, aber diesmal ist es auch Erleichterung.

Als ich fast zeitgleich von den beiden Leichenfunden in der Zeitung lese, ahne ich, dass es immer noch nicht vorbei ist. Dennoch erschrecke ich beim Anblick der Polizeibeamten in Zivil, die am nächsten Tag vor meiner Tür stehen. Ich muss mein Entsetzen nicht heucheln, als sie mir berichten, dass Sina Martin erschlagen in ihrer Wohnung aufgefunden wurde. Anscheinend wurde eingebrochen und sie hat den Einbrecher ertappt.

„Wurde denn etwas gestohlen?"

„Das können wir nicht sagen", antwortet einer der Beamten. „Die ganze Wohnung wurde offenkundig durchsucht, es lagen jede Menge Unterlagen herum. In ihrem Organizer haben wir Ihren Namen gefunden."

Ich berichte von meinem Treffen mit der schon wieder verlorenen Stieftochter. Die Beamten machen sich eifrig Notizen. Und dann stellen sie die entscheidende Frage, die ich befürchtet habe. Ich bemühe mich, schnell zu antworten. Vielleicht zu schnell.

„Rodrigo Ruiz Cuendia? Nie gehört, den Namen. Aber wissen Sie, Bonn ist ja immer noch ein Dorf. Da würde ich nicht ausschließen, dass man sich mal irgendwo begegnet ist.

Und da mein Mann sein Büro in Bonn hatte, war ich auch häufig dort."

„Ihr Mann war Steuerberater."

Ich nicke. Schon ein leichtes Antippen kann Dominosteine umkippen lassen, dieses Bild habe ich vor Augen, als einer der Beamten weiterredet.

„Herr Ruiz Cuendia und Frau Martin haben an einer Story über Steuerbetrüger gearbeitet. Kollegen der beiden haben uns das gesagt."

„Ob mein Mann und Frau Martin auch beruflich miteinander zu tun hatten, müssten Sie im Büro erfragen, dazu kann ich leider nichts sagen."

Als die Beamten gehen, stehe ich an der Tür und sehe auf der ganzen Straße Dominosteine, die in immer rasanterem Tempo umfallen. Und mittendrin stehen Sternsinger, die mich fragend anblicken. Ich werfe die Tür zu. Deren Segen kann mir nun auch nicht mehr helfen.

Home for Christmas Jutta Wilbertz

„I'll be home for Christmas", singt Bing Crosby in mein Ohr.

Ich habe mir diese ganzen alten Weihnachtsschnulzen aufs Handy geladen, ach, ich liebe sie – und der Mann hat ja so was von recht! Weihnachten muss man zu Hause sein. Und mit Zuhause meine ich jetzt nicht das Elternhaus oder so, danke, nein. Zuhause, dass ist der Mensch, den man liebt.

Zuhause: Das bist du!

Und genau dahin gehe ich gerade. Nach Hause! Zu dir! Es ist schon richtig dunkel und der schmale Siebenmorgenweg entlang der Eisenbahnlinie ist in diesem Abschnitt ziemlich einsam, aber ich finde das gut – so kann ich mitsingen, ohne dass ich blöd angeguckt werde. „I'll be home for Christmas"!

Okay, am Heiligabend wird es wohl keinen interessieren, wenn jemand Weihnachtslieder vor sich hinträllert.

Übrigens ein sehr glücklicher Jemand, ich tanze sogar ein bisschen hin und her – nein, das ist wirklich gerade richtig so, dass hier kein Mensch mehr unterwegs ist.

Um diese Uhrzeit sind alle entweder in der Kirche oder schon irgendwo eingeladen, stellen den mitgebrachten Rotwein auf den Tisch, vom Herd wehen Duftschwaden von Gänsebraten und Rotkohl herüber. Vielleicht sind sie ja auch Vegetarier und schnibbeln Champignons fürs Raclette, angeln die Antipasti aus den Plastikschälchen und richten sie stilvoll an, auf teurem Porzellan.

Es nieselt leicht und es ist mal wieder gar nicht kalt. Das ist typisch fürs Rheinland, Schnee wäre jetzt natürlich viel romantischer, aber das ist mir heute wirklich völlig egal.

Ich laufe und hüpfe und genieße jeden einzelnen Schritt,

der mich näher zu dir bringt, koste ihn voll und ganz aus! Endlich! Wie oft habe ich schon davon geträumt!

Ach Schatz, ich kann es kaum erwarten, dein Gesicht zu sehen. Du rechnest nicht mit mir, nein, aber ich weiß genau, dass du übers ganze Gesicht strahlen wirst, wenn du die Tür öffnest und siehst, wer da am Heiligabend auf deiner Matte steht. Du wirst strahlen wie der sprichwörtliche Weihnachtsbaum und natürlich wirst du mich küssen, sofort.

Okay, vielleicht doch nicht ganz sofort, du bist ja eher der zurückhaltende Typ. Du wirst mich hineinbitten und ich werde den Champagner und den Kuchen überreichen, italienischer Panettone, so richtig stilvoll und romantisch. Ich habe hin und her überlegt, ob nicht doch ein Christstollen besser wäre. Aber dann wäre ja auch Glühwein passender, nicht Champagner. Und Glühwein muss man heiß trinken, dann wäre das ja irgendwie schon wieder ein ganz falsches Timing bei unserem Wiedersehen, wenn wir erst in die Küche müssen und einen Topf suchen und wer weiß, ob du überhaupt Nelken und Zimtstangen und Orangenschalen hast, denn Glühwein muss man selber machen, der fertige Glühwein ist viel zu süß. Na ja, und mit einer Thermoskanne in der Tür stehen, nein, das wirkt auch irgendwie komisch, direkt prollig.

Also Champagner und Panettone und dann wirst du mich küssen und auf deine Couch ziehen (im Wohnzimmer steht eine, die sieht ganz gemütlich aus, soweit ich das von draußen erkennen konnte) und alles wird wieder sein wie früher, als alles noch gut war, bevor SIE gekommen ist und dich mir gestohlen hat.

Früher gab es nur uns beide! Weißt du noch, wie ich immer um vier Uhr nachmittags auf dich gewartet habe? Draußen an der Eingangstür deiner Firma? Das war so romantisch und du hast da auch immer so gestrahlt, wenn du mich gesehen hast. Und dann sind wir zu dir in die Wohnung nach Poppelsdorf gefahren und hatten da unseren Spaß. Danach sind wir essen gegangen, zum Italiener oder in eines der Bistros oder auch mal ins Kino und dann hast du mich nach Hause gebracht. Mit zu mir hochkommen wolltest du nie und auch bei dir durfte ich nicht übernachten, du bist ein Mensch, der seine Ruhe braucht, das habe ich immer verstanden.

Männer sind vom Mars und müssen ihren Freiraum haben. Aber auf Dauer wären wir natürlich dann doch zusammengezogen, hätten geheiratet und ein hübsches Häuschen in einem netten Viertel im Rechtsrheinischen gehabt, Vilich oder Limperich oder eben Beuel, da, wo du jetzt wohnst. Mein Schatz, wir gehören einfach zusammen. Das war uns beiden doch immer klar, das war gar nicht nötig, dass wir darüber reden. Und es war klar, dass wir irgendwann zusammen einen Hund haben würden, einen Golden Retriever. Erst mal anstelle eines Kindes, mit Kindern hast du es ja nicht so, du hast sofort das Thema gewechselt, als ich das mal angesprochen habe, vorsichtig und wie nebenbei. Hab ich auch verstanden, Kinder sind laut und anstrengend und du brauchst deine Ruhe und deinen Freiraum. Auf Dauer hättest du dich aber sicher über ein Kind gefreut. Nur, dass das damals noch zu früh war, das war mir direkt klar, darum hab ich dir auch gar nichts davon gesagt, sondern das alleine geregelt. Für Kinder haben wir ja jetzt schließlich immer noch alle Zeit der Welt!

Jetzt habe ich die Gartenstraße erreicht, ganz still und ruhig ist es heute. Normalerweise ist hier einiges los, direkt links auf der anderen Seite der Bahnlinie sind ja der Aldi und der dm und die Bäckerei und die Tanzschule. Ich denke aber, die meisten kommen zum Einkaufen von der Vilicher Seite her, denn an diesem Bahnübergang steht man ja regelmäßig ewig und drei Tage!

Vor ein paar Tagen hättest du mich beinahe beim dm gesehen, ich wollte nur schnell Shampoo holen, da kamst du mir im Gang entgegen, ich konnte mich gerade noch hinter dem Regal verstecken. Wäre natürlich nicht schlimm gewesen, wenn du mich entdeckt hättest, dann hätten wir uns eben dort geküsst, aber irgendwie habe ich mir unser Wiedersehen romantischer vorgestellt – nicht umgeben von Windeln, Tampons und Q-tips.

Und vor allem nicht, wenn SIE währenddessen bei dir zu Hause hockt. Die hat sich ja wirklich benommen, als ob sie bei dir wohnt! Ich hab das tagelang beobachtet, die war immer da, ist einfach nicht nach Hause gegangen, sogar, als du unterwegs warst. Hat einen blinkenden Weihnachtsstern ins Fenster gehängt. Und gestaubsaugt.

Du hast ja dieses große Wohnzimmerfenster, da kann man gut reingucken, wenn man von hinten kommt und ein vernünftiges Fernglas hat und alles hell erleuchtet ist.

Ich bin sicher, du fandest das gar nicht gut, dass sie sich so bei dir breitmacht, aber du bist halt ein höflicher, zurückhaltender Mensch. Die hat dich von Anfang an nur kontrolliert, hat dich dazu gebracht, Dinge zu tun, die du gar nicht wolltest!

Wie damals! Als du plötzlich verlangt hast, dass ich dich nicht mehr abhole. Das sei dir peinlich. Quatsch! Das hat SIE dir eingeredet, da hatte SIE dich schon im Visier, dabei hatte sie gerade erst in deiner Firma angefangen.

Wir haben uns dann immer direkt vor deiner Wohnung getroffen, aber wir sind immer nur kurz hoch und danach hattest du keine Zeit für mich, weil du noch was für die Firma tun musstest, Projektplanung, Riesenauftrag, hast du gesagt und da hab ich halt abends allein bei mir zu Hause gehockt und hab DVDs geguckt, „Notting Hill“ und „Schlaflos in Seattle“.

Dass du immer so lange und viel arbeiten musstest, das war auch IHRE Schuld, die hat das doch so gedreht, dass ihr im gleichen Team wart und dann hat SIE dich verführt.

Da konntest du nun wirklich nichts für, DIE hat dich verhext und ihre Krallen in dich geschlagen. Und dann hat SIE dich dazu gebracht, gemein zu mir zu sein. Zu sagen, dass wir uns nicht mehr sehen können und dass du mich nie geliebt hättest, ich sei nur eine Bettgeschichte, eben dieser ganze Schwachsinn, den SIE dir eingeredet hat.

Nein, ich war nie böse auf dich und dass ich dann versucht habe, dich mit dem Auto zu überfahren, das war wirklich keine Absicht, das ist einfach so passiert, eigentlich wollte ich nur schnell weg, nachdem du so gemein zu mir warst und ich hatte mich doch gerade erst ganz allein um die Sache mit dem Kind gekümmert, da können einem doch schon mal die Nerven durchgehen. Finde ich.

Das hab ich denen in der Klinik auch gesagt, trotzdem musste ich richtig lange da bleiben, die haben mich auch immer eingeschlossen, das war völlig unnötig, ich hab schließlich nur ein einziges Mal versucht, mich im Treppenhaus die Stufen runterfallen zu lassen, hatte nur ’nen Haufen blauer Flecke und fühlte mich ziemlich dämlich, denn eigentlich war mir ja klar, dass du in Wirklichkeit nur mich liebst. Und dass du mich nur deshalb nicht besucht hast, um mich nicht aufzuregen.

Ich hab dann irgendwann mit den Psychofritzen einfach nicht mehr über dich und mich gesprochen, nur noch über meine Pläne für ein neues Leben und dass ich nach Essen ziehen werde und mich drauf freue, weil ich da Verwandte habe, und die würden mir auch helfen bei der Jobsuche und dann haben sie mich endlich gehen lassen, das war in der Woche nach Nikolaus, und natürlich bin ich sofort zu dir, aber da stand dein Name nicht mehr auf der Klingel.

War aber nicht schwer, deine Adresse rauszukriegen und ich hab mich total gefreut, Bonn Beuel! Wie lieb von dir, dass du schon mal das Häuschen gekauft hast, für dich und mich. Du wusstest ja nicht genau, wann ich rauskomme, ich wollte dir immer schreiben, aber die in der Klinik haben mir einfach keine Briefe an dich erlaubt. Dass du trotzdem an unseren Plänen festgehalten hast, ach, das hat mich so glücklich gemacht.

Ich bin dann erst mal leise im Dunkeln um das Haus rumgegangen, und das war gut so, denn da hab ich nämlich SIE gesehen! In deinem Haus! Das du für uns beide gekauft hast! Und DIE hatte sich da eingenistet, gegen deinen Willen, sogar gekocht hat SIE für dich, das hab ich gesehen, du wolltest nie, dass ich für dich koche oder überhaupt länger in deiner Wohnung bleibe, das hab ich respektiert, aber DIE hat sich einen Dreck um deine Wünsche geschert und du, ich kenn dich ja, du bist viel zu höflich, du wehrst dich nicht.

Aber eigentlich wolltest du das alles nicht, du wolltest und willst mich, nur mich, das habe ich ganz deutlich auf deinem Gesicht gesehen, als sie sich an dich angekuschelt hat. Du hast sie zwar angelächelt und von hinten die Arme um sie gelegt, aber ich weiß ja genau, dass du nicht gerne kuschelst, mit mir hast du das nie gemacht, weder davor noch danach, und das war auch völlig in Ordnung so.

Aber die, wie die deine Hand genommen und auf ihren Bauch gelegt hat – das war doch widerlich!

Und da wusste ich, dass ich dir helfen, dich befreien muss!

Da ist die Gartenstraße, ich gehe sie ein Stückchen rechts hoch zu meinem Wagen und werfe meinen Krempel in den Kofferraum, auch das große Regencape, das ziemlich besudelt ist. In meinem Kosmetikköfferchen habe ich Feuchttücher, hab ja doch schmutzige Hände gekriegt, auch das Gesicht tupfe ich vorsichtig ab, viel ist nicht drauf gespritzt, insoweit reicht das völlig aus, ich will jetzt nicht komplett neues Make-up auflegen. Ich pudere mir das Gesicht, zieh mir die Lippen nach, nehme die Umhängetasche mit dem Champagner und dem Panettone und einen Regenschirm.

Eine nette Gegend hast du für uns zum Wohnen ausgesucht. So grün, in manchen Vorgärten stehen Tannenbäumchen mit Lichterketten, überall in den Fenstern hängen Sterne und der kleine Weg entlang der Bahnlinie, der ist einfach super praktisch, wenn man schnell mit dem Hund gehen will.

Wie SIE das gerade eben getan hat, vor zehn Minuten. Sie ist immer um die gleiche Zeit raus mit ihrer Töle, da konnte man die Uhr nach stellen, von deinem Haus im Siebenmorgenweg aus über die Gartenstraße rüber und dann in den einsameren Teil des Siebenmorgenwegs.

Ich hab sie beobachtet in den letzten Tagen und hab mir schon gedacht, dass es auch Heiligabend nicht anders sein wird – und Heiligabend erschien mir als der ideale Zeitpunkt zum Handeln, jetzt nicht nur, weil da überhaupt keiner unterwegs ist, sondern auch von wegen Romantik und so.

Was hat die mich angestarrt, als ich ihr auf die Schulter

getippt habe. Viel sagen konnte sie nicht mehr, ich hatte den Hammer ja schon griffbereit unterm Cape. Und der Kläffer hat dann auch gleich eins rüber gekriegt, so'n kleiner Schoßhund, eigentlich ganz süß, das hat mir schon irgendwie leidgetan und einen Moment lang hab ich überlegt, ihn zu behalten, ich wollte ja immer einen Hund, aber das Vieh hat ja nun mal IHR gehört und da denke ich, für unser neues Leben brauchen wir 'nen nagelneuen und auch größer, Golden Retriever, die sind die idealen Familienhunde, weil, das mit Kindern, das wirst du auf Dauer schon einsehen.

Ich stehe am Auto, höre mir wieder „Home for Christmas" an und warte. Na bitte, die Schranken gehn runter und ein Zug rast vorbei, ich lausche ihm nach, nein, ich höre keine kreischenden Bremsen, er fährt durch, und das heißt, dass der Lokführer nichts gesehen hat auf den Schienen und dass jetzt nicht mehr viel übrig ist von IHR. Und von dem Hund auch nicht, den hab ich ihr auf den Bauch gelegt.

Der Hammer ist jetzt im Kofferraum, den werf ich von der Kennedy-Brücke runter in den Rhein. Aber erst morgen oder so. Heute Nacht gehört nur uns beiden.

Leise summend biege ich rechts in den Siebenmorgenweg ein.

„I'll be home for Christmas." Ja, der Bing Crosby weiß, was richtig ist. Da ist deine Haustür und ich schelle.

Mann, du wirst vielleicht Augen machen!

Frohe Weihnachten, mein Schatz!

„Flammende Herzen" standen seit meiner frühesten Kindheit für das, was die Weihnachtszeit ausmachte. Christbaum, Geschenke und Familie waren das Eigentliche. Aber der Duft der „Flammenden Herzen" läutete diese Hochzeit der Genüsse, der Geselligkeit und der guten Gaben ein und sorgte für eine Atmosphäre der Verzauberung, die das ganze Haus erfasste.

Die Regie in der Küche meines Elternhauses, das gleichzeitig mein Groß- und Urgroßelternhaus war, führte zu der Zeit Oma Hertha. Meine Mutter, Omis Schwiegertochter, war – für die Achtzigerjahre nicht mehr ganz ungewöhnlich – berufstätig. Als Hausdame im Dreesen, wo sie 1963 ihren Mann kennengelernt hatte – wie Omi sich ein Vierteljahrhundert vorher dort in Opi verguckt hatte, dessen Vater bereits seit dreißig Jahren zum Inventar gehörte. Man kann mit Fug und Recht behaupten, dass das Rheinhotel Dreesen für unsere Familie der Ort war, wo es funkte. Und zwar im doppelten Sinne: Die Männer meiner Familie waren samt und sonders Elektriker und Hausmeister, die Frauen Stubenmädchen. Das, was man heute Facility Manager und Beschäftigte im Housekeeping nennt.

Opi, der seit seinem Renteneintritt im Jahr 1977 den Lehnsessel im Wohnzimmer bewohnte, aus dem er sich nur noch zu den Mahlzeiten und zur Bettzeit herausbequemte, konnte die Weihnachtszeit nicht leiden. Jede räumliche Veränderung sei seinem Herzschrittmacher nicht zuzumuten, behauptete er. Papa kannte trotzdem kein Erbarmen, schleppte pünktlich zum vierten Advent den Sessel auf Opis Zimmer und baute den Weihnachtsbaum an dessen Stelle auf. Opi kam nur noch zu den Mahlzeiten herunter, hockte ansonsten in seiner Stube und schmollte. Bis der Weihnachtsbaum wieder abgebaut wurde.

Omi schickte uns mit kleinen Aufträgen nach oben, um ihn zu besänftigen. Er durfte als Einziger von den „Flammenden Herzen" kosten. Die Dosen mit dem Weihnachtsgebäck standen bis zum Heiligabend in einem Regal im Keller zwischen all dem Elektrokram, den die Männer der Familie Volkmann seit den Neunzigerjahren des letzten Jahrhunderts angesammelt hatten. Omi buk zwar Unmengen köstlicher Kekse, zählte sie aber genau ab und überwachte penibel den Bestand. Bis Heiligabend durfte er nicht angetastet werden. Wenn sie mich als den älteren Enkel in den Keller beorderte, wurde ich genau instruiert, wie viele Plätzchen ich für Opi entnehmen durfte.

„Ha!", sagte Opi grimmig, als ich ihm das Tellerchen mit drei „Flammenden Herzen" vorsetzte. „Hochzeitstag! Hertha backt wieder kleine Brötchen!"

Tatsächlich hatten Omi und Opi in der Vorweihnachtszeit geheiratet, am achtzehnten Dezember 1938. Aber wieso „kleine Brötchen"?

„Plätzchen!", korrigierte ich verärgert, weil der alte Mauler das Vorkoster-Privileg nicht zu würdigen schien.

Opi steckte einen Keks in den Mund, ließ ihn auf der Zunge zergehen und stopfte die anderen gleich hinterher, ohne sich von Franks und meinen hungrigen Blicken stören zu lassen.

„Köstlich", grunzte er und fuhr mit der Zunge das Gebiss ab, Krümel zwischen den Zähnen herausporkelnd. Wir beobachteten fasziniert und ein wenig schaudernd die wandernde Beule unter der stoppeligen Haut.

„Hochzeit, ach, ja", seufzte er. „Was für ein Glück!"

„Was meinst du, Opi?", wollte Frank wissen. „Dass du

Oma oder dass sie dich geheiratet hat?" Opi schloss die Augen und legte den Kopf zurück, als träumte er. Frank nutzte schnell die Gelegenheit, mit einem angefeuchteten Finger die Krümel von dem Tellerchen aufzutupfen.

„Sie hatte ja keine Wahl! Aber das Beste draus gemacht! Diese Plätzchen sind wirklich preiswürdig."

„Wieso keine Wahl?" Das war ich.

„Sie hat mich genommen! Das war doch schlau, oder?" Opi seufzte. „Besser ein Elektriker, der sein Fach versteht, als ein durchgeknallter Gasmann, der alle Herzen und die ganze Welt in Flammen setzt."

„Was für ein Gasmann?", hakte Frank nach.

Opi kicherte. „Hertha und das Hitlerchen, nee, nee."

Franks Finger hielt mitten in der Bewegung inne. Wir guckten uns an. Frank tippte sich an die Stirn.

Ich fragte: „Omi und Adolf Hitler?"

„So ein Männlein!" Opi schüttelte den Kopf. „Aber die Weiber lagen ihm zu Füßen! Der war kein Kostverächter. Wollte immer die Hertha als Zimmermädchen. Aber so blöd war eure Omi dann auch wieder nicht! Die kannte schon den Spatz in der Hand."

Auch wenn ich nicht alles verstand, was Opi erzählte, das eine schien er sagen zu wollen: Adolf Hitler höchstpersönlich war im Hotel Dreesen in der Rheinstraße in Bonn eingekehrt und meine Omi, mein Opi und mein Uropa mussten ihn leibhaftig kennengelernt haben!

„Hat Papa ihn auch erlebt?", fragte ich.

„Na, der wird sich nicht erinnern", meinte Opi. „Aber er hat sich jedes Mal nach ihm erkundigt."

„Papa? Nach Hitler?"

„Nee. Hitler nach deinem Papa", stellte Opi richtig. „Der hat ihm immer Geschenke mitgebracht."

„Hitler? Papa?“

„Na, der hatte einen Narren an unserem Adelbertchen gefressen. Die Hertha hatte einen Stein bei ihm im Brett“, sagte Opa und es schien, als sei er doch ein bisschen stolz, dass das „Männlein“ sich für seine Frau und seinen Stammhalter interessiert hatte.

„Was hat er Papa denn mitgebracht?“

„Alles Mögliche. Leckereien. Holzschwerter. Zinnsoldaten.“

„Zinnsoldaten?“, echote Frank.

Ich dachte, er wollte uns vereimern. „Papa hat von Adolf Hitler Zinnsoldaten gekriegt?“

„Können wir die für unsere LGB haben?“, fasste Frank nach.

„Die haben wir gleich nach dem Krieg verkauft. Wer wollte da noch was von Soldaten oder Hitler wissen? Wir hatten Hunger. Und die Amis im Hotel. Die tauschten Souvenirs gegen Schokolade. Der Eisenhower war immer anständig. Der hatte ja selbst Vorfahren aus Deutschland.“

„Der amerikanische Präsident?“ Ich hatte im Politikunterricht gerade den Zweiten Weltkrieg gehabt und war schwer beeindruckt. „Der war auch hier?“

„Na, da war er ja noch nicht Präsident“, korrigierte Opi.

Es minderte mein Hochgefühl nicht. Der Hauch der Weltgeschichte hatte mein Elternhaus gestreift. Vielmehr das des Arbeitgebers meiner Familie.

„Wer will denn davon etwas wissen?“, sagte Papa, als ich ihn am gleichen Abend darauf ansprach.

„Ich“, entgegnete ich.

„Ich nicht.“ Papa klappte die Zeitung auf und stellte sich taub.

Mama sagte: „Dummes Geschwätz!“ und verschwand ins Bad.

Ich schlich in die Küche. Omi stand mit dem Rücken zu mir an der Anrichte und räumte Geschirr ein.

„Opi sagt, du hättest Adolf Hitler persönlich gekannt.“

Ein Glas klirrte und zersprang auf der marmornen Ablage. Omi fuhr herum, todesbleich. „Lieber Himmel, Tommy, was hast du mich erschreckt! Ich hab dich gar nicht kommen gehört!“

„Ich – ich wollte doch nur –“, stammelte ich.

Ihr Gesichtsausdruck ließ mich verstummen. Sie fixierte mich böse über den Brillenrand. „Du kommst mir gerade recht! Wer hat wieder von den „Flammenden Herzen“ genascht?“

„Ich nicht!“ Ich verdrückte mich ins Kinderzimmer zu meinem Bruder. Frank war zwölf. Auch wenn der Name „Adolf Hitler“ ihm etwas sagte, interessierte ihn das alles eher nicht. Er spielte am liebsten mit der LGB, Lehmanns Groß-Bahn, zu der ich mit neun ein erstes Basis-Set bekommen hatte, und das seitdem Jahr für Jahr zu Geburtstagen und Weihnachten ergänzt wurde: Schienen, Weichen, Trafos, Waggons, Loks, Tunnel fanden sich auf unseren Gabentischen. Ich meinte zwar allmählich, dass ich aus dem Alter raus war, in dem man Modelleisenbahnteile geschenkt kriegte, aber Frank freute sich immer noch wie Bolle. Papa half beim Aufbau der Anlage, zeigte uns, wie das mit dem Stromkreis funktionierte, und irgendwie gehörte es einfach dazu, dass wir zu dritt an Heiligabend auf dem Bauch durch die Wohnung rutschten, Schienen verlegten und jubelten, sobald die Bahnen sich in Bewegung setzten. Das würde in diesem Jahr nicht anders sein. Für meinen Vater war das wohl einerseits ein Stück nachgeholte Kindheit – in der

Kriegszeit hatte es all das natürlich nicht gegeben. Andererseits wollte er uns in die Geheimnisse des Erwachsenseins einweihen – und das hieß in der Familie Volkmann nun mal: in die Kunst der Elektrizität. Unser Uropa Fritz hatte dieses Handwerk gelernt, als das Rheinhotel Dreesen am dritten Mai 1894 eröffnet hatte – komplett beleuchtet. Damals eine Sensation, die dem Haus vor dem Rheinpanorama die Anmutung eines prächtigen Palastes gab. Als sein Sohn Heinrich, unser Opi, kaum vierzehnjährig bei ihm in die Lehre ging, wirkten beide bei einer viel bestaunten Attraktion mit: dem Kastaniengarten mit seinem elektrisch betriebenen fahrbaren Glasdach. Adelbert, unser Vater, war wiederum dabei, als die Kastanien-Anlage nach der Zerstörung in der Kriegs- und Nachkriegszeit in den Fünfzigerjahren neu aufgebaut wurde.

Diese technischen Großtaten des Volkmann-Clans waren uns seit frühester Kindheit überliefert worden – nichts hingegen von der politischen Vergangenheit ihrer Wirkungsstätte. Das Dreesen als Residenz von Nazi-Größen im Dritten Reich!

Beim Frühstück war Omi äußerst schlecht gelaunt. „Sechs ‚Flammende Herzen'!", knurrte sie. „Sechs Menschen, die infrage kommen. Familie!" Das letzte Wort spuckte sie fast über den Tisch, so verächtlich kam es über ihre Lippen. Der bohrende Blick, der auf mich gerichtet war, sprach allerdings Bände. Keiner schien geneigt, sich auf das Thema einzulassen. Mama verabschiedete sich zum Wochenenddienst. Papa erkundigte sich, was es noch einzukaufen gebe. Frank bot sich an mitzukommen. Er wusste genau, dass dabei immer etwas für ihn abfiel. Opi begab sich aufs Zimmer. Ich verdrückte mich in den Keller, um dem Spüldienst zu entgehen.

Eigentlich wollte ich einen von Franks LGB-Waggons

mit Innenbeleuchtung versehen. Mein Taschengeld hatte so gerade für das Birnchenset gereicht. Als ich das Regal nach Werkzeug und Kabeln durchsuchte, fiel mir ein gewickelter Draht in die Hand. Ich kannte ihn von dem Zaun, der die Wiese eingrenzte, auf der die Kühe des benachbarten Bauern weideten.

Mir kam eine Idee.

Eine halbe Stunde später hatte ich mittels des Weidezaundrahts und eines Starterkabels das Backblech, auf dem die Dosen mit den „Flammenden Herzen“ standen, unter elektrische Spannung gesetzt. Eine Auto-Fußbodenmatte aus Gummi unter dem Blech verhinderte die Entladung. Wer sich an den Keksen vergreifen wollte, riskierte einen Stromschlag. Harmlos, aber heilsam. Bei aller Liebe – den Denkzettel hatte Frank verdient, fand ich.

Omi war nicht mehr in der Küche. Ich klopfte an ihre Kammertür. Schließlich musste ich sie warnen. Und ihr deutlich machen, dass ich es wirklich nicht gewesen sein konnte. Sie reagierte nicht. Als ich die Tür vorsichtig öffnete, lag sie angezogen auf dem Bett, leise Schnarchgeräusche von sich gebend.

Opi saß im Lehnstuhl, wie immer. Ich setzte mich auf den Boden, mit dem Rücken an sein Bett gelehnt. „Darf ich dich was fragen, Opi?“

Er sah mich lange und nachdenklich an. Schließlich sagte er: „Manchmal ist es gar nicht gut, wenn man alles so genau weiß. Wenn man alt wird, neigt man zum Plaudern.“

„Wie meinst du das?“, fragte ich.

„Na, das mit deiner Omi“, entgegnete er. „Versprich mir, dass du sie in Ruhe lässt. Und deinen Vater auch. Er kann doch nun gar nichts dafür.“

„Wofür denn?“ Ich verstand nur Bahnhof.

„Ach, nichts“, sagte Opi. „Ich dachte, du wolltest mich was fragen.“

„Wollte ich ja auch. Aber nicht wegen Omi. Ich wollte wissen, woher der Weidezaundraht im Keller kommt.“

„Ach so“, meinte Opi. Er legte den Kopf zurück und schien in Gedanken zu versinken. „Der muss noch von den französischen Offizieren übrig sein“, sagte er schließlich.

„Hä? Wieso Franzosen? Hast du gestern nicht gesagt, die Amerikaner wären nach dem Krieg hier gewesen?“

„Das war nachher. Die Franzosen waren im Dreesen interniert. In der Winzerstube.“

„Französische Offiziere wurden mit Weidezaundraht in einem Weinlokal eingesperrt?“

„Winzerstube hieß das Lager. Das war eine Außenstelle von Buchenwald.“

„Das Dreesen? Ein KZ?“

Eine Weile herrschte Schweigen im Zimmer.

„Denen ging es nicht schlecht“, sagte Opi. „Bei uns wurde keiner gefoltert oder umgebracht.“

Ich schwieg.

Opi suchte meinen Blick. „Mitgegangen, mitgefangen“, sagte er. „Die Alternative war Fronteinsatz. Wir hatten doch keine Wahl. Wupps, hatte man selbst Dreck am Stecken.“

Ich schwieg immer noch.

Opi beugte sich vor. „Ich will, was mich angeht, nichts schönreden, Tommy. Aber vergiss niemals: Dein Vater war ein Kind. Er konnte nichts dafür. Nichts für seinen leiblichen Vater, nichts für mich. Du und dein Bruder, ihr könnt genauso wenig dafür. Man sollte den ganzen Dreck mit ins Grab nehmen. Man wird ihn nicht los, indem man ihn weitergibt. Also behalte es für dich. Okay?“

Mein Kopf dröhnte. Ich nickte mechanisch, ohne zu verstehen, was er von mir wollte. Opi stemmte sich aus dem Lehnstuhl hoch und schlurfte in Richtung Bad. Ich schlich mich aufs Zimmer, warf mich der Länge nach aufs Bett und versuchte, meine Gedanken zu ordnen. Opi hatte mir etwas anvertraut, irgendetwas Wichtiges. Etwas, das mit Oma Hertha, mit meinem Vater zu tun hatte und mit den Nazis. Er hatte davon erzählt, dass das Rheinhotel Dreesen am Ende des Kriegs eine Außenstelle des KZ Buchenwald gewesen war und wenn ich ihn richtig verstanden hatte, hatte er zum Wachpersonal gehört. Mein Opi ein KZ-Scherge! Dabei konnte er Hitler nicht leiden. Das „Männlein"! Aber was hatte er mir zu Omi und Papa sagen wollen? Was sollte das mit dem leiblichen Vater meines Vaters bedeuten?

Als ich Opis Schritte auf der Treppe hörte, war ich noch vollkommen in Gedanken. Erst als die Haustür ins Schloss fiel, schreckte ich auf.

Die Stimme meines Vaters. „Tommy!" Unmissverständliche Order, beim Ausladen der Einkäufe mit anzupacken. Ich flitzte nach unten und verdrängte die düsteren Überlegungen. Omi steckte die Nase aus dem Zimmer, kam in die Küche und überwachte das Einräumen der Lebensmittel. Sie schimpfte mit Papa, der die Backpflaumen vergessen hatte, und tadelte Frank, der alles in den Kühlschrank stopfte, wo es gerade Platz fand.

Nicht lange darauf strömte der Duft des Mittagessens durchs Haus. Linsensuppe. „Tischdecken!", rief Omi.

Als sie mit der Terrine ins Esszimmer trat, war Opi noch nicht aufgetaucht. „Frank, geh nach deinem Großvater gucken", befahl mein Vater.

Der kehrte kurz darauf zurück. „Nicht da."

„Nicht auf dem Zimmer?" Omi runzelte die Stirn. „Klopf mal an der Badezimmertür."

Frank gehorchte und kam unverrichteter Dinge zurück. „Bad ist leer", meldete er.

Wir suchten ihn im ganzen Haus. Mein Vater rief mich schließlich in den Keller. Da war er. Eine Blechdose „Flammende Herzen" im Arm saß Opi mit dem Rücken gegen die Wand und lächelte mit geschlossenen Augen. Dass er nicht mehr atmete, stellten wir erst fest, als wir ihn mit vereinten Kräften hochzustemmen versuchten.

Ich erschrak bis ins Mark.

Papa nahm seinen Vater auf den Arm, trug ihn die Treppe hinauf, bettete ihn aufs Sofa und rief den Notarzt.

Der konnte nichts mehr ausrichten. „Das Herz", sagte er. „Der Schrittmacher hat versagt. Für jemand, der praktisch nur noch im Sessel hockt, sind solche Treppen schon eine Herausforderung."

Dann widmete er sich Omi, die in Tränen aufgelöst war. Frank klammerte sich an Papa und schluchzte. Mama weinte still vor sich hin, während sie den Tisch abräumte.

Ich war wie gelähmt.

Spät am Abend, als Opi im Wohnzimmer aufgebahrt lag, kamen alle wieder der Küche zusammen. Mama nahm mich in den Arm. „Tommy! Du bist so bleich! Adelbert, guck mal, der sieht doch aus, als wollte er gleich umfallen!"

„Magst du eine Runde spazieren gehen?", fragte Papa. „Frische Luft tut gut." Er achtete nicht auf den Protest meiner Mutter und zog mich hinter sich her in den Flur. Draußen stapften wir eine Weile schweigend nebeneinander her.

„Ich hab den Draht verräumt", sagte mein Vater. „Ich vermute, das war wegen Omis Bemerkung beim Frühstück?"

Ich blieb stehen. Auf einmal schossen mir die Tränen in die Augen und waren nicht mehr zu stoppen. Papa nahm mich in den Arm und wiegte mich wie ein kleines Kind.

„Sauberer Aufbau“, brummte er. „Hut ab.“

„Ich hab das doch nicht gewollt!“, schluchzte ich.

„Nein“, sagte Papa. „Es war sein Herz. Irgendwann erlischt das Feuer halt.“

„Ich hatte ihn noch so viel fragen wollen“, flüsterte ich.

„Besser so“, meinte Papa. „Sollte nicht jeder das Recht haben, seine Geheimnisse mit ins Grab zu nehmen?“

Er nahm mein Kinn in die Hand, hob meinen Kopf an und küsste meine Tränen weg.

Vielleicht hat er ja recht.

Aber tief in meinem Herzen lodert seitdem etwas.

Vielleicht werde ich es meinem Enkel einmal erzählen.

Verfolgt Vera Stegh

Du bist schön. Deine tollen Beine kommen in der engen Hose gut zur Geltung. Du hast wirklich Geschmack. Ich hoffe sehr, dass dir mein kleines Geschenk gefällt. Bis Weihnachten wirst du wissen, wer ich bin.

Alice dreht das Päckchen hin und her. Vanillekipferl. Fett und Zucker. So ein kleines Biest hat bestimmt hundert Kalorien. Mit dem Fuß schiebt sie die Tür zu. Während sie zweimal den Schlüssel im Schloss herumdreht, ihre Stiefeletten abstreift und den Mantel auszieht, wendet sie das Stück Papier hin und her. Kein Hinweis auf einen Absender. Ein geheimer Verehrer.

Das Telefon.

„Nein Mama. Ja Mama. Ich kann wirklich nicht. Jemand muss ja den Dienst übernehmen." Sie geht zur Tür. Klack. Den Riegel zu. „Warum ich? Die ohne Familie müssen halt ran, ist doch klar, das ist im Waldkrankenhaus genauso wie überall." Sie hob die Stiefeletten an, um sie auf dem Abtreter zu platzieren. Exakt parallel. Die Absätze hatten auf den Fliesen gestanden. Wie konnte das passieren?

„Ja Mama, klar seid ihr da. Du weißt doch, wie das gemeint ist."

Dieser Streifen, wie kommt dieser Streifen an die Tür?

„Von mir aus, aber morgen sage ich dir auch nichts anderes. Tschüss", schiebt sie noch nach, als sie den Hörer schon auf die Ladestation gestellt hat.

Sie drückt den kleinen schwarzen Schalter und die bunten Lichtchen an dem Plastikweihnachtsbäumchen beginnen zu blinken.

Sie spürt einen Schmerz im Magen und geht in die Küche. Irgendeine Kleinigkeit muss sie essen. Die Salatschleuder spritzt. Flink putzt sie die Wasserspritzer von der strahlend weißen Arbeitsfläche.

Exakt drei Spritzer Öl gibt sie auf die grünen Blätter. Ein bisschen Öl muss sein. Essig. Getrocknete Kräuter. Frische sind gesünder. Sie zu hacken macht furchtbar viel Dreck.

Sie isst Salat. Zehn Gabeln voll. Na gut, nach dem harten Training dürfen es fünfzehn werden. Na, sagen wir dreizehn.

93256489. „Ja, Schwester Ines. Es tut mir leid. Heute geht es wirklich nicht. Ich habe schreckliche Migräne. Bis morgen." Piep piep.

Deine Ausdauer ist bewundernswert. Wie du dich bewegst, ist faszinierend, elegant, athletisch. Ich konnte den Schweiß sehen. Er hat geglänzt wie mein Geschenk für dich.

Dominosteine. Mit dunkler Schokolade. Der Duft ist verführerisch. Bedrohlich. Ab mit den Dingern in den Karton zu den anderen sechs Packungen. Sie geht im Flur auf und ab. Ins Fitnessstudio geht sie schon eine Weile nicht mehr. Die Blicke der anderen auf ihren Po und die dicken Schenkel kann sie nicht ertragen. Joggen am Rhein geht nur ganz früh morgens. In der Rheinaue kennt sie sich aus. Da hat sie ihre Ruhe. Auf ihrer Zehn-Kilometer-Runde begegnet sie nur ganz selten jemandem. Heute ist ihr niemand aufgefallen. Sie muss besser aufpassen.

Der Umschlag zeigt ein Herz, darin die Ziffer sieben. Kein Absender. Die Schriftart ist Arial.

Sie schließt zweimal ab.

Über die frisch gewischten Fliesen ist sie doch tatsächlich mit Schuhen gelaufen. Im ganzen Flur. Ein Schauder des Ekels rieselt ihren Rücken herunter, als sie ein kleines Häufchen Erde sieht. Schnell stellt sie die Joggingschuhe auf ihren Platz neben den Stiefeletten. Der Türriegel geht schwer. Den Brief legt sie auf das Sideboard. Kante auf Kante mit den anderen.

„Schwester Ines, es geht wirklich nicht. Ich lasse mich durchchecken, ist gut. Ich weiß. Ja, dass ich in der Probezeit bin, ist mir klar. Danke. Bis morgen."

Dass die Fernbedienung immer diese Fettflecken bekommt, ist wirklich nervig.

Der Vollmond wirft einen sanften Lichtfleck auf ihr Kopfkissen. Sie hat kaum geschlafen, vielleicht drei oder vier Stunden. Der Wecker zeigt fünf Uhr dreißig. Zur Arbeit kann sie nicht gehen. Es geht nicht. Sie streift ihren Trainingsanzug über und klettet Gewichtsmanschetten an ihre Fußgelenke. Die schweren. Weihnachtliche Fenster und leuchtende Rentiere in den Vorgärten säumen die Rheinallee. Sie fühlt sich beobachtet, aber sie muss jetzt laufen. Es ist kalt, das spürt sie auf dem Weg zum Rhein. Ab da nichts mehr. Wenn ihre Beine den Rhythmus gefunden haben, kann sie sich auflösen. Das ist das Gefühl. Das Beste überhaupt. Leicht sein.

Als sie nach Hause kommt, dämmert es. Am Türknauf ihrer Wohnung hängt eine Geschenktüte in Lilametallic. Darauf hat er ein Herz geklebt. Pink und in Schwarz die Vierzehn darauf geschrieben. Schnell öffnet sie und schiebt sich durch den schmalen Spalt, als fürchte sie, es könnte ihr jemand nachkommen. Natürlich muss sie den Brief öffnen. Das gehört sich so.

Vielleicht magst du meine Süßigkeiten nicht. Damals warst du mein Müslischatz. Mein Ökohexchen. Weißt du noch? Ich wäre so gern eine von deinen Nüssen gewesen. Wie deine Zähne sie zerknacken, ist so sexy.

Eine Tüte mit Macadamias hält sie in ihrer Hand. Hundert Gramm haben fünfundsiebzig Gramm Fett. Früher war ihr das egal. Wie konnte sie nur? Es ist grausam, dass er sie daran erinnert. Wer ist das nur?

Mit spitzen Fingern hält sie das knisternde Päckchen und lässt es in die Schachtel fallen. Den Brief Kante auf Kante. Sie muss dringend putzen. Als sie gerade die Plastikhandschuhe angezogen hat, klingelt das Telefon. Auf dem Display leuchtet die Nummer ihrer Eltern. Sie atmet tief durch.

„Hallo Mama, gut und euch? Du hast was? Ich habe mich krankgemeldet. Ihr müsst mich nicht zum Arzt fahren. Ich bin ja kein Baby mehr."

Sie hält den Hörer ein bisschen weiter weg, während ihre Mutter auf sie einredet. Muss sie jetzt wieder mit Weihnachten anfangen? Ihr Blick fällt auf die Schachtel voller Naschereien auf dem Sideboard. Die kann sie Papa schenken. Vor sich sieht sie die fette Bratensoße und ihre Mutter, wie sie mit der Geflügelschere die Gans zerlegt. Kraschz. Ganz fest drückt sie das Telefon an ihr Ohr.

„Nein, an Weihnachten muss ich immer noch arbeiten. Bis dahin bin ich längst wieder gesund. Mama, jetzt sei doch nicht gleich wieder eingeschnappt."

Tuuut. Ein A. Ihr Gitarrenlehrer hat ihr mal erklärt, das Freizeichen im Telefon ist immer ein A. Ihre Mutter hat einfach aufgelegt.

Sie wischt die Böden und alle Fronten in der Küche. Danach muss sie dringend duschen. Die Wasserspritzer beseitigt sie mit einem Abzieher, mit einer Kinderzahnbürste schrubbt sie den Kalk aus den Fliesenfugen.

Sie frühstückt eine Kiwi und einen Apfel, den sie in kleine Spalten schneidet. Ein halber wäre besser. Die Hälfte aufzubewahren ist unhygienisch. Dazu schwarzen Kaffee. Sehr stark. Ihr Herz wummert in der Brust.

Ein kurzes Klingeln lässt sie aufschrecken. Dass der Ton so schrill ist, wusste sie nicht. Ob sich das ändern lässt?

Auf der Fußmatte liegt ein Umschlag. Das Herz darauf ist gelb ausgemalt, darin steht eine Sechzehn. Das Blatt, das sie herauszieht, zittert in ihren Händen.

Ich beobachte so gern, wie du läufst, mein Schatz. Aber bleib nur weiter zu Haus. So gehörst du noch mehr mir. Bald besuche ich dich. Ich weiß, dass du diese kleinen Sünden liebst. Früher konntest du nicht genug davon bekommen. Wenn ich doch nur zusehen könnte, wie du sie verschlingst.

Das Folientütchen kann sie mit Mühe so stillhalten, dass sie den goldenen Schriftzug der Konditorei Nick erkennen kann. Weihnachtstrüffel. Die Pralinen brüllen sie an. Sie darf nicht nachgeben. Den Schlüssel drehen, den Riegel zuschieben. Das Tütchen in die Schachtel.

Das Telefon. Bitte nicht. Endlich wird das Klingeln von der quäkigen AB - Stimme abgelöst.

„Hier ist die automatische Alice Wilke. Nachrichten bitte jetzt. Piep."

„Schwester Ines hier. Liebes, Sie müssen sich dringend melden. Sonst kann ich eine Kündigung nicht mehr verhindern. Wir brauchen Sie hier."

Das schlechte Gewissen quält sie. In ihren Hausschuhen schleicht sie zur Couch zurück. Wenn sie jetzt nicht laufen geht, wird sie zunehmen. Sie klickt ihre Facebook-Freunde durch. Einen Hinweis auf ihren geheimen Verehrer bekommt sie nicht. Dafür fühlt sie sich plötzlich einsam. Nadine aus ihrer Klasse hat sich verlobt. Basti ist noch immer auf seinem Südamerika-Trip. Ob jemand gemerkt hat, dass sie sich gar nicht mehr meldet? Als Krankenschwester hat man einfach zu viel zu tun. Erst recht im Waldkrankenhaus. Sie wird sich weiterbilden. Vielleicht noch studieren. Sie will jemand Wichtiges sein. Aber wie soll sie das schaffen? Wenn sie zur Arbeit geht, läuft sie ihm vielleicht genau in die Arme. Es ist so kalt. Sie müsste sich wenigstens krankschreiben lassen. Sie denkt an das Stethoskop auf ihrer nackten Haut, den strengen Blick von Dr. Berger, der sie in den Hüftspeck kneift und süffisant grinst.

Im Bad übergibt sie sich und bleibt auf den Fliesen liegen. Es ist so kalt.

Sie hat keinen Brief mehr auf die anderen gelegt. Kein Tütchen mit Bedrohungen ist mehr in der Kiste gelandet. Sie ignoriert das Klingeln. Einmal, zweimal, fünfmal. So schrill. Eine SMS hat er geschickt. Eine pro Tag. Nummer unterdrückt.

Ich vermisse dich so. Ich warte auf dich. Wie soll ich dir denn so etwas schenken? So lange stelle ich mir vor, wie du dich zu Hause bewegst. Das genügt mir für heute. Ich warte, bis es dunkel wird und du dein Licht einschaltest. Hast du diese Sonnenlampe noch? In deinem Schlafzimmer vielleicht?

Ein wenig nett könntest du schon zu mir sein. Ein Blick auf deinen süßen Hintern in deiner Sporthose. Das würde mir reichen. Deine Nachbarin ist sehr freundlich zu mir. Sie sagt, sie kennt dich kaum. Dass du manchmal auf dem Balkon deinen Kaffee trinkst. Da kann ich dich besuchen. Und nachsehen, ob du dich warm genug anziehst.

Ihr Handy hat sie ausgestellt. Das Telefon auch. Joggen geht sie nicht. Zur Arbeit auch nicht. Einkaufen gehen kann sie nicht. Der Kühlschrank ist leer, der Küchenschrank lacht sie mit einem Glas Silberzwiebeln aus. Gestern hat sie das letzte Knäckebrot gegessen. Egal. Kein Sport, kein Essen. Sie nimmt seine Briefe und reißt sie durch. Bis es ganz kleine Schnipsel sind. Lass mich in Ruhe, denkt sie und lässt sie in den Mülleimer rieseln. Die Kiste mit den Süßigkeiten sieht sie nur, wenn sie durch den Flur geht. Die Süßigkeiten sieht sie vor sich. Die ganze Zeit.

Es ist so kalt. Als sie die Augen schließt, sieht sie Lichtflecken um Weihnachtströffel und gebrannte Mandeln kreisen. Dann fangen bunte Herzen an zu tanzen, schwarze Zahlen fahren Achterbahn. Werden größer und noch schwärzer. Schrille Klingeltöne.

Als sie erwacht, versucht sie die Hand zu heben. Darin steckt eine Nadel, daran ein dünner Schlauch. Über ihr eine weiße Zimmerdecke. Dann drei Augenpaare.

„Mein kleiner Engel. Da bist du ja endlich wieder." Ihre Mutter hat Tränen in den Augen, ihr Vater hat mehr Falten. Zwei unbekannte braune Augen schauen direkt in ihre. Der Mund, der dazu gehört, grinst. Alice kann sich nicht rühren.

„Kannst du dich aufsetzen? Komm her, ich helfe dir, mein armes Kleines." Ihr Vater greift sie unter den Achseln und zieht sie hoch, während die Liegefläche brummend zur Rückenlehne wird. Sie schaut nach links. Auf dem Nachttisch stehen Tütchen mit Süßigkeiten. Umschläge mit Herzen und Zahlen. Das goldene Herz mit der Vierundzwanzig.

„Die hast du vor der Tür stehen lassen", raunt der Fremde und nimmt ihre Hand. „Frohe Weihnachten", haucht er fast unhörbar.

„Robert hat sich so um dich gekümmert, während du geschlafen hast. Und wer weiß, ob es ohne ihn so glimpflich ausgegangen wäre. Was für einen netten Freund du hast. Schade, dass wir ihn jetzt erst kennenlernen. Komm, Heinz, lassen wir die beiden endlich mal allein, es ist ja alles gut."

Ein Fingerzeig des Herrn Andreas J. Schulte

Wäre nicht dieser eine, bemerkenswerte Nachmittag gewesen, Pastor Hans-Hermann Hüwelkamp hätte es nie erfahren. Es war ein Fingerzeig des Herrn. Jawohl!

Seit fünf Jahren war Pastor Hüwelkamp den Schafen seiner Gemeinde in Bonn-Lannesdorf ein guter Hirte. Er liebte das moderne Äußere der Herz-Jesu-Kirche, den offenen, weiten Kirchenraum. Und wie jeder gute Hirte ertrug auch er manch schwere Stunde, ohne zu klagen. Die endlosen Debatten bei der Pfarrgemeinderatssitzung über den angemessenen Hauptpreis der Advents-Tombola – nun ja, das war anstrengend. Aber er nahm sie ebenso gelassen hin wie die schrecklichen Lieder und die Kopfschmerzen im Anschluss an die Weihnachtsfeier des Häkelkreises. Im Grunde nichts anderes als adventlich getarntes Kirschlikör-Gelage. Der Herr prüft die Seinen eben auf verschiedene Weise.

Jetzt aber war er mit seinem Latein am Ende.

Dabei hatte alles so einfach ausgesehen. Hüwelkamps ganzer Stolz waren die Figuren der Kreuzigungsszene an der Wand seines Altarraumes. Nur die Mutter des Herrn hatte eine Restaurierung nötig, doch dafür hatte bislang das Geld gefehlt. War es da nicht ein Wink des Schicksals gewesen, dass die verstorbene Katharina Beikirchner der Gemeinde fünfunddreißigtausend Euro vererbt hatte? Hüwelkamp hatte sofort die Arbeiten bei einem bekannten Restaurator in Köln in Auftrag gegeben. Der verlangte das Geld in bar und im Voraus – aber das war schließlich kein Problem. Zum Problem war es erst vorgestern geworden, als Pastor Hüwelkamp das Schreiben eines Anwalts erhielt. Ein Testamentszusatz sei aufgetaucht, die Verstorbene habe darin verfügt, dass mit dem Geld der Platz vor der Kirche erneuert werden solle. Die edle Spenderin wolle außerdem mit einer kleinen Bronzetafel in Erinnerung bleiben.

Pah, Gehwegplatten! Wovon sollte er die denn jetzt bezahlen? Eine Bronzetafel – eingebildete Kuh! Nur über seine Leiche! Und es kam noch schlimmer: Der Testamentsvollstrecker, Dr. Udo Bröhmer, ehemaliger Filialleiter der Kreissparkasse in Lannesdorf und ein guter Freund der Verstorbenen, wollte morgen mit Hüwelkamp über die Bauaufträge und ihre Bezahlung sprechen.

Natürlich würde Dr. Bröhmer schnell bemerken, dass das Geld nicht mehr auf dem Konto der Gemeinde war.

Über Hans-Hermann Hüwelkamp hing dieser drohende Besuch wie der Duft von Zimtsternen über einem Weihnachtsteller. Ach was, Zimtsterne, ein scharfes Damoklesschwert war dieser Bröhmer, eine Klinge, die ihn vernichten würde.

Wie gesagt, Pastor Hüwelkamp war mit seinem Latein am Ende. Seit einer Stunde saß er nun schon im Sessel seines Arbeitszimmers, unfähig, auch nur einen klaren Gedanken zu fassen, geschweige denn einen Ausweg zu sehen. Sogar die Probe der Sternsinger hatte er abgesagt.

Das Handy riss ihn lautstark aus seinem Grübeln.

„Wer nur den lieben Gott lässt walten“, gespielt von den Bläsern der Kottenforster Jagdhusaren 1897. Hüwelkamp hatte sie eigenhändig aufgenommen und als MP3-Datei auf seinem Telefon gespeichert. Ein Klingelton, den nicht jeder hatte. Seine großen, fleischigen Finger fanden nicht sofort die richtige Taste. Die Jagdbläser legten erneut los. Ein besinnliches „Stille Nacht, Heilige Nacht“ vom Blockflötenkreis wäre vielleicht auch nicht zu verachten, schoss es Hüwelkamp kurz durch den Kopf.

„Pastor Hüwelkamp am Apparat und der Segen Gottes mit dir“, Hüwelkamp war stolz auf diese Begrüßung, die er lange trocken geübt hatte, um sie auch fehlerfrei und mit der nötigen Begeisterung ins Telefon zu schmettern.

„Was? Ein Unfall. Ah ja, und ein Geistlicher wird benötigt, sagt der Arzt? Aber ich ... oh, ich bin der Erste, den Sie erreichen konnten. Gut, ich bin unterwegs.“

Keine fünf Minuten später rollte Hüwelkamp die Drachenburgstraße bergab. Sein nachtblauer Golf GTI, Baujahr 1976, war altersschwach, hatte aber noch den ersten Motor. GTI – Gott tourt immerdar, Hüwelkamps eigene Auslegung. Er liebte die Landstraße zwischen Lannesdorf und Gimmersdorf. Das Hupen der anderen Autofahrer ließ ihn kalt. Raser waren auch auf der Landstraße eine Gefahr. Von den schrecklichen Unfällen auf der A 565 ganz zu schweigen.

Fahr nie schneller, als dein Schutzengel fliegen kann – so lautete Hüwelkamps Devise. Da er unsicher war, wann genau ein Engel des Herrn außer Atem kam, fuhr er immer nur maximal fünfundvierzig Stundenkilometer Spitze. So konnte nichts schiefgehen.

Dann aber ging erst einmal alles schief. Nicht bei der Autofahrt, oh nein, die war ohne Problem verlaufen, zumindest für ihn. Aber als ihm die Schwester in der Notaufnahme des Malteser Krankenhauses den Namen des Patienten zuflüsterte, blieb Hüwelkamp mitten im Krankenhausflur wie erstarrt stehen.

Werner Offenheim. Der Schrecken seiner Schulzeit. Wehrsportgruppe Offenheim, hatten sie hinter vorgehaltener Hand den Sportunterricht genannt. Und der kleine, dicke Hans-Hermann war Offenheims Lieblingsopfer. „HaHa Hüwelkamp, unsere Lachnummer“, hatte Offenheim Woche für Woche getönt. „HaHa“ wurde Hans-Hermanns Spitzname in der Schule. Beim Wählen der Fußballmannschaft blieb Hüwelkamp immer als Letzter übrig. „Ihr müsst HaHa nehmen, wir hatten ihn schon letztes Mal“ – wie oft hatte er diesen Satz hören müssen.

Für Offenheim gab es sportliche und unsportliche Schüler und es gab HaHa Hüwelkamp.

Mit zitternden Knien betrat Hüwelkamp das Krankenzimmer. „Ich lass Sie jetzt mal allein, der Arzt kommt gleich“, raunte ihm die Oberschwester zu. „Schrecklich, so ein Autounfall kurz vor dem Fest.“

Offenheim lag mit geschlossenen Augen einfach so da. Vorsichtig trat Hüwelkamp an das Krankenbett. Vielleicht konnte er ja einen schnellen Segen sprechen, ohne den Offenheim zu wecken.

Von den Schläuchen einmal abgesehen, sah der Sportlehrer noch genauso aus, wie er ihn in Erinnerung hatte, nur die Haare waren grauer geworden.

Hüwelkamp holte tief Luft: „Im Namen des Vaters und des Sohnes und des ...“

Offenheim schlug die Augen auf. Es dauerte nur zwei Sekunden, dann war das vertraute, spöttische Glitzern wieder da. „Leck mich doch, der dicke Hüwelkamp. HaHa ist Pfaffe geworden! Was willst du Qualle denn an meinem Bett? Noch mach ich hier nicht den Abgang. Auf geistlichen Beistand pfeif ich, erst recht von so einer Lusche wie dir“, bellte ihm Offenheim ins Gesicht.

Pastor Hüwelkamp zuckte erschrocken zurück. So durfte man doch nicht mit einem Mann Gottes sprechen! Und dann passierte es. Mit dem Ellenbogen stieß er an den fahrbaren Nachttisch. Ein Glas Wasser kippte um und ergoss sich in eine der Steckdosen. Es dampfte, es zischte und dann erstarb die Maschine über Offenheims Kopf mit einem hohen Pfeifton.

Bevor Pastor Hüwelkamp überhaupt reagieren konnte, zuckte Studiendirektor im Ruhestand und Sportlehrer des Jahres 1976 Werner Offenheim ein letztes Mal, bevor er für immer die Augen schloss.

Der herbeigerufene Arzt konnte auch nur noch den bedauerlichen Tod des Patienten bestätigen, ein Kurzschluss, technisches Versagen. Gut, dass ein Priester schon vor Ort war.

Gut, dass Pastor Hüwelkamp vor Ort gewesen war, denn sonst hätte er den Fingerzeig des Herrn vielleicht gar nicht erkannt.

Sein Peiniger Offenheim war nicht mehr. Das war kein Zufall, das war ein Zeichen! Pastor Hüwelkamp fuhr so euphorisch, dass er gar nicht bemerkte, wie sich die Tachonadel zitternd der Sechzig-Stundenkilometer-Marke näherte. Ein Unfall, sicher. Aber das war schließlich kein Problem.

Erst lästern, dann sterben.

Hans-Hermann Hüwelkamp sah hier die Lösung seines Problems.

Würde Dr. Bröhmer die Stufen des Glockenturms sicher heruntersteigen? Erst Bilanz prüfen, dann hopp. Vielleicht etwas zu auffällig. Aber es gab ja noch andere Wege. Hatte er nicht erst kürzlich gehört, dass Bröhmer an einer schweren Allergie gegen Nüsse leide?

Ich sollte gleich morgen früh Weihnachtsplätzchen mit einer ordentlichen Portion Haselnüsse backen, dachte Hüwelkamp vergnügt.

In der Tat, die Wege des Herrn waren wunderbar – halleluja!

Auf Caspar musste sie besonders achten. Sie hätte ihn besser Kasperle nennen sollen; er besaß einfach nicht das einem Sterndeuter oder König entsprechende würdevolle Benehmen. Jetzt driftete er zum dritten Mal in die kahlen Felder ab und natürlich hatte Peter kaum Chancen, den widerspenstigen Kerl zurückzuhalten.

„Energischer!", rief Kaja, während sie Becca wendete, um dem unbeholfenen Reiter zu Hilfe zu kommen. „Sie müssen energischer mit ihm sein!"

Kaum hatte sie es geschafft, Caspar wieder auf Spur zu bringen, als Silvie zu würgen begann. Wie der Blitz glitt Kaja von ihrem hohen Sitz herab. „Halten Sie sich fest!", warnte sie, ehe sie Balthasar den Befehl gab, in die Knie zu gehen. Der Kamelwallach protestierte mit lautem Maulen, auf das Kaja keine Rücksicht nahm, weil sie Silvie aus dem Sattel helfen und gleich darauf beiseitespringen musste, damit die topgestylte blonde Tussi ihr nicht auf die Stiefel kotzte.

„Wenn Sie das Smartphone beim Reiten in der Tasche lassen, wird Ihnen nicht mehr übel!" Kaja hatte Mühe, einigermaßen freundlich zu bleiben. Sie hatten Wachtberg erst vor einer halben Stunde verlassen und schon gabs nichts als Ärger.

„Das blöde Vieh schaukelt so!" Ehe Kaja es verhindern konnte, trat Silvie dem friedlich liegenden Balthasar mit der Stiefelspitze gegen die Brust. Und obwohl der Tritt dem kräftigen Wallach nicht wirklich wehtun konnte, röhrte er beleidigt los.

Kaja schob die geballten Fäuste in die Hosentasche, um dem dämlichen Botox-Weib nicht eine zu scheuern. Nicht das Kamel, sondern der Kunde war König. Notgedrungen. Weil das Kamel sonst bald nichts mehr zu fressen hatte.

„Wenn Sie Balthasar reizen, könnte er unruhig werden“, mahnte sie also nur. Und fragte sich, ob sie erwähnen sollte, dass Kamele im Gegensatz zu Pferden nach allen Seiten ausschlagen konnten. Aber Kuno König, der Vater von Peter und Silvie, kam ihr zuvor: „Mach kein Theater, Silvie! Wir wollen weiter.“

Mit finsterer Miene ließ sich Silvie wieder in den Sattel helfen. Und Kaja fragte sich mit hilfloser Wut im Bauch, wie sie den nervösen Caspar und die blöde Tussi gleichzeitig im Auge behalten sollte. Zum Glück konnte sie sich wenigstens auf den alten Melchior, auf dem Kuno saß, absolut verlassen.

In der Weihnachtszeit gab es für ihre Tiere nie viel zu tun, aber die Futterrechnungen liefen weiter auf. Aus diesem Grund hatte Kaja vor neun Jahren das Dreikönigs-Trekking eingeführt, bei dem die Gäste in Erinnerung an die drei Weisen aus dem Morgenland mit ein paar Abstechern von Wachtberg nach Swisttal-Heimerzheim ritten und zurück. Bisher hatte es kaum jemals Probleme gegeben, die Gäste hatten sich begeistert gezeigt, wie die überschwänglich-positiven Internetbewertungen bewiesen. Aufgrund dieser Lobeshymnen hatte Kuno König, Seniorchef der Firma KK-Sanitärbedarf, das Trekking gebucht.

Immerhin schien Silvie nun begriffen zu haben, dass man auf dem schwankenden Rücken eines Passgängers keine Mails schreiben sollte. Und als die Gruppe in den Kottenforst eintauchte, schienen die breiten, vertrauten Wege auch Caspar zu beruhigen. Zwar rupfte er ab und an einen Buchenzweig ab, um genüsslich darauf herumzukauen, aber das gestattete Kaja ihm gern. Sofern er sich ansonsten anständig benahm. Und so verlief die restliche Zeit bis zum mittäglichen Imbiss einigermaßen ruhig.

Kaja kehrte immer im selben Bauernhof ein, der während der Sommermonate und vor allem zum jährlichen Rosenfest im Nebenerwerb ein kleines Lokal betrieb. Im Winter öffnete er lediglich für Kajas Trekking-Touren und ein paar Veranstaltungen. Kuno, den Kaja auf um die siebzig schätzte, legte in der Gaststube ein Nickerchen ein, die Hände vor dem Bauch gefaltet, den Kopf an die Wand gelehnt.

Peter leistete sich ein Glas Glühwein, während Silvie ihre Hände massierte und über die Kälte klagte. „Wenn ich erst die Firma leite, werden diese sogenannten Betriebsausflüge anders aussehen“, verkündete sie grimmig.

„Bisher hat niemand gesagt, dass du der künftige Chef sein wirst.“ Peter warf einen Blick zu Kuno, der gemütlich auf seinem Stuhl schnarchte. „Vielleicht steht dir da eine Überraschung ins Haus, liebe Schwester.“

Kaja warf zwei Stück Zucker in ihren Assamtee und rührte heftig in der Tasse. Die Spannungen zwischen Peter und Silvie, die auf dem Ritt immer wieder aufbrachen, bereiteten ihr Unbehagen. Die Arbeit mit Tieren brachte es mit sich, Stimmungen und Körpersprache besonders stark zu empfinden, und sie fühlte den Hass zwischen den Geschwistern fast körperlich. Es war wie bei einem drohenden Kampf zwischen Kamelbullen in der Brunft. Nur, dass denen als deutliche Warnung Schaum vor den Mund trat. Kaja war froh, als sie mit Anstand aufstehen konnte, um die Tiere für den Weiterritt vorzubereiten. Zu ihrem Verdruss folgte ihr Peter in den offenen Schuppen, in dem die Kamele sich mit Heu und Kraftfutter stärkten.

„Vater wird Silvie nie die Firma leiten lassen“, verkündete er ungefragt. „Auch wenn sie die Ältere ist und mit einem Eins-Null-Diplom in BWL rumwedeln kann.“

„Und weshalb nicht?“ Kaja interessierte es nicht wirklich.

Aber Peter war ihr unangenehm nahe gerückt und sie hoffte ihn abzulenken.

„Weil die wirklich gewinnbringenden Abschlüsse von mir getätigt werden." Peter grinste. „Vater will zu Ostern in Rente gehen. Dann schlägt meine Stunde."

„Und Silvie?"

„Für so was gibts Abfindungen." Er machte eine wegwerfende Geste. Dann stand er plötzlich direkt hinter Kaja und sie spürte seine Hand auf ihrem Gesäß. Rasch wich sie zur Seite und schob sich hinter Melchiors Sechshundertfünfzig-Kilo-Körper. Was glaubte der arrogante Johnny-Depp-Verschnitt mit seinem schwachen Kinn eigentlich? Dass der mickrige Betrag, den sie für die Tour verlangte, Liebesdienste beinhaltete? Fast wünschte sie, der bedächtige Melchior würde dem Idioten die langen Kamelzähne in die Hand schlagen.

Beim Weiterritt durch den Wald schien Caspar auf Kajas Seite, denn er versuchte alle paar Minuten, Peter auf Abwege zu führen. Und der selbst ernannte Firmenerbe wollte ungern vor einem Kamel klein beigeben, sodass er, anstatt gleich um Hilfe zu bitten, erst mal selbst mit den Zügeln kämpfte. Und somit gut beschäftigt war.

„Ich hasse dieses Vieh. Es stinkt wie alte Socken", fauchte Silvie, als Kaja an ihr vorbeiritt, um Caspar doch endlich selbst zur Ordnung zu rufen.

„Jedes Tier hat seinen Eigengeruch. Wir Menschen auch. Selbst ohne Socken", konnte Kaja sich nicht verkneifen zu antworten.

Silvie sandte ihr einen wütenden Blick. „Wenn Sie die blöden Kamele anständig geputzt hätten, müsste ich nach diesem beschissenen Tag nicht meine ganzen Kleider in den Müll stecken."

„Meine Tiere sind immer perfekt gepflegt.“ Kaja war nahe dran zu explodieren. Vielleicht sollte sie vorschlagen, dass Silvie ihr den teuren Kaschmir-Pulli nebst passendem Schal nach der Tour gern überlassen könne? Um sich den Gang zur Mülltonne zu sparen? Er würde wunderbar zu Kajas naturrotem Haar passen.

„Hör auf mit dem ständigen Gejammer!“, fuhr Kuno seine Tochter an. „Ich will diese zwei Tage genießen, verdammt noch mal!“

„Ich finde sie schon jetzt herrlich.“ Doch Peter interessierte weder der Buntspecht am Wegesrand noch die unter ihrer Schneeschicht märchenhaft filigran wirkenden Lärchenzweige. Stattdessen sandte er Kaja anzügliche Blicke, die sie ignorierte.

„Du hältst auch das Maul! Dein ewiges Gockel-Gehabe geht mir so was von auf den Sack! Silvie hat wenigstens noch einen Rest Grips statt nur Hormone!“, herrschte Kuno nun auch seinen Sohn an. Dessen Miene verdüsterte sich mörderisch. Und nicht mal der Abstecher zum idyllischen Duvenmaar, einem flachen Waldweiher, konnte die aufgeladene Stimmung entspannen. Nie zuvor war Kaja so froh gewesen, das Nachtquartier, einen Bauernhof mit Gästezimmern bei Swisttal, zu erreichen.

Kuno, Silvie und Peter wurden mit Punsch und Häppchen empfangen, während Kaja ihre Tiere in den zur Verfügung gestellten Offenstall führte, dessen Raufen bereits reichlich Heu enthielten. Kaja legte ein paar Möhren dazu.

„Wenn ich euch nicht hätte …“ Sie lehnte ihren Kopf an Melchiors Hals. Der alte Bulle grunzte leise, als wolle er seine Halterin trösten. Caspar hingegen versuchte, Becca vom Futter wegzudrängen, so wie er es zu Hause machte. Aber es war genug vorhanden und alle konnten sich satt fressen.

Trotz der Kälte im Stall – asiatische Kamele kamen sowohl mit hohen wie mit tiefen Temperaturen hervorragend zurecht – trödelte Kaja eine Weile bei ihren Tieren herum, um sich eine Verschnaufpause zu gönnen, ehe sie sich wieder den nervigen Kunden widmen musste.

Als Kaja sich ins Haus begab, saß nur Kuno in der Gaststube; seine Kinder machten sich offenbar noch auf ihren Zimmern frisch. Kaja zauberte ein, wie sie hoffte, halbwegs echt wirkendes Lächeln auf ihr Gesicht.

„Sind Sie zu Ihrer Zufriedenheit untergebracht, Herr König?“

„Die Zimmer sind akzeptabel.“ Doch Kuno König sah alles andere als glücklich drein.

„Und sonst … äh … alles in Ordnung?“ Kaja hoffte, sich nicht um die Lösung neuer Probleme kümmern zu müssen.

Kuno knurrte einen Fluch, den Kaja nicht verstand. „Sie haben ja selbst mitbekommen, wie schwierig diese Sache mit der Firmennachfolge wird“, sagte er dann.

„Und wenn Ihre Kinder gemeinsam …?“, schlug Kaja vor.

„Die beiden? Die würden streiten, bis der Betrieb komplett vor die Hunde geht. Meine Firma! Die ich aufgebaut habe. Ich hatte gehofft, dass der Ausflug zu einer versöhnlichen Aussprache führen würde. Aber da hab ich mich wohl getäuscht.“

Obwohl ihr Kuno nicht unsympathisch war, hielt sich Kajas Mitleid in Grenzen. Immerhin verfügte der Mann mit Sicherheit über ausreichend Vermögen, um jederzeit für eine Auszeit an karibische Strände fliehen zu können. Sofern er Sand und Kokosnüsse mochte. Sie hingegen kämpfte um den Erhalt eines defizitären Kamelhofs. Und durfte bald nicht mal mehr protestieren, wenn auf Caspars Hintern der Kuckuck klebte. Angedroht worden war ihr das schon mehrfach.

Den ganzen Abend versuchte Kaja, den Anschein zu erwecken, die Gespräche interessiert zu verfolgen, und sich zugleich innerlich gegen das Gelaber ihrer Gäste abzuschotten. Ihre Gedanken kreisten unerbittlich um die Frage, ob sie es über sich bringen würde, eins ihrer geliebten Tiere zu verkaufen, um ausstehende Rechnungen zu bezahlen. Dummerweise lautete die Antwort jedes Mal ‚nein'. Kaja liebte ihre Tiere, bedingungslos und ohne Unterschied. Sie würde sich von keinem freiwillig trennen können. Aber wie sollte ihr Geld dann über den Rest des Winters langen? Wie?

Nachts konnte Kaja nicht einschlafen, obwohl ihr Zimmer, wie auch die Schlafräume ihrer Gäste, urgemütlich war. Mit weiß-roter Weihnachtsbettwäsche und Schneeflocken aus weißem Filz an den Fenstern. Doch von Stunde zu Stunde spürte Kaja ihren Hass auf die verwöhnten ‚Königskinder', denen ihre geliebten Tiere egal waren, wachsen. Weder Silvie noch Peter würden je kapieren, dass die Kamele für sie ihre Familie darstellten und stets mit bestem Futter verwöhnt wurden, selbst wenn dies bedeutete, dass Kaja kaum noch ihr Wohnzimmer heizen konnte. Schließlich hielt sie es nicht mehr aus, im Bett zu rotieren, stand auf und trat ans Fenster.

Die Nacht wurde von einem halben Mond schwach erhellt, zumindest, wenn sich eine passende Wolkenlücke ergab. Kaja freute sich, dass sie zum Offenstall hinübersehen konnte, doch ihre Freude war von kurzer Dauer. Plötzlich schlich eine Gestalt zu dem eingezäunten Gelände, blickte sich ein paarmal um und öffnete das Tor. Der Bauer? Aber was sollte Olsmann mitten in der Nacht bei ihren Tieren?

Kaja und er kannten einander seit Langem, weswegen sie einen günstigen Sonderpreis für die Übernachtungen zahlte. Schließlich herrschte auch bei Olsmann im Winter finanziell Flaute, ohne die Urlaub-auf-dem-Bauernhof-Touristen, die im Sommer wertvolle Zusatzeinnahmen lieferten.

Wie festgewurzelt stand Kaja am Fenster. Erst als die Gestalt die Mini-Weidefläche betrat und sich an den Stall heranpirschte, erwachte sie aus ihrer Starre. Was zum Teufel passierte dort unten? Wollte sich jemand an den kostbaren Tieren vergreifen? Schnell fuhr Kaja in ihre Jeans und die warme Jacke und nahm ihre Stiefel in die Hand. Auf bloßen Füßen, um niemanden zu wecken, schlich sie die Treppe hinab.

Sie probierte die Klinke und stellte erleichtert fest, dass sich die schwere Tür ohne Knarren aufschieben ließ. Rasch schlüpfte Kaja hindurch und zog ihre Stiefel an. Die kalte Luft brachte ihren Atem zum Dampfen.

Als sie die letzten Holundersträucher vor den Stallungen erreichte, galoppierte ein Kamel durch das offene Weidetor und verschwand in der Nacht: Caspar!

Wenig später trabten Balthasar, Melchior und Becca ebenfalls aus dem Stall, blieben jedoch gleich wieder stehen. Kaja war sicher, dass die drei, egal was passierte, in der Nähe bleiben würden. Ihre unmittelbare Sorge galt Caspar. Sie befürchtete, er könne auf eine Straße laufen und mit einem Auto kollidieren.

Sie rannte los, ihm hinterher. Und sah aus den Augenwinkeln gerade noch, wie die weibliche Gestalt, die die Kamele erschreckt hatte, aus dem Gebäude kam, eine Holzlatte in der Hand. Doch Kaja blieb keine Zeit, die Person zur Rede zu stellen, sie musste Caspar stoppen.

Unterdrückt fluchend lief sie in die Nacht hinein. Zum Glück lag ausreichend Schnee, sodass sie die großen Fußabdrücke problemlos erkennen konnte. Allerdings erschwerte der lockere Schnee das Laufen. Binnen kürzester Zeit brach Kaja der Schweiß aus; sie entledigte sich ihrer Jacke. Aber obwohl sie gerade mal fünfunddreißig und topfit war, blieb Caspar natürlich schneller.

Bald bestätigte sich Kajas schlimmste Befürchtung. Caspar hatte eine Straße gefunden und begriffen, dass es sich dort leichter entlangtraben ließ. So würde sie ihn nie erwischen!

Entmutigt blieb Kaja stehen. Ihr würde nichts anderes übrig bleiben als zurückzugehen und die Polizei zu verständigen. Ein frei laufendes Kamel bedeutete ein Verkehrsrisiko. Kaja schoss ein furchtbarer Gedanke durch den Kopf: Hatte sie die Tierhalter-Haftpflichtversicherung bezahlt? Oder lag deren Forderung auf dem Stapel unbeglichener Rechnungen in ihrem Mini-Büro daheim?

Wenigstens gelang es ihr, die unterwegs abgestreifte Winterjacke wiederzufinden. Und während sie zurück zum Bauernhof stapfte, wuchs höllische Wut in Kaja. Die Wut auf die Idiotin, die ihre Kamele freigelassen hatte. Und sich mithilfe eines teuren Anwalts vermutlich aus jeder Verantwortung für eventuelle Schäden herauswinden würde.

Wie Kaja erfreut feststellte, waren Balthasar, Melchior und Becca brav in den Stall zurückgetrottet. Sie lobte die Tiere für ihr besonnenes Verhalten und sah sich dann nach der Latte um, die Silvie benutzt hatte, um die Kamele zu erschrecken. Vermutlich, um am Morgen nicht erneut in den Sattel steigen zu müssen.

Den Prügel, den Kaja gern als Beweismittel gesichert hätte, fand sie nicht. Doch auf der Suche danach fiel ihr auf, dass zu den Fußabdrücken im Schnee neue seltsame Spuren hinzugekommen waren. Es sah aus, als habe jemand einen schweren Sack oder etwas Ähnliches über das Gelände gezerrt.

Nervös blickte Kaja sich um, konnte aber niemanden entdecken. Mit einem unterdrückten Seufzer ließ sie sich wieder ins Haus und stieg die Treppe hinauf. Kurz vor ihrem Zimmer beschloss sie, zunächst Silvie gründlich zusammenzustauchen. Der dämlichen Tussi unter die Nase zu reiben, dass sie sie beobachtet hatte. Und der Polizei die nächtlichen Vorgänge detailliert schildern würde.

Trotz ihrer Wut zwang sie sich, leise an Silvies Tür zu klopfen, um die anderen Gäste nicht zu stören. Niemand antwortete. War die Tussi so schnell wieder eingeschlafen? Das würde sie ihr austreiben. Frischer Zorn kochte in Kaja auf. Pro forma klopfte sie noch einmal und probierte dann die Tür. Unversperrt! Kaja zögerte, hatte plötzlich ein mulmiges Gefühl.

„Frau König?“, fragte sie in den dunklen Mini-Flur. Nichts. Vorsichtig schlich Kaja weiter. Der Schlafraum wurde vom Mondlicht erhellt, sodass Kaja das leere Bett erkennen konnte. Sie runzelte die Stirn. War Silvie noch draußen? In der Kälte, über die sie tagsüber ewig gejammert hatte? Wieso?

Egal.

Kaja nutzte die Gelegenheit, sich neugierig umzusehen. Im winzigen Bad massenhaft Mini-Fläschchen und Tuben, alles Edelmarken. Versuchsweise stippte Kaja einen Finger in ein Cremedöschen, verrieb die schimmernde weiße Substanz auf ihrem Handrücken und schnupperte daran. Das Zeug roch frisch und leicht nach Meer. Angenehm. Zurück im großen Zimmer spähte Kaja in das Nachtkästchen. Eine Lesebrille, irgendwelche Pillen. Ein Ring. Die Steine gelbbraun, klein. Obwohl Kaja nicht viel von Schmuck verstand, war ihr klar, dass es irgendwelche besonderen Brillis sein mussten. Silvie würde nichts anderes tragen. Kaja schob den Ring auf ihren kleinen Finger – ihr Ringfinger war zu stark – und bewunderte sein edles Aussehen.

Doch plötzlich erstarrte sie. Jemand kam den Flur entlang und tastete vorsichtig nach der Tür. Silvie? Wohl kaum, die wäre einfach reinspaziert. Außerdem hatte Kaja den Eindruck, dass die Schritte zu schwer für die dünne Tussi waren. In Panik sah Kaja sich um und schlüpfte unter das Bett als einziges Versteck. Erst da fiel ihr siedendheiß ein, dass sie den luxuriösen Ring noch am Finger trug. Sie zog ihn ab und stopfte ihn in die Hosentasche. Falls man sie entdeckte, würde sie zumindest nicht gleich als Diebin gelten.

Wer immer ins Zimmer kam, trug keine Schuhe, sondern dunkle Socken aus feiner Wolle. Männersocken, an großen Männerfüßen. Ein Lover? Hatte Silvie einem Freund erzählt, dass sie hier übernachtete? Mit ihrem Smartphone die Zimmernummer durchgegeben? Aber warum verhielt sich der Typ so leise? War es vielleicht kein Liebhaber, sondern ein Einbrecher? Jemand, der wusste, dass in dieser Nacht eine reiche Familie in der Bauernhof-Pension übernachtete?

Wie zuvor Kaja schien sich der Neuankömmling im Zimmer umzusehen, doch nur kurz. Dann hörte sie, wie ein Schlüssel im Schloss gedreht und der Kleiderschrank geöffnet wurde. Silvies Tasche – sämtliches Gepäck hatte Olsmann am Morgen vom Kamelhof herantransportiert – stand plötzlich auf dem Boden. Und Kaja konnte mitverfolgen, wie Silvies Sachen schnell und durcheinander hineinflogen. Nach einer Weile wanderten die Männersocken ins Bad.

Kaja lauschte und vermutete, dass auch dort Silvies Kram verschwand. Aber warum? Weshalb wollte ein Dieb alles komplett einsacken und nicht bloß Wertsachen? Schließlich kamen die Socken zurück, über ihnen ein schmales Stück Jeans mit einem kleinen Riss am Saum.

Kaja hatte das Gefühl unter dem Bett zu ersticken, bis die Angst, durch aufgewirbelten Staub einen Niesanfall zu bekommen, ihre Furcht in eine andere Richtung lenkte. Sie wagte nicht auf die Uhr zu sehen, wagte kaum zu atmen. Erst recht nicht, als die Schritte sich dem Bett näherten. Sich ein Körper auf die Matratze setzte und der Lattenrost über Kajas Kopf ächzte. Kurz darauf flog noch etwas in die Tasche, vermutlich ein Nachthemd.

Für Kaja schien es Ewigkeiten zu dauern, doch wahrscheinlich waren lediglich ein paar Minuten verstrichen, als die Tasche in die Luft gehoben wurde und mitsamt den Socken aus Kajas Gesichtsfeld verschwand. Die Zimmertür wurde geöffnet und wenig später sanft ins Schloss gezogen.

Als sich die Schritte entfernt hatten, schien die Stille unerträglich. Kaja wagte sich nicht aus ihrem Versteck. Was war hier passiert? Würde der Eindringling zurückkehren? Erst als ihre Knochen von der unbequemen Lage fürchterlich schmerzten, robbte Kaja unter dem Bett hervor, lauschte und kam endlich auf die Füße. Silvies Zimmer war so leer, als hätte die Tussi es nie betreten.

Mit wild klopfendem Herzen schlich Kaja in ihr eigenes Zimmer, schloss es von innen ab und lehnte sich gegen die Tür. Sie fühlte sich, als würde sie im nächsten Moment ohnmächtig werden. Was jetzt? Hatte sie nicht eigentlich die Polizei anrufen wollen, wegen Caspar? Und wenn sie mit den Bullen sprach, sollte sie dann erwähnen, dass jemand in Silvies Zimmer eingedrungen war? Kaja hatte ein ausgesprochen ungutes Gefühl. Wie, wenn sie in etwas hineingeriet, das ein paar Nummern zu groß für sie war.

Letztendlich tat sie gar nichts. Außer hoffen, dass Caspar nichts passierte.

Als ihr Smartphone-Wecker sich meldete, hatte Kaja kaum geschlafen. Dennoch zog sie sich in Windeseile an und lief hinab zum Offenstall, wo sie ihren Augen nicht zu trauen glaubte: Vor dem Tor, im heftigen Schneegestöber, stand Caspar und sah sie aus unschuldigen Augen an.

„Du bist okay?"

Der Wallach grunzte; rasch ließ Kaja ihre Blicke und ihre Hände über sein dichtes Fell wandern, an seinen Beinen hinabgleiten. Dem Himmel sei Dank, er war unverletzt.

Drinnen, im Frühstücksraum, sahs deutlich düsterer aus. Und nicht nur wegen des bleigrauen Himmels. Kuno Königs Gesicht hatte sich rot verfärbt; seine Miene verriet Gewitterstimmung.

„Silvie ist abgehauen", murmelte Peter, als Kaja und er sich am Miniaturbüfett bedienten.

„Wie, abgehauen?"

„Hat ihre Sachen gepackt und ist verduftet. Haben Sie gestern nicht gemerkt, wie sehr sie den Ausflug gehasst hat?"

Kaja hatte vor allem eines gemerkt: dass jemand anderes Silvies Zimmer ausgeräumt hatte.

Als sie wenig später die Kamele für den Ritt zurück sattelte, dachte sie an die Schleifspur, die sie nachts gesehen hatte. Und die jetzt unter einer fluffigen Lage Neuschnee verschwunden war. Wenn Kaja sich recht erinnerte, hatte sie in direkter Linie zu dem versteckt liegenden Weiher im hintersten Winkel des Bauernhofgeländes geführt. Dessen schwarzes Wasser machte es jedem Betrachter unmöglich, auf den Grund hinabzusehen. Hatte der Bauer den ehemaligen Fischweiher Kajas Kunden gegenüber erwähnt?

Normalerweise verlief der zweite Trekkingtag besser als der erste. Die Kunden hatten sich an Tiere und Abläufe gewöhnt und konnten sich auf den wunderbaren Winterwald konzentrieren. Diesmal war alles anders. Kuno sprach kaum ein Wort; sein Gesicht blieb finsterer als jede Winternacht. Das Schnäpschen, das Kaja üblicherweise beim Dickbaumkreuz offerierte, lehnte er rundweg ab, was kein Kunde je zuvor getan hatte. Peter hingegen hielt sich zu dicht bei Kaja, und seine ständige Anmache ging ihr auf den Keks. Um den Typen zu bremsen, erwähnte sie, nachts auf dem Gang Schritte gehört zu haben.

„Männerschritte, meinem Gefühl nach."

Peters Dauergrinsen verflog. „Wahrscheinlich hat sich Silvie am Zimmer abholen lassen. Sieht meiner faulen Schwester ähnlich, ihre Tasche keinen Schritt selbst zu tragen." Er zuckte die Achseln. „Oder vielleicht hat bloß der Hausherr nach dem Rechten geschaut?"

Kaja packte Gläser und Flasche ein. Und fragte sich, ob sie mit ihren Vermutungen nicht vielleicht doch falschlag. Vielleicht hatte der Bauer Silvie beim Verschwinden geholfen? Ihr gegen dickes Trinkgeld ein Taxi besorgt? Und ihre Sachen hinausgeschafft? Klammheimlich, damit es niemand mitbekam? Doch als Peter wieder in den Sattel stieg, fiel Kajas Blick auf den Saum seiner Jeans. Den winzigen Riss im blauen Denim.

Das Trinkgeld war extrem knickrig ausgefallen, die Gäste waren verschwunden und die Kamele erholten sich auf Kajas Weide. Gnädiger Schnee deckte sämtlichen Schmutz im

Außenbereich des Kamelhofs zu, doch der Stapel unbezahlter Rechnungen in Kajas engem Büro ließ sich nicht so leicht zum Verschwinden bringen. Und als Kaja ihre Hose in die Waschmaschine stopfen wollte, fühlte sie etwas Hartes in der Tasche. Sie fasste hinein und ihre Hand kam mit einem Ring zurück. Braune Brillis.

Vor dem Fenster teilten sich die Wolken, ein Sonnenstrahl fiel ins Zimmer und die Steine funkelten. Im gleichen Moment klingelte das Telefon. Anklagend, mit der Nummer des Futterlieferanten auf dem Display. Anstatt abzuheben, verschränkte Kaja ihre Hände hinter dem Rücken. Was hätte sie dem Mann auch sagen können? Dass das bisschen Kohle, das sie mit dem Dreikönigs-Trekking verdient hatte, längst andere Schuldenlöcher hatte stopfen müssen?

Sie wartete, bis das Klingeln verstummte. Drehte den Ring in ihrer Hand. Wo immer Silvie sein mochte, ihren Ring schien sie nicht zu vermissen. Kaja hatte die Bauernhof-Pension angerufen, vorgeblich, um sich für die gute Betreuung der Gäste zu bedanken. Und Olsmann hätte ihr bestimmt erzählt, wenn jemand nach verschwundenem Schmuck gefragt hätte. Wie viel die Brillis in der edlen Goldfassung wert sein mochten?

Nicht nur die vielen unbezahlten Rechnungen waren ein Problem. Melchior war alt und wenn sich seine Arthrose verschlimmerte, würde Kaja ihn nicht mehr als Reittier einsetzen können. Vielleicht ein neues Tier anschaffen müssen. Was definitiv nicht billig sein würde.

Drei Wochen später stand die Polizei vor Kajas Tür.

„Offiziell hatte Frau König Urlaub. Und zudem wohl Streit mit ihrer Familie, sodass sich zunächst niemand Sorgen machte“, erklärte Kommissar Löhning. „Aber als sie nach ihrem Urlaub nicht in ihrem Büro erschien, meldete ihr Vater sie als vermisst."

Offenbar ging es nicht um den Ring. Kaja mühte sich, ihre Erleichterung zu verbergen.

„Am ersten Tag des Dreikönigs-Trekkings wurde sie zum letzten Mal gesehen", fuhr der Kommissar fort.

Kaja hob die Schultern. „Was soll ich dazu sagen? Ich war nur die Tourleiterin."

„Ist Ihnen irgendetwas Ungewöhnliches aufgefallen?"

Die Schleifspur Richtung Weiher. Kaja hatte sie nicht vergessen. Doch sie schüttelte stumm den Kopf.

„Falls Ihnen noch etwas einfällt: hier meine Karte."

„Ich hab bloß den Ritt organisiert." Kaja schob die Visitenkarte, die Löhning ihr gab, in die hintere Hosentasche.

Durch das Fenster beobachtete sie, wie Löhning und sein Begleiter auf dem Weg zu ihrem Wagen bei der Kamelweide stehen blieben. Balthasar trabte sofort aus dem Stall, hoffte auf Äpfel oder Mohrrüben. Kajas Neuerwerbung, eine junge Stute, trottete etwas zurückhaltender hinter ihm her. Sie besaß ein ähnlich menschenfreundliches Wesen wie der alte Melchior und Kaja setzte große Hoffnungen in sie. Sie hatte das Tier Brilli genannt.

Als der BMW des Kommissars startete, wandte Kaja sich vom Fenster ab und warf die Visitenkarte in den Papiermüll. Im Frühjahr wollte sie eine weiße Kutsche anschaffen und Hochzeitsfahrten anbieten. Finanzielle Probleme würde es auf ihrem Hof nie wieder geben. Nicht, solange Peter König, neuer Chef der KK-Sanitärkeramik, sie unfreiwillig, aber großzügig sponserte.

Die Autorinnen und Autoren

Uli Aechtner

war TV-Journalistin und lebte ein Jahr in Paris, bevor sie nebenbei zu schreiben begann. In Laufe der Zeit entstanden zahlreiche kürzere und längere Prosatexte. Die S. Fischer-Verlage in Frankfurt legten im Frühjahr 2015 drei frühe Romane der Autorin als e-books neu auf. Der Krimi „Frauenschwimmen", der über die weiblichen Befindlichkeiten beim Älterwerden erzählt, entstand zusammen mit Belinda Vogt und erschien im emons-Verlag, Köln, ebenso wie der Roman „Keltenzorn", der am Glauberg spielt und sich mit den keltischen Jenseitsvorstellungen von der Anderswelt auseinandersetzt. Uli Aechtner wuchs im Rheinland auf, im Siebengebirge. Die Schulferien verbrachte sie mit schöner Regelmäßigkeit an der Nordsee. Heute lebt und arbeitet die Autorin in der hessischen Wetterau.

Isabella Archan

Nach vielen Jahren als Schauspielerin an Staats- und Stadttheatern in Österreich, der Schweiz und Deutschland, lebt Isabella Archan derzeit freiberuflich in Köln. Hier beginnt auch ihre Laufbahn als Autorin. Mehrere Kurzkrimis und Theaterstücke wurden bereits veröffentlicht. Ihr erster Kriminalroman „Helene geht baden" ist eben im Conte-Verlag erschienen. Neben eigenen Soloabenden ist die gebürtige Grazerin immer wieder im TV zu sehen, u.a. im Kölner Tatort, in der Lindenstraße und der neuen Serie „Diese Kaminskis". Mit dabei mit einem Kurzkrimi bei „Weck, Worscht – Mord" und „Tödlicher Glühwein", beide Leinpfad Verlag.
www.isabellaarchan.jimdo.com

Ulrike Bliefert

*1951, studierte Germanistik, Anglistik, Theaterwissenschaften und Schauspiel. Sie arbeitet als Bühnen-, TV- und Filmschauspielerin (u.a. „Tatort"), Hörfunksprecherin (u.a. „Radio-Tatort") und Theaterregisseurin. 2006 beendete sie ihre Tätigkeit als Drehbuchautorin (u.a. „Tatort") und schreibt seitdem ausschließlich Prosa. www.ulrikebliefert.de

Kerstin Brichzin

*1962 in Eilenburg bei Leipzig. Sie studierte den schönen Beruf Grundschullehrerin und arbeitete als Lehrerin und Erzieherin im Hort. Später schloss sie eine Ausbildung zur Staatlich anerkannten Erzieherin und pädagogischen Kunsttherapeutin ab. Derzeit arbeitet sie als Erzieherin in einer Kindertagesstätte. Sie ist verheiratet und hat drei Kinder. In einer Schreibgruppe befasst sie sich zunächst mit eigenen Kindheitserinnerungen. Später schreibt sie Kurzgeschichten, Kinderromane und Bilderbuchtexte. Immer stehen Kinder mit ihren Abenteuern, Problemen, Ängsten und Wünschen im Mittelpunkt.

Nadine Buranaseda

*1976, ist gebürtige Kölnerin mit thailändischen Wurzeln väterlicherseits und lebt in Bonn. Sie studierte Deutsch und Philosophie und wurde im Hörsaal entdeckt: Für einen ihrer letzten Scheine, den sie für die Anmeldung zum Ersten Staatsexamen benötigte, durfte sie statt einer analytischen Arbeit einen Kurzkrimi schreiben, den ihr Professor einem Verlag vorgelegt hat. 2005 veröffentlichte sie ihren ersten Krimi – einen Jerry-Cotton-Roman, dem bis heute mehr als ein Dutzend folgten. 2007 wurde sie für den Agatha-Christie-Krimipreis nominiert. Mit „Seelengrab" erschien 2010 ihr

erfolgreicher erster Bonn-Krimi. 2011 gehörte sie zu den vier Stipendiaten des „Tatort-Töwerland"-Krimistipendiums. Im Herbst 2012 erschien die Fortsetzung ihres Debüts „Seelenschrei" um die Ermittler Lutz Hirschfeld und Peter Kirchhoff. Nadine Buranaseda ist Mitglied im „Syndikat" und bei den „Mörderischen Schwestern". www.nadineburanaseda.de

Monika Deutsch

*1952 im Rheinland; Lehre und Maschinenbautechnikum; bis 2001 Projektleiterin in der KFZ-Produktentwicklung; ab 2001 Studium/Gasthörerin an der Uni in Heidelberg (Geschichte/Archäologie); seit 2013 VHS-Kurs in Germersheim: Die Kunst des Schreibens. 2014 Veröffentlichung des Kurzkrimis „Ein elender Lump" in der Weihnachts-Krimianthologie des Leinpfad Verlags, „Tödlicher Glühwein. 24 Weihnachtskrimis aus der Pfalz".

Gitta Edelmann, Herausgeberin

Gitta Edelmann ist eine Bonner Autorin, die hauptsächlich Kinderbücher und Krimis schreibt. Sie hat u.a. über 150 Kindergeschichten und -gedichte (darunter einige, die in Schulbücher übernommen wurden), über 60 Kurzkrimis, mehrere Kinderromane/Kinderkrimis und die Kriminalromane „Canterbury Requiem" und „Canterbury Serenade" veröffentlicht, die ersten beiden Bücher einer Reihe von Kent-Krimis.

Gitta Edelmann setzt sich mit Autorenbegegnungen, Lesungen und AGs in Grundschulen für die Leseförderung ein. Außerdem leitet sie Seminare für Kreatives Schreiben für Kinder, Jugendliche und Erwachsene.

Sie ist Mitglied bei den „Mörderischen Schwestern", im „Syndikat", im Bödecker-Kreis, in der europäischen Autorenvereinigung „Die Kogge“ und im Vorstand des Verbands deutscher Schriftsteller VS in NRW. www.gitta-edelmann.de

Anne Grießer

studierte Volkskunde und Germanistik in Freiburg und Bonn, bevor sie auf die schiefe Bahn geriet. Nach einigen Ausflügen ins seriöse Berufsleben schreibt sie heute hauptsächlich über Mord und Totschlag. Als Autorin (Kurzgeschichte, Roman, Hörspiel, Theater), Herausgeberin und Krimi-Entertainerin schwingt sie in Freiburg die Feder und so manches blutige Theaterrequisit. Zuletzt erschien ihr historischer Krimi „Das Heilige Blut“. www.anne-griesser.de

Karr & Wehner

Karr & Wehner, geboren 1955 und 1949 in Saalfeld und Werdohl, leben im Ruhrgebiet und schreiben Storys, Hörspiele und Thriller. 1996 erhielten sie für „Rattensommer“ den Friedrich-Glauser-Preis für den besten Krimi des Jahres. Zuletzt erschien von ihnen der Jugendkrimi „Schneekönige“ (2011) und der Storyband „Gonzo!“ (2014). www.karr-wehner.de

Wolfgang Kemmer,

geboren im Hunsrück, studierte Germanistik, Anglistik und Angloamerikanische Geschichte und arbeitete anschließend als Lektor in einer Literatur-Agentur. Heute lebt er als freiberuflicher Autor und Redakteur mit seiner Familie in Augsburg. Er ist Herausgeber mehrerer Krimi-Anthologien und betreute viele Jahre den Kurzkrimi-Podcast für Jokers/Weltbild. 2015 feierte Timothy Simms, der Held der „Bärentatzen“, in dem bei Gmeiner erschienenen Roman „Sherlocks Geist“ seinen ersten Auftritt. www.wolfgang-kemmer.de

Regine Kölpin
hat zahlreiche Romane und Kurztexte publiziert und gibt auch Anthologien heraus. Regine Kölpin leitet Schreibwerkstätten und inszeniert historische Stadtführungen mit Lesungen an den Originalschauplätzen. Mehrfache Auszeichnungen, wie u.a. das Krimistipendium „Tatort Töwerland". Sie ist 1964 in Oberhausen (NRW) geboren und lebt mit ihrer großen Familie in Friesland.

Walter Landin
*1952, Pfälzer, Dirmsteiner, Mannheimer (seit 1974), Realschullehrer, seit September 2013 im Vorruhestand, Schreiber, Mitglied im Verband Deutscher Schriftsteller, im Syndikat – Autorengruppe deutschsprachige Kriminalliteratur und im Literarischen Verein der Pfalz. www.landin.de

Heidi Moor-Blank
Die Schreiblust war Ventil während des Rückzugs ins reine Mutterleben. Unterstützung und Inspiration gab die Mitgliedschaft bei den „Mörderischen Schwestern". Nach der Rückeroberung des Arbeitsplatzes in einem Softwarehaus bleibt nur noch wenig Freizeit – deshalb reicht es ‚nur' für Krimi-Kurzgeschichten. Schließlich muss noch genügend Zeit sein für die weiteren Hobbys: Theater bei der „Kleinen Bühne Landau" und schwimmen und tauchen, wann immer es geht. www.heidi-moor-blank.de

Anja Puhane
*1966, lebt in Mönchengladbach und schreibt überall. Sie hat diverse Kurzgeschichten veröffentlicht, u. a. Weihnachtsgeschichten bei Rowohlt. Derzeit arbeitet sie an ihrem ersten Krimi, mit dem sie an der Rowohlt Krimischule teilgenommen hat.

Andrea Z. Rhein
*1967 im Münsterland, ist Diplom-Übersetzerin und arbeitet bei einer internationalen Organisation. Sie lebt heute mit ihrer Familie in Bonn. Sie schreibt bevorzugt Kurzgeschichten. Zu ihren literarischen Auszeichnungen zählt der vierte Platz beim zeilen.lauf – Literaturwettbewerb 2014 in Baden, Österreich.

Regina Schleheck
*1959, lebt bei Köln. Hauptberuf: Oberstudienrätin, daneben fünffache Mutter, Referentin, Herausgeberin, vielfach ausgezeichnete Autorin von Kurzprosa und Hörspielen, zuletzt mit dem Friedrich-Glauser-Preis 2013 Sparte Kurzkrimi, gehört den „Mörderischen Schwestern“ und dem „Syndikat“ an. www.regina-schleheck.de

Claudia Schmid
lebte dreißig Jahre in Bayern, bevor sie sich ihren Traum erfüllte und an der Mannheimer Schlossuniversität Germanistik studierte. Seither lebt sie mit ihrer Familie in der Metropolregion Rhein-Neckar. Sie schreibt Kriminelles, Historisches und Reiseberichte. Zusätzlich zu ihren Büchern hat sie über zwei Dutzend Kurzgeschichten veröffentlicht und mehrere literarische Preise erhalten. www.ClaudiaSchmid.de

Andreas J. Schulte
*1965, freier Journalist und Autor. Vier Jahre lang wohnte er in Bonn-Lannesdorf mit Blick auf den Drachenfels. Neben seinen historischen Kriminalromanen schreibt und veröffentlicht er auch moderne Krimis und Kurzgeschichten. Er ist Mitglied im Syndikat und im Deutschen Journalisten Verband. Mit seiner Familie lebt er seit mehr als 20 Jahren in

einer alten Scheune zwischen Andernach und Maria Laach. www.andreasjschulte.de

Frauke Schuster
*1958, wuchs in Ägypten auf und studierte später Chemie. Das dabei erworbene Wissen über Gifte und Explosivstoffe kam ihr bei ihrer Karriere als Schreibtisch-Mörderin zugute. Sie hat mehrere Kriminalromane veröffentlicht und schreibt außerdem Kurzgeschichten auf Deutsch und Englisch.

Vera Stegh
38, studierte Sonderpädagogik. Unkonventionelle Charaktere haben sie immer fasziniert und zu vielfältigen Texten inspiriert. In ihrer Arbeit als Lehrerin liegen ihr die Vermittlung von kreativem Schreiben und Lesegenuss sehr am Herzen. In Bonn verbrachte sie viel Zeit im Haus ihrer Großeltern und später einen Teil ihres Studiums. Sie lebt mit Mann und vier Kindern in Hürth.

Kathrin Stricker
*1975, arbeitet und lebt mit ihren beiden Kindern im nördlichen Rheinland-Pfalz. Als feste freie Mitarbeiterin der Rhein-Zeitung hat sie zahlreiche Artikel, Sonderseiten, etc. zu unterschiedlichen Themen veröffentlicht. Seit 2006 ist sie Mitglied der Mörderischen Schwestern.

Kathrin Thiele
lebt mit Mann, Stiefsöhnen und Hund im ländlichen Appen in Schleswig-Holstein. Neben dem Schreiben von Krimis gilt ihre große Liebe den Tieren. Sie engagiert sich seit Jahren im Tierschutz und praktiziert als Tierheilpraktikerin. Mo-

mentan arbeitet sie an einem Hunderoman. Mit ihrem ersten Kriminalroman „Tödliche Hochzeit“ nimmt sie derzeit am Mentoring-Programm der Mörderischen Schwestern teil.

Jutta Wilbertz
studierte „Angewandte Theaterwissenschaft“ in Gießen und absolvierte eine Schauspiel-und Gesangsausbildung in Rom und Köln. Sie schreibt Kurzkrimis, Theaterstücke, Bühnenprogramme und Satiren, außerdem deutsche Chansons und Krimi-Lieder. Regelmäßige Auftritte und Lesungen. Sie ist bei den „Mörderischen Schwestern“ und im „Syndikat“. Lebt und überlebt mit Mann, Tochter, Hund in Köln.

Cécile Ziemons
*1963, studierte zunächst Architektur in Aachen und Illustration in Maastricht und Prag. Nach der Ausbildung zur Psycho- und Traumatherapeutin arbeitet sie in eigener Praxis in Köln. Zusammen mit ihrem Mann bereist sie die ganze Welt und gibt Fortbildungen für Therapeuten in Europa, Amerika und Asien. Seit einigen Jahren schreibt sie Kurzgeschichten und Kinderbücher und illustriert ihre eigenen Geschichten.

Leinpfad Verlag – Bücher mit Terroir.

Gina Greifenstein/Herbert Michel **Lust auf Blutwurst**
Das einzige Kochbuch für Blutwurst-Fans Mit 64 Rezepten: Von drei Versionen für Himmel und Erd über eine Blutwurst-Lasagne, je zweimal Blutwurst-Crostini und Blutwurst-Carpaccio, jede Menge Salate, einer Blutwurst-Pannacotta bis hin zu Blutwurst-Muffins. Manche Rezepte lassen sich blitzschnell umsetzen, viele sind gut vorzubereiten und ganz viele wahre Wunder an Raffinesse.
ISBN 978-3-942291-87-3, 140 S., 60 Farbfotos, Klappenbroschur, 13,90 €

Sophia Schülke **Lothringen entdecken. 30 Touren durch Stadt, Land, Wald und am Wasser entlang**
Mit 30 abwechslungsreichen Touren (26 Wanderungen, 4 Radtouren) führt Sophia Schülke zu den schönsten Stellen Lothringens. Mit Infokästen, Karten, Einkehrtipps, Hinweisen auf reizvolle Abstecher, Vorschlägen für Schlechtwetter-Alternativen und einem ausführlichen Serviceteil. Und für diejenigen, die sicher sein wollen, dass ihnen keine Höhepunkte entgehen, hat Sophia Schülke eine Top 10-Liste zusammengestellt. Nicht zuletzt: Über 220 Farbfotos machen richtig Lust auf Lothringen.
„*Wanderer, Radfahrer, kommt ihr nach Lothringen, so vergesst dieses Buch nicht. (...) Man wird nicht müde, ihr Etappe um Etappe zu folgen.*" (FAZ, 9.7.2015)
ISBN 978-3-942291-64-4, 184 S., Broschur, 14,90 €

Henriette Clara Herborn **Schmerz. Malmingers letzter Fall**
Copykill in Mainz 2017: Jemand hat einen der größten Mordfälle der Kriminalgeschichte genau 70 Jahre später kopiert: Elizabeth Short, Los Angeles 1947, die Schwarze Dahlie. Kriminalhauptkommissar Ernst August Malminger, zwar der führende Schwarze-Dahlie-Experte, jetzt aber abgehalftert und alkoholkrank, fühlt sich direkt angesprochen... „*Stilbewusste, tiefschwarze Seelen- und Unterweltstudie.*" (Reinhard Jahn, WDR5 Mordsberatung, 30. August 2014) „*Ein mitreißendes Buch, ein verstörend wirkender Roman.*" (Jörg Völker, KrimiKiosk, 7.7.2014)
ISBN 978-3-942291-62-0, 356 S., Klappenbroschur, 14,90 € (2014)
ebook: ISBN 978-3-942291-69-9, 9,99 €